庫

軍師の挑戦

上田秀人初期作品集

上田秀人

講談社

目次

軍師の挑戦

上田秀人初期作品集

乾坤一擲《けんこんいってき》の裏

一

天正《てんしょう》十年（一五八二）秋。

大紋付長袴《おおもんつきながばかま》を捨てるように脱いだ小男が、同じく正装に身を固めて座っている男の前に、どっかとあぐらを掻《か》いた。

「やっと終わったな」

「お疲れでございましょう」

片足が悪いのか、畏《かしこ》まった様子ながら、足を投げ出して座っている男が、小男を労《ねぎら》った。

「どうも、ああいう席は苦手じゃ」

小男は、脱ぎ散らかした着物の上に転がるように寝ころんだ。

「これからは、お慣れいただきませんと困ります。上様」

男に上様と呼ばれた小男が、口を大きく開けて笑った。

「上様か。良い響きよの」

ここは、京都からわずかに西、天王山《てんのうざん》の麓《ふもと》山崎《やまざき》の城である。そして小男ともう一人の男こそ、織田《おだ》家筆頭人の羽柴筑前守秀吉《はしばちくぜんのかみひでよし》とその軍師黒田官兵衛孝高《くろだかんべえよしたか》。二人は、十月十一日から十七日までの七日間にわたる亡君織田信長《のぶなが》の葬儀を大徳寺《だいとくじ》にて執《と》りおこない、京から帰ってきたところであった。

「京も良いが、儀礼儀式にうるさくてかなわぬわ。その上、来る客がひきもきらぬ。あれでは、おちおち、女も抱けぬわ」

秀吉は、起き上がり小法師《こぼし》のように反動をつけて起きあがると、城の窓に近づいた。

「いい眺めよの」

窓から外は、滔々《とうとう》と流れる淀川《よどがわ》と緑に囲まれた山崎の山々である。ついこの間、ここで天下を分ける戦いがあったとはとても思えない静かな佇《たたず》まいを見せている。

「天王山の戦いから、わずか四ヵ月でございますなあ」

いつの間にか秀吉の側《そば》に官兵衛が立っていた。

「あれは、六月の十三日だったの」

「左様で。戦《いくさ》が始まったのは、夕刻七つ（午後四時）ごろでございましたな。明智光《あけちみつ》秀《ひで》配下の並河掃部《なみかわかもん》、松田政近《まつだまさちか》の率いる丹波衆《たんばしゅう》が、我が軍の中川清秀《なかがわきよひで》隊にかかって参りました」

「そうじゃったな。数に劣る中川隊であったが、よくたえてくれた。おかげで援軍も間に合い、我が陣を崩されずにすんだからの」

秀吉と官兵衛の二人は、眼下に広がる景色の中に山崎の合戦を映し出していた。

「中川清秀さま、天王山に陣取られたとのよし」

伝令が秀吉のもとへ駆けてきた。

「勝ったな」

「はい」

隣で官兵衛がうなずいた。

数では優《まさ》っていた秀吉軍が、明智光秀の軍を押し切れなかったのは、地の利を奪われていたからであった。山崎の地は淀川とその周囲に点在する沼で、大軍が通れるほどの道は一ヵ所しかなく、そこを光秀に占められていた。山崎を見下ろす天王山は、その利を消す位置にあり、両軍で奪い合っていた。

「明日を決戦とする」

秀吉が宣した。

十三日、両軍が激突した。突出しすぎた中川清秀が、光秀方の伊勢貞興《いせさだおき》隊に迎え撃たれ、危なくなる局面はあったが、夕刻には数で優る秀吉軍が光秀軍を圧しはじめた。

「左右から囲め」

大きく軍配を振る秀吉の命で、軍勢が三つに分かれ、光秀軍を包みこむように拡がった。

「ええい。こらえろ」

光秀も奮戦したが、数の差がときとともに効いてきた。

「押せ、押せ。謀反人の首を取れ」

大声で叫ぶ秀吉の望みどおり、日が暮れとともに、光秀軍は潰走《かいそう》した。

「しかし、上様も、いやもう信長さまと呼ばせていただこうか。不幸なお方よ。天下をほとんど手中にされておりながら、光秀の裏切りに遭《あ》われて、敢《あ》え無《な》い最期を遂《と》げられるとは。命運というものは、わからぬものよ」

秀吉が、上様と言うのは、織田信長だけである。駿河《するが》、甲斐《かい》の国から備前《びぜん》、因幡《いなば》の国に至るまで、ほぼ日本の中央部すべてを支配下において、天下統一まであと少しとなっていた信長であったが、天正十年六月二日未明、配下の明智光秀に襲撃され、京四条西洞院《しじょうにしのとういん》の本能寺《ほんのうじ》において殺害されたのであった。

そのとき、備中《びっちゅう》において毛利《もうり》と対峙《たいじ》していた秀吉は、素早く情報を入手するなり、毛利との講和を即座に結び、京へ引き返して、この山崎の地で光秀と合戦。わずか一日の戦いで光秀軍を粉砕、信長の後継者として名乗りを挙げたのであった。

世に言う、山崎の合戦である。

「信長さまも残念でございましょうな。永禄《えいろく》三年（一五六〇）の桶狭間《おけはざま》の合戦以来、二十有余年の長きにわたって戦い続けてこられ、ようやく天下がご自分のものになろうかというところで、あのようになられるとは」

官兵衛も感ずるものがあったのであろう、しみじみとした声を出した。

「桶狭間の合戦か。あれ以来、信長さまは、戦に明け暮れておられたからの。われらとて休む間もなかったわ。もっとも、そのお陰で、今の儂《わし》があるんじゃがな」

「上様は、いつ信長さまにお仕えなされました」

官兵衛が訊《き》いた。天正五年（一五七七）に秀吉に仕えた官兵衛は、中国討伐軍総帥として赴任してきた織田家の有力部将としての秀吉しか知らないのである。

「そうよのう。あれは確か天文《てんぶん》二十三年（一五五四）の夏じゃった。お一人で遠乗りに出かけられた信長さまの前に飛び出して、仕官を直訴したのよ。最初は、小者として信長さまの雑用を承《うけたまわ》っておったが、あの桶狭間の合戦で足軽が、たくさん戦死負傷してな。その補充でわしも足軽になれたのだが」

秀吉は、懐かしむように目を閉じた。

「左様でございましたか。では、上様にとって桶狭間の合戦は、ご出世のきっかけというわけでございますな」

「そうよ」

「当時、わたくしは十五歳でございました。桶狭間で、海道一の弓取りと聞こえた今《いま》川治部大輔《がわじぶのたいふ》どのが、織田信長さまに討たれたという話は、姫路《ひめじ》まで聞こえておりました。あいにく詳《くわ》しいことは今に至るも存じませぬ。上様、よろしければ、お聞かせいただけませぬか」

官兵衛は、秀吉に頼んだ。弱者が強者を破る、戦国の世そのものを現したと言っていい桶狭間の合戦は、この乱世に生きる武将の興味をそそって余りあることであった。

「よかろう。昔語りに聞かせてやろうぞ。誰ぞおらぬか。酒を持って参れ」

秀吉は、小姓に手伝わせて着替えると、官兵衛と酒を酌《く》み交わしながら桶狭間の合戦を語った。

「といっても、わしもよく知らぬぞ。なにせまだ小者だったので合戦には参加しておらぬからの。すべて前田利家《まえだとしいえ》から聞いた話だ」

「いえいえ、たいへん興味深うございました」

秀吉は、呵々《かか》と笑った。

「しかし、上様。不思議ではありませぬか。なぜ、義元《よしもと》は、桶狭間などに寄ったのでしょうか。永禄三年五月十二日、駿河府中《するがふちゅう》の本城を出た義元は、掛川《かけがわ》、引馬《ひくま》、吉田《よしだ》、岡崎《おかざき》、知立《ちりゅう》と兵を進め、桶狭間の合戦の前日の十八日、知立からわずか二里半（十キロメートル）しか離れていない沓掛《くつかけ》に陣を設けます。翌十九日、義元は、沓掛から一里（四キロメートル）も離れていない、岡部元信《おかべもとのぶ》の守る鳴海城《なるみじょう》に入らず、南に進路を取り、一里行軍した桶狭間で早くも中食《ちゅうじき》を摂《と》っておりまする」

軍師として類《たぐ》い希《まれ》なる才能を持つ官兵衛が、早速《さっそく》疑問を口にした。

「おかしいのか、それほど気にすることでもあるまい。十九日は、桶狭間の合戦のあった日、当然義元は尾張《おわり》の国にかなり食い込んできている。いつ織田方とかち合ってもよいように早めに中食を摂らせたのではないか。鷲津《わしづ》、丸根《まるね》の両砦《とりで》では、すでに戦いが始まっていたことでもあるし」

秀吉は、心地よい酔いに身を任せているのか、官兵衛の言葉に余り興味を示さない。

「なるほど。そうも考えられますな」

官兵衛は、納得したような表情を見せた。

「なにを申すか。少しも納得などしておるまい。官兵衛が、そういう受け答えをするのは、気に入らぬときであろう」

秀吉の目が不意に鋭く光った。

「恐れ入りまする」

官兵衛は、慌《あわ》てて頭を下げた。

「まあ、良いわ。気になるならば調べてみるがよい。当分の間、合戦する気はないからの」

秀吉は、再び柔和な目に戻り、官兵衛の杯《さかずき》に酒を満たした。

「ありがとうございまする」

礼を言った官兵衛の頭にふたたび、鋭い声が飛んだ。

「だが、期間は来年の雪解け、いや、北国がまだ雪に埋《うず》もれている初春までじゃ。北国の熊と伊勢《いせ》の愚か者と尾張の身の程知らずを退治せねばならぬでな」

酔っていたはずの秀吉の目は、醒《さ》めた色を見せていた。北国の熊とは織田家筆頭宿《しゅく》老《ろう》である柴田勝家《しばたかついえ》を指し、伊勢の愚か者とは、関東の仕置きを信長から任されていたにもかかわらず、北条《ほうじょう》との合戦に惨敗して逃げ帰ってきた滝川一益《たきがわかずます》のことであり、尾張の身の程知らずとは、織田家後継者として天下を望んだ信長の三男神戸《かんべ》信孝《のぶたか》のことだ。三人は、反秀吉ということで手を組んでいた。

「ははっ」

官兵衛は、杯を置いて深々と頭を下げた。

秀吉から暫時《ざんじ》の自由を与えられた官兵衛は、山崎の城からさほど遠くない摂津《せっつ》有岡《ありおか》の城に池田《いけだ》入道勝入《しょうにゅう》恒興《つねおき》をたずねた。勝入は、信長の乳兄弟であり、信長の信頼厚く、絶えず側にいた側近であった。

「これは、官兵衛どの。よくぞ参られた。ささっ、こちらへ」

勝入は身分違いである官兵衛を歓待した。陪臣《ばいしん》である官兵衛と勝入では同席もかなわないはずであるが、日の出の勢いの秀吉の軍師とくれば、信長家臣団出色の勝入といえども、おろそかには扱えない。

「先日は、ご活躍でございました。さすが池田さまと、主秀吉も感嘆いたしておりました」

官兵衛も抜け目なく勝入を誉《ほ》めた。中国から大返ししてきた秀吉にいち早く池田恒興が合流してくれたおかげで、摂津や播磨《はりま》にいた軍勢も雪崩《なだれ》をうったように秀吉の下《もと》に参集してきたのである。

功績としては、光秀の左翼を崩し、山崎の合戦を勝利に導いた加藤光泰《かとうみつやす》よりも大きいと言っていい。

「ところで、本日は如何《いか》なる趣きで」

勝入が用件を問うた。

「あいや、さほどの用ではございませぬが、少し勝入さまにお教えいただきたいことがございまして」

「はて、わたくしに知謀日本一とうたわれた官兵衛どのに何を教えろと申されるのか」

勝入は、首を傾《かし》げた。

「じつは、桶狭間の合戦のことにございます」

「なんと古いことを。もう、二十年以上になりますぞ」

「左様にございますが、なにとぞお願いいたしたい」

官兵衛は、是非《ぜひ》にと望んだ。

「わかり申した。秋の夜は長いと申しまする。今宵は、ゆっくりと昔語りをさせていただきましょうぞ」

勝入は、にっこりと笑うと話を始めた。

「そう、あれは永禄三年の五月のこと。御先代さま、そう、信長さまのお父上信秀《のぶひで》さまの代から尾張の東、三河《みかわ》の西の地を織田と争っていた今川義元が、足利《あしかが》将軍家の求めに応じて京に上り、天下に覇を唱えようと進軍を用意していると、諜者《ちょうじゃ》から報《しら》せがあり申した。当時織田家は、信秀さま亡き後、御家督《ごかとく》を巡って幾度もの争いが起こり、信秀さまご存命中ほどの力はございませなんだ」

信秀が天文二十年（一五五一）に急死したあと、織田家には家督を巡って再三の争いが起こっていた。

代表的なものだけを挙げても、天文二十三年（一五五四）七月、織田本家織田信友《のぶとも》が清洲城にて反信長を表明、信長方の尾張守護斯波義統《しばよしむね》を攻め殺した。のちに信友は信長によって討たれるのだが、他にも弘治《こうじ》二年（一五五六）信長の弟信行《のぶゆき》が老臣林秀《はやしひで》貞《さだ》、柴田勝家らとともに叛《はん》したり、信長の異母兄である津田信広《つだのぶひろ》が美濃《みの》の国主斎藤義《さいとうよし》龍《たつ》と通じたりした。翌年には和睦していた弟信行がふたたび反しかけた。信長が家督を継いでから、わずか六年の間に、信長は織田本家をはじめとして、兄、弟と絶え間ない争いを繰り返した。同族の争いは、勝っても貴重な将兵を失い、国力を疲弊《ひへい》させるだけである。

このわずかの間に信長は舅《しゆうと》と弟三人、伯父《おじ》一人を失っている。最も信頼できる一族を五人も失ったのだ。織田家の戦力はがた落ちになったと言っていい。

「しかも、この年の三月、長く織田家に属して両三度今川方の侵略を防いだ、刈屋《かりや》の城主水野信元《みずののぶもと》が、義元の誘いに応じて、叛旗《はんき》を翻《ひるがえ》し、織田と今川の国境は一気に尾張に食い込んでおりました。すでに鳴海、中村《なかむら》、沓掛、大高《おおたか》の城は山口教継《やまぐちのりつぐ》の裏切りで今川方の手に落ちておりました。その上、刈屋も失い、織田方の最前線は、城とは言えぬ小規模な鷲津、丸根、善照寺《ぜんしようじ》などの砦となりもうした」

この時期、織田家はまさに滅亡の危機に瀕《ひん》していた。妻の実家であり、信長を理解していた舅の道三《どうさん》は亡く、跡には信長の領土を虎視《こし》眈々《たんたん》と狙う斎藤義龍が座り、東からは、海道一の弓取りとして武名高き義元が、四万の軍勢を率いて迫っていた。

「信長さまは、大急ぎで各砦に兵を送られました。もとより、今川家に膝《ひざ》を屈するなど考えてもおられませぬ。今でこそ、東海一の勢力となられた徳川家康《とくがわいえやす》さまが、松平《まつだいら》元康《もとやす》と名乗っておられたころ、今川の属将としてどれだけ辛酸を嘗《な》めておられたか、官兵衛どのもご存じであろう」

勝入の問いかけに官兵衛も頷《うなず》いた。松平家も家康の祖父清康《きよやす》の時代までは、三河一国を支配し、尾張に侵攻する力を持った大名であった。それが、清康の死をきっかけに、お定まりの内紛を引き起こし、清康の長男広忠《ひろただ》は、一時国を捨てて伊勢に逃げるほどの目に遭った。その広忠がすがったのは、隣国駿河の今川義元であった。義元は、松平の本拠地岡崎を奪い返す代償として、三河一国をその支配下においた。それから松平家が味わった苦労は筆舌に尽し難いものであった。今川のあらゆる戦いにおいて三河衆と呼ばれた松平家臣団は、いつも最前線に投入され、今川軍の盾代《たてが》わりにされた。その上、三河から上がる年貢収入は、ほとんど府中に送られ、三河衆は、自給自足を強《し》いられたのである。

「あの、今川のやりようを見ていれば、降伏したとてどのような目に遭うかは知れている。土地も城も奪われて、今川の弓避《よ》け、槍避けにされるぐらいなら、一戦華やかに戦って織田の名前を残そうと、信長さまは清洲に籠城《ろうじょう》して援軍を求めようという林秀貞らの主張を退けられた。あの時は、天下の何処《どこ》を見ても織田家に援軍を送ってくれるような大名はございませなんだ」

勝入の言葉に官兵衛も頷いた。たとえ援軍が来ても籠城戦は不利である。事実、鳥取、高松と籠城して秀吉に逆らった吉川《きつかわ》や清水《しみず》は毛利の援軍を受けたにもかかわらず、共に落城している。

「十八日、信長さまは、家臣の主立《おもだ》ったものを集められると昔話や四方山話《よもやまばなし》をして過ごされた。今から思えば、すでに死を覚悟されておられたのでござろう。夜も更《ふ》けたころ、皆を帰した信長さまは、ほんの二刻《ふたとき》（四時間）ほど眠られた後、お目覚めになるなり、鼓《つづみ》を打たせ『敦盛《あつもり》』を三度舞われて後、出陣を命じられた」

話に夢中になっている二人の前に新しい酒が届けられたが、二人とも杯に手を出そうともしなかった。

「夜明け前、清洲城下に出陣の法螺《ほら》が鳴り響きましてござる。幸い、大手前にお屋敷を頂戴《ちょうだい》いたしておりましたわたくしは、信長さまの御出陣に間に合い、熱田《あつた》まで馬を並べてお供いたしました。熱田神宮で戦勝を祈られた信長さまの前に、鷲津、丸根の砦が陥落《かんらく》したとの報せが届いたのでござった」

其処《そこ》から先は、勝入の手柄話に終始した。官兵衛は、自分から話をせがんだ手前、如何にも聞いている風を続けるのに苦労した。

「いや、ありがとうござった。おかげで後学《こうがく》になりもうした」

官兵衛は、すでに夜半になっていた有岡城を辞した。

それからも官兵衛は、精力的に桶狭間のことを調べた。


忙しく立ち回っている官兵衛の部屋に秀吉が姿を現した。

「官兵衛、満足したか」

休みを貰《もら》ったとはいえ、秀吉の軍師である官兵衛は、毎日秀吉のいる山崎の城に出《しゅっ》仕《し》している。片付けなければならないことが多いのだ。一応の論功行賞は終了したものの、山崎の合戦の功を申し立てるものは引きも切らないし、清洲会議の後、秀吉が得た領地の軍政もおこなっていかなければならない。さらに、まもなく起こるであろう、伊勢北陸征討の準備もある。

「いえ、まだ、納得のいく答えは出ておりませぬ」

問われた官兵衛が首を振った。

「ほう、何が気に入らぬ」

「刈屋の城主水野信元の動きが気に入りませぬ」

「水野じゃと。水野のどこが気に入らぬ。勝つ方に味方するのは常。信元が信長さまを見限って、義元についたからといって不自然ではあるまい。あのときの状況からではとても、信長さまが勝つとは思えないからな」

「確かにそうですが」

官兵衛も姫路の小領主の出身である。戦国の世で生き残るつらさは身にしみて知っている。今でも、秀吉に属さず毛利についていたらどうなっていたことかと背に汗をかく日もあるのだ。

「たしか、信元は桶狭間の後、ふたたび信長さまに仕えたはずじゃ」

秀吉は、手を打った。

「御家中にですか。今はおられぬようですが、討死《うちじに》でもなされましたか」

官兵衛は頭のなかで織田家の武将の名を繰った。しかし、信元の名前はない。

「おうよ。信元はすでに死んでおるでな。確か、天正三年の暮れだったか、佐久間信盛《さくまのぶもり》に讒言《ざんげん》され、信長さまの怒りを買ってな。刈屋の城を捨て、家康どののもとに逃げ込んだが、結局自害致したわ。もっとも寄ってたかって殺されたという話じゃがな」

天正三年と言えば長篠《ながしの》の合戦の年である。信長の勢力は、まさに最高潮、同盟を結んでいるとはいえ、家康も信元をかばって信長に逆らうことなど思いもつかなかったはずである。四年後には長男の信康すら信長の命《めい》によって自害させているほどである。家康にとって隣国の小領主の首など、どうということはなかったはずである。

「信元の跡は、どうなりました」

「一度は、佐久間信盛に刈屋の城をお与えになったが、天正八年（一五八〇）に佐久間は、信長さまから怠慢を責められて放逐《ほうちく》された」

天正八年は、信長の家臣にとって恐慌の年であった。長年信長に仕えて功のあった佐久間信盛、林秀貞《ひでさだ》、安藤守就《あんどうもりなり》、丹羽右近《にわうこん》が、怠慢あるいは信長に対する反抗を咎《とが》として追放されたのである。如何に過去に功があろうとも役に立たなくなれば、弊履《へいり》のように捨てられる。秀吉を始め柴田ら宿老も震え上がった。思い出したのか、秀吉が身を縮めた。

「では、水野の家は、絶えたのでございますか」

「いや、その跡に家康に仕えていた信元の弟の忠重《ただしげ》が、刈屋の城を信長さまから与えられて継いだはず」

「家康の家臣に御領地内の城をですか」

「もちろん、信長さまの家臣になった上での話よ。信元に子供がなかった故《ゆえ》、弟に跡をとらせたのであろう。まあ、気がすむまで、調べるがよい」

秀吉は、そう言うと城中の奥へと消えていった。

「いかに小領主の常とはいえ、水野信元はみょうだ。その末路もあまりに急すぎる。たしかに好悪《こうお》の激しい信長さまだが、讒言を信じるほど愚かな方ではない。それに、長く敵対してきた水野家を今川がすんなりと受け入れたのもよくわからぬ。たしかに一人でも味方は欲しいが……なにより、寝返ってきた者は、その裏切りを監視するためにも、先手を命じられるのが常。なのに、水野は桶狭間に行ってさえいない」

秀吉を見送った官兵衛は、疑問を呟《つぶや》いた。

二

天正十一年（一五八三）春。

雲霞《うんか》の如《ごと》くとはこのことだろう。数えきれないほどの軍勢が怒濤《どとう》のように走りだした。

「かかれ、かかれ」

秀吉が、声も嗄《か》れよと叫んでいる。興奮した秀吉は、いつの間にか官兵衛の前に出ていた。戦いは今が最高潮であった。

前日、柴田勝家軍の勇将佐久間盛政《もりまさ》の攻撃で始まった合戦は、当初秀吉側の将、中川清秀の戦死、高山右近《たかやまうこん》の敗走と秀吉側が劣勢であったが、急を聞いて駆けつけた秀吉本隊の参入によって、形勢を逆転。佐久間盛政を追い落とし、勝家軍の第二陣に襲いかかった。

「前田利家さま、御退陣のように見受けられます」

物見の兵が息せき切って秀吉の本陣に駆け込んできた。前田利家は、柴田勝家の与力としてこの合戦にも参加していたのだが、すでに秀吉との間に不戦の密約がなされていた。

「よし、勝ったぞ。勝家を逃がすな。ものども、恩賞を望まば今ここぞ。総掛かりじゃ」

秀吉が、大喜びで采配《さいはい》を振った。

先陣の佐久間盛政軍は崩れ、続く第二陣の前田利家が、戦わずに引き揚げ始めたのである。戦意旺盛な柴田勝家といえども、これでは戦いようがなかった。

「上様、深追いは禁物かと」

官兵衛は、はしゃぐ秀吉を制した。八分の勝ちは手にしていた。これを十分にしようと深追いして、手痛い敗北を喫した例には事欠かない。官兵衛は、秀吉に陣をまとめるように奨《すす》めた。

「惜しいのう。あと少しで勝家の首を見られたものを。まあよいわ。官兵衛、あとは任せる」

秀吉は、そう言うと陣所の幕内でごろりと横になった。たちまち大きな鼾《いびき》が、陣中に響く。今までの興奮が嘘のようであった。

「何ともはや、恐ろしいお方よ。もう、寝てござるわ」

官兵衛は、感心したように呟くと伝令たちに軍を引き揚げさせるように命じた。こうして秀吉と勝家の天下を賭けた戦いは、秀吉の勝利をもって終了した。後に賤《しず》ヶ岳《たけ》の戦いと呼ばれる、天正十一年四月二十一日の合戦であった。

一旦《いったん》、軍をまとめた秀吉は、着実に勝家を追いつめ、二日後には、北《きた》の庄《しょう》城《じょう》を包囲、勝てないと悟った勝家は、翌二十四日、妻のお市《いち》の方と共に自刃した。

あわただしい足音が、書きものをしていた官兵衛の筆を止めさせた。

「なに、佐久間盛政を捕らえたただと」

すでに賤ヶ岳の合戦から二十日が過ぎていた。

「上様にお知らせしたか」

「はっ、御前に引き据えましてございます」

官兵衛は、大急ぎで秀吉の居室に向かった。

「よいわ、望み通りその首刎《は》ねてくれようぞ。目障りじゃ、この猪《いのしし》を片付けい」

官兵衛が部屋に入る寸前に、秀吉の怒鳴り声が聞こえた。

「御免《ごめん》」

官兵衛は、襖《ふすま》を開けると庭にちらりと目をやった。

「おお、官兵衛か。命乞《いのちご》いは聞かぬ。こ奴《やつ》は余のことを身のほど知らずの猿と申しおった。よいな、ならぬぞ」

秀吉はそう言い捨てると奥に引っ込んでしまった。引き立てられていく佐久間盛政の姿に官兵衛は、何も言うことができなかった。

官兵衛が、捕らえられた佐久間盛政の入れられている地下牢を訪れたのは、洛中引き回しの上宇治槙島《うじまきしま》にて斬首と決まった前日、五月十一日の夜も更《ふ》けたころであった。

「勝敗は時の運と申しますが、鬼佐久間とまで怖れられたあなたが、このような姿になられるとは、如何に世の習いとはいえ、無常を感じまする」

「いや、お気遣《きづか》いあるな。秀吉に勢いがあっただけのこと。いずれ、あやつも同じ運命をたどることになりましょうぞ。いや、稀代《きたい》の軍師と呼ばれる黒田どのが付いておられる限り、大丈夫でしょうがな」

佐久間も今は、落ち着いたのか、静かな声であった。

「買い被られるな。わたくしごときは何の力もありませぬ。すべては秀吉さまの御器量と御運のなせるわざ。ところで何かご入用のものはございませぬか」

「かたじけのうござる。お言葉に甘えて酒を戴《いただ》きたい」

酒豪として織田家中に聞こえた盛政は、酒を所望した。

「承知つかまつった。これ、酒を持って参れ」

官兵衛は従者に酒を命じると、ふたたび佐久間の方を見た。

「黒田どの、なにやらわたくしにお話があるようだが」

「いかにも。お聞かせいただきたいことがござる」

「なんなりと」

「随分《ずいぶん》と昔の話になり申すが、佐久間信盛どのが、三河刈屋城主水野信元どののことについて、なにか信長さまに申し上げたと聞きますが、何かご存じではございませんか」

官兵衛の言葉を聞いた途端、盛政の目が、暗闇でもそれと判《わか》るほど光った。

「そのことをお知りになりたいか。よろしかろう、どうせ明日は、首足処《ところ》を異にするこの身。あの世に持っていく意味もなし。したが、この話聞かなかったほうが良いかも知れませぬぞ」

盛政は、そう言うと静かに語り始めた。

やがて、未明になって地下牢から出てきた官兵衛の顔は、まるで氷像のように硬く冷たいものになっていた。

三

七年が経った。秀吉は天下をほぼ手中にした。黒田官兵衛は、中津《なかつ》十二万石の主となっていた。

豊前《ぶぜん》中津城の物見櫓《ものみやぐら》に息子長政《ながまさ》を呼び寄せた官兵衛は、櫓《やぐら》から見える豊かな大地を前に言った。

「今日からそなたが、黒田家の主じゃ」

「何を仰せられます。父上は四十四歳、まだまだ隠居なさるには早すぎまする。まだ未熟なわたくしでは、とても中津十二万石を背負いかねまする」

長政は、驚いて父官兵衛の翻意を促した。

「いいや、譲る。譲らねばならぬ。譲らねば、必ずや黒田の家は潰《つぶ》されるであろう」

官兵衛は、静かに座ると沈痛な声を出した。

「何を仰せられます。豊臣の世でもっとも功績大な黒田の家を、誰が潰すというのでしょうや。この黒田家に戦いを挑むということはひいては関白さまに弓引くも同じ。この日本にそのような愚か者がおりましょうか」

長政の言葉は当然であった。今の豊臣家があるのは、黒田官兵衛のお陰であると言っても誰も否定はしまい。官兵衛は関白秀吉の側近中の側近である。

その割にわずか十二万石、しかも黒田家の本拠地姫路からははるかに遠い豊前中津である。功績の割に報われてはいないのも確かであるが、官兵衛と関白秀吉の仲は、余人の介入を許さない。

「判らぬか、我が黒田の家を滅ぼすのは、その関白さまご本人よ」

官兵衛は、吐き捨てるように言った。天正十一年に柴田勝家を葬り、実質的に天下人信長の後継者となった秀吉は、朝廷に対して莫大《ばくだい》な献金をし、ついに天正十三年(一五八五)七月、関白に上り、位《くらい》人臣を極めていた。

「どういうことでしょうか」

長政には、関白秀吉が、なぜ、最大の功臣である黒田家を狙うのかが判らないようであった。

「わしは、知りすぎたのよ」

「知りすぎたとは」

「わしは、関白さまが、まだ織田家の一武将であった天正五年（一五七七）からお側に仕えておる。本能寺の変の折の中国大返しから山崎の合戦、賤ヶ岳の戦いと関白さまがかつての同僚方を滅ぼされた争いにも、最大の敵徳川家康との小牧長久手《こまきながくて》の戦いにも、直《す》ぐ側でかかわってきた。当然、関白さまのなされたすべてを見て知っておる。特に信長さまのお子さまたちに対する仕打ちは、憚《はばか》られることが多い。いまや、天下を手中にされ、天皇さまに次ぐ地位を手に入れられた関白さまにとって知られたくないことばかり」

「それで、父上のお命を」

長政にもようやく話が飲み込めてきたようであった。

「うむ。このままわしが、この中津にいれば、関白さまは必ずこう思われるであろう。官兵衛は少ない領地に不満を持っているはず。それなのに表立って文句を言わないのは、きっと機をみて、仲間を募って余に叛旗《はんき》を翻《ひるがえ》すつもりに違いないと」

官兵衛は確信していた。秀吉と初めて出会ってから十年をこえた。おそらく官兵衛以上に秀吉のことを知っているものはいない。

特に本能寺の変の報せを耳にしたときの秀吉の顔を官兵衛は忘れることができない。呆然《ぼうぜん》としていた秀吉の顔に徐々に浮かび上がった喜びの色を。

「では、父上は、ご隠居なされてこのまま中津にお留まりになられるので」

「いいや、わしはそなたから隠居料として一万石ほどを貰《もら》い、どこぞに隠居城でも作る。しかし、其処《そこ》にも籠《こも》らず、今同様関白さまのお側にお仕えするつもりじゃ」

官兵衛は、自分が秀吉の前から完全に姿を消すことで、より一層《いっそう》秀吉が猜疑心《さいぎしん》をつのらせると見抜いていた。領地を息子に譲って野心のないことを示し、しかもいつでも目の届くところにいる。こうして官兵衛は秀吉の疑いから逃れようと考えたのだ。

「ところで、長政。もう一つ重大な話がある」

官兵衛は足を引きずりながら、櫓の階段口まで行き、下を覗《のぞ》き込んで誰もいないことを確認した。

「父上」

長政もこれから官兵衛が話すことの重大さに気づいたらしい。表情に緊張がはしる。

「長政。このことは決して余人に話すことは許さぬ。漏《も》らさば、わしもそなたも、いや黒田にかかわったものすべてが滅びるぞ」

「承知いたしました」

頷く長政の目の前に腰を下ろした官兵衛は、小さな声で話し出した。

「そなたこのまま天下が豊臣家のものとして末代まで続いていくと思うか」

「なんと仰せられる。豊臣は今や日本を統一したも同然にございます。もはや逆らうものは関東の北条家ぐらいのもの。北条とて豊臣の力を知らぬだけ。おそらく数年ののちには日《ひ》の本《もと》すべて豊臣の手にあるはずにございます」

「当分の間はの。したが、関白さま亡き後はどうなる。関白さまには未だ世継ぎがない。関白さまはわしより九歳上の天文六年（一五三七）生まれ。当年とって五十三歳。古来七十にして子をもうけた話はあるゆえ、子ができぬとは言わぬ。だが、たとえ明年、子が産まれたとしても、その子が元服して一人前の武将になるまで関白さまの命が持とうか。もし、子なくして関白さまが死ぬか、子の小さいうちに亡くなれば天下はどうなる」

「甥《おい》の秀次《ひでつぐ》さまがおられます」

「あの方に天下を治めるだけの器量があるか。あるまいが」

子供のない秀吉は、姉の子秀次をかわいがり、羽柴の名字を与え、近江《おうみ》八幡《はちまん》城主としている。まもなく秀次を養子にするのはまちがいないだろうと噂されていた。だが、秀次は、戦でも政《まつりごと》でもうまく差配することができず、秀吉の叱責《しっせき》を受けること度々《たびたび》であった。

「では、誰が」

長政の問いに官兵衛はゆっくりと力強く答えた。

「徳川どのよ」

「なるほど」

長政も思いはあったらしい。納得のいく表情で頷いた。

「よいか、将来の話じゃが、その時にわしがおればよし。おらぬときに豊臣と徳川が争うことになったならば、必ずそなたは徳川につけ。かまえて豊臣に味方するでないぞ」

「なんと父上、気が触れられましたか」

官兵衛の言葉に長政は、大いに驚いた。黒田は豊臣にこそ恩があれ、徳川には一切、世話になっていない。

「気が触れようものか。よく聞け。そなたはまだ生まれておらぬときの話じゃ。桶狭間の合戦というものがあった。そなたも概略ぐらいは存じておろう」

「はい。信長公が京に上らんと西進してくる今川義元をわずかの兵でもって奇襲し、織田家累卵《るいらん》の危機をかわし、信長公ご出世の始まりとなった戦と存じますが」

「まあ、皆もそのように思っておろうな。そのじつ、あの戦いは仕組まれたものだったのだ」

「まさか」

「まあ、聞くがよい。わしは、天正十年の山崎の戦いの後、ふとした疑問から桶狭間の合戦のことを調べてみたのだ。その結果、恐ろしいことに気づいたのだ」

官兵衛は、記憶を呼び戻すようにゆっくりと話した。

「ここに桶狭間の合戦にかんする事柄を起こった順番に書き出してみたものがある」

官兵衛は、懐《ふところ》から数枚の紙を取り出して床に並べた。

永禄元年
　鳴海城主山口教継、今川に走る。大高、沓掛の両城を奪われる。
　松平元康、織田領内に孤立している大高城に兵糧を入れる。
　松平元康、石ヶ瀬川《いしせがわ》で水野信元と対立。

永禄二年
今川、松平連合軍、刈屋城の水野信元を攻める。
永禄三年
水野信元、今川義元の降伏勧告に応じ、今川に属す。
東広瀬《ひがしひろせ》、寺部の両城が、今川の手に落ちる。
村木砦、今川に取り返される。
同五月一日
今川義元上洛を公表。出兵を命じる。
同五月十二日
今川義元府中を出発。
同五月十六日
義元岡崎着。
同五月十八日
沓掛城にて義元、織田攻めの分担を決定。信長、清洲にて軍議を行う。
同五月十九日
未明。信長清洲を出発。熱田神宮に戦勝を祈願。今川軍、丸根、鷲津の両砦を攻

撃。丸根攻撃軍は松平元康、鷲津攻撃軍は朝比奈泰朝《あさひなやすとも》。鷲津、丸根両砦陥落。松平元康、大高城に入城。

義元本陣沓掛を出発、桶狭間に向かう。

信長、義元桶狭間に向かうを知る。

義元、中食のため田楽狭間《でんがくはざま》に休息。

信長、全兵力をもって田楽狭間へ。義元本陣を奇襲。

義元討たれる。今川本軍潰走。

同五月二十日
鳴海城主岡部元信、今川義元の首を受け取り、府中に帰陣。

途中刈屋城を攻め、水野信元の弟信近《のぶちか》を討ち取る。

永禄四年二月
水野信元の仲立ちで信長、松平元康と講和。同盟を結ぶ。


「これは」

長政が驚きの声を挙げた。

「気がついたか。直接の当事者である今川義元、織田信長以外に特定の人物が目立つであろう」

「水野信元と松平元康、今の徳川家康公の二人」

「そうよ。いろいろなところにこの二人が絡んでいる。とくに鍵を握っているのは水野信元」

「水野信元」

「そなたは知るまい。天正三年に死んでおるからの。水野忠重の兄よ」

「関白さま御家来衆の。息子の勝成《かつなり》どのとは付き合いがありまする」

「そうか。もっともあの二人は、策略など弄《もてあそ》ぶ人間ではないがな。兄信元は相当の策士であったらしい」

「左様ですか」

「うむ。水野信元の動きだけを見てもおかしい。もともと水野は松平と同盟を結んでいた。それが、信元の家督相続と同時に織田に走り、そのあとは、三河尾張の国境で、松平の軍勢と戦うこと数度。誰が見ても水野、松平の両家は敵対していると見える」

「確かに」

「その水野が、桶狭間の合戦の寸前、たった一度今川から降伏せいとの使者を受けただけで、今川に寝返っている。おかしいとは思わぬか」

官兵衛の声はますます小さくなっていく。

「そして今川義元が、遂《つい》に上洛を決めた。義元は、府中を出て、岡崎、知立、沓掛と軍を進める。そして沓掛で義元は自軍の編制を決めている。この通りにな」

官兵衛は新しい紙を懐から出した。

丸根攻撃隊　松平元康　以下二千五百
鷲津攻撃隊　朝比奈泰朝以下二千
清洲攻撃先兵　葛山《かつらやま》信貞《のぶさだ》　以下五千
本軍　今川義元　以下五千
援兵　三浦《みうら》備後守《びんごのかみ》以下三千
鳴海城守備隊　岡部元信　以下八百
沓掛城守備隊　浅井《あざい》政敏《まさとし》　以下千五百
岡崎守備隊　庵原《いはら》元景《もとかげ》　以下千
刈屋城周辺　堀越《ほりこし》義久《よしひさ》　以下四千

「総数二万四千にも及ぶ大軍である。この他にもすでに大高城や寺部城に入っている人数をくわえれば、二万六千をこえる。対する織田は、清洲城の留守部隊まで動員してわずかに三千五百。丸根、鷲津の守備軍は、移動させることすらできない」

「なるほど。すさまじいほどの兵力差にございますな」

「しかし、よく見よ。各城の守備隊、清洲攻撃先兵を除《の》けると、今川義元の周辺に残る兵数は、八千ほど。とても手厚いとは言えぬ」

「確かに」

「そして、運命の十九日。義元は、攻撃軍を先発させると、自らはのんびりと沓掛を出陣、進行方向であった鳴海城に向かわず、何故《なぜ》か南下する。沓掛の南方には、松平元康の守る大高の城がある。しかし、義元本軍の露払いを務める瀬名氏俊《せなうじとし》の一軍は、田楽狭間をこえたところで何故か、東南に進路を変える。当然、義元本軍も進路を変える。曲がり角である田楽狭間に着いた義元のもとに織田方の佐々政次《さっさまさつぐ》、千秋季忠《せんしゅうすえただ》、岩室重休《いわむろしげやす》ら有力武将の首が、丸根砦攻撃隊から届けられた。義元は丸根、鷲津の両砦陥落に続く勝報に喜んで、田楽狭間において首実検《くびじっけん》を行った。足利将軍家の一族として名門意識の高い義元である。首実検も作法通り、香をたき、一人一人手柄の内容を聞き、その場で感状をしたためたはずじゃ。そうしているうちに中食の刻限になる。

やがて、付近の神官農民らが戦勝を祝って酒肴《しゅこう》を献じに来た。義元は、田楽狭間に腰を据《す》えることとなった」

「それから、いかがに」

長政も引き込まれてきていた。

「一方、本隊が田楽狭間で留まっていることを知らない瀬名は、進軍を続け、本隊との間はますます開いた。其処《そこ》へ、織田信長率いる軍勢が斬り込んだ。中食のために軍装を解いていたものもいた。この戦いにすべてを賭けていた三千五百の織田軍に、瀬名の露払いに割《さ》いたため五千を割ったうえ、油断しきっていた義元本陣。これでは戦にならない。義元は首を討たれた。では、何故、義元は、そのまま西に向かって鳴海の城に入らなかったのか。沓掛から鳴海までは約一里、昼前には鳴海の城に入れたはず。当然首実検も中食も城内でできた。そうすれば、信長の奇襲はあり得ない」

「義元の進路を変える何かがあったということでございましょうか」

長政も気づいた。

「うむ。そのまま進んで、翌日清洲城を攻めるつもりであったろう義元の進路を変えさせたのは誰か。しかもまっすぐに南下して大高の城に向かうのではなく、少し後戻りするように東南に進路を変えたのはなぜか」

官兵衛は、一枚の地図を出した。其処には尾張の東が、書き込まれている。

「見よ。桶狭間から東南に向かった先にあるものを」

官兵衛の指の先を追った長政の目が大きく開かれた。

「刈屋城」

其処には、今川に寝返ったばかりの水野信元の居城、刈屋の城があった。

「そう、ここにも水野信元が絡んでいる。おそらく、十八日の沓掛城での軍議に出た信元は、ぜひ我が城にお越し下さい、と義元を誘ったのであろう。何年にもわたって松平家と諍《いさか》いをおこして、負けることを知らなかった信元が、たった一度の義元の降伏勧告に応じたのである。義元としては、自分の実力を見た気がして、いい気持ちであったろう。その信元から城を差し出しますので、是非ご検分下さいと言われれば、誘いにのってしまうのも無理はない。もちろん、刈屋周辺でいまだに義元に従わない小名たちへの示威行動にもなる。こうして、義元は、急に進軍路を変更したのだ。沓掛から刈屋まではわずか二里少々。たとえ、刈屋城に寄ったとしても、十九日中には大高城に入れる。すでに織田方の砦は次々に陥落している。このままいけば、信長もかなわぬと知って降伏してくるかもしれない。こうして義元は、刈屋に向かった」

「しかし、父上、必ず義元が田楽狭間で休息をとるとは限りませんが」

長政が、疑問を呈した。義元が田楽狭間で休息をとってくれたからこそ、信長に勝機が生まれたのである。

「あるのだ。義元を田楽狭間に足止めする方法がな。それが、首実検じゃ。戦の常よ。戦勝を祝い、味方の士気を鼓舞するために首実検は欠かせまい。しかも、本格的な戦闘の始まった初日。当然、緒戦の勝利は大きく喧伝《けんでん》しなければならぬ。とくに実際に戦闘に参加していない将兵にとって、前線がどうなっているかを知るすべとしてもっとも確実なものは、敵将の首以外にない。話だけでは、逆の場合もあるでな。負けているのに勝っていると聞かされることもある」

将に従う兵たちに情報は入ってこない。大将の言葉を信じて進軍したために全滅した軍も多い。兵たちは、生き残りを賭けてわずかに洩《も》れてくる情報を必死に探るのだ。

「なるほど」

頷いた長政は、不意に手で膝頭《ひざがしら》を叩《たた》いた。

「そう言えば、田楽狭間にさしかかった義元本陣に佐々や千秋の首を届けたのは、丸根砦攻撃隊でございましたな。ということは……」

長政が、息を呑《の》んだ。

「松平元康よ」

「家康公」

「そう、家康は、未明に丸根砦を攻略していたにもかかわらず、直《す》ぐに首を送っていない。時間を計っていたとしか思えぬ。義元が田楽狭間に入るまで待っていたのだ」

「ううむ。ということは、水野信元が、田楽狭間に義元を誘い、家康公が、義元を田楽狭間に釘づけにした」

「そこに、事情を知らぬ信長が乾坤一擲《けんこんいってき》の戦を仕掛ける」

「うまくいけば良し、失敗しても水野、松平に疑いのかかることはない」

「うむ、そうじゃ。しかし、不意の行軍の変更から、真相に気づいた岡部元信は、桶狭間の翌日、府中に戻る道すがら刈屋の城を攻め、水野信元の弟信近を討ち取っている。しかし、これを公表することはできぬ。義元の名前に傷がつくからな。戦国の世じゃ。だまされた方が悪い」

「おそろしい策にございますな。しかし、あれほど仇敵であった水野と松平が、よく連携できましたな」

長政が、感嘆の声を挙げた後、首をかしげた。

「それはな、水野信元と松平元康、いや徳川家康は親戚だからよ。二人は、伯父甥《おじおい》だったのだ」

「なんと申される。信元と家康公が」

「そうじゃ。家康公の父松平広忠の最初の妻。つまり家康の母よ。それが、水野信元の妹於大《おだい》。信元と家康は血のつながった一族よ」

「ならばなぜ、あのように戦を仕掛けていたのでしょうぞ」

「あれは、今川の仕打ちが原因よ。広忠の父清康の死で内紛を起こした三河の国を義元は援助の名の下に支配、三河の衆に辛酸を嘗めさせた。当然、隣国の水野も今川に降伏すれば、同じ目に遭うのは必定《ひつじょう》。そこで、水野は松平と敵対し、信秀さまの庇護《ひご》を求めた。しかし、いずれは一族が一つになって三河の地を取り戻そうとしていたに違いない。そなたも三河衆の結束の強さは、よく知っておろう」

　家康の強さはなんといっても、配下の将の結束力にある。そのことは、譜代《ふだい》の臣を持たない秀吉がもっともよく理解していた。当然、秀吉の側近である官兵衛も長政も知っている。

「水野と松平は待った。幼い元康が成長し、岡崎に帰ってくることを。そして、永禄二年（一五五九）元康は岡崎に帰った。信元と元康は密かに連絡を取り合ったであろう。義元が、人質であった元康を岡崎に帰した目的はただ一つ、兵を集めて、上洛の先陣とするため。二人は、何度も何度も計画を練ったはず。このまま義元の下にいたのでは、永遠に隷属《れいぞく》を強《し》いられる。かといって、自らが謀反を起こすには勢力がなさ過ぎる。また、義元の長らくの搾取《さくしゅ》で三河には予備の鎧《よろい》も米もない。二人は、義元の首を取る役に隣国の領主信長を選んだ。信元は織田の配下であったから当然信長を知っている。元康も六歳から八歳まで誘拐同然に尾張に送られていたから、信長を知っている。この策に要るのは、籠城するような消極的な人物ではない。万に一つの可能性を拾おうとする男」

官兵衛は、その見事な策に酔っていた。

「おそらく、信長も薄々は感じていたはずじゃ。なにせ、桶狭間の一戦の後、ふたたび随身してきた信元を許しているし、信元の仲介で元康と和睦しているからな」

「しかし、あの信長どのが、よくもまあ辛抱なさいました。裏切りを許す方ではございませぬぞ」

「当時の信長には、それだけの力がなかったのだ。だから、織田家が実力をつけた天正三年、水野信元は織田家を追われている。表向きは佐久間信盛の讒言によると言われているがな。これについては、信盛の甥佐久間盛政に確認してある。追われた信元は家康のもとを頼るが、家康はあっさりと信元の首を刎ねている。今となっては真相を知る余分な人物でしかないからな」

「怖ろしいことを」

「しかし、信長は家康を許してはいなかった。信長は、娘婿《むすめむこ》でもあった家康の跡取り、信康にぬれぎぬを着せて殺している」

「家康さまに対する報復ということですか」

「あの人ほど、他人の手のひらで踊ることを嫌う人はない。事実を知った以上、我慢ができなかったのであろう。しかも表沙汰《おもてざた》にするわけにはいかない。自分の阿呆《あほう》さを天下に知らせることになるからの」

「しかし跡取りを殺されて、よく家康さまが我慢なされましたな」

「まだ、信長に対抗するだけの力がなかったからよ。しかし、家康は焦《あせ》ったはずじゃ。信長に桶狭間の真相を知られたと。その上、天正八年に起こった信長の重臣追放は、家康の頭にがつんと来たであろう。自らの家臣でさえ不要となれば切り捨てる。たかが同盟国でしかない己など、天下統一の暁《あかつき》には、どのような目に遭うか」

「これは、まさに」

「しかし、その追放からわずか二年足らずで信長は、本能寺に倒れる。したが、これも不思議なことよの。信長の配下の将は、京を遠く離れた中国、北陸、関東、信濃《しなの》と兵力を分散しておった。京都の本能寺にある信長本陣はわずか百五十人、嫡男信忠の軍勢を入れても二千に足りぬ。しかも、宿舎は城ではなく寺。護衛はいないし、警備は手薄。食事中ではなかったが、夜明け前で睡眠中と油断しきっている。なにかに似てはおらぬか」

官兵衛は、長政の目を覗き込んだ。

「桶狭間とそっくりではありませんか」

長政は、驚きの声を挙げた。

「その上、家康は、部下と数人で堺《さかい》見物。今回もかかわってはおらぬ体《てい》を見せている」

「まさか、父上。本能寺の変まで」

長政が、ぐいと官兵衛に詰め寄る。

「口にするでない。これでよく分かったであろう。儂《わし》がなぜ、徳川につけと言ったかが」

後年、秀吉亡き後、黒田長政は早々と家康に近づき、関ヶ原の合戦の寸前には、秀吉の一族で西軍の有力武将である小早川秀秋《こばやかわひであき》や、西軍の総大将毛利輝元《てるもと》の軍師吉川広《ひろ》家《いえ》を説得、裏切りをさせている。

この功によって戦後黒田家は、福岡に五十二万石を得、幕末まで外様雄藩の地位を保ったのである。

功臣の末路

一

貞享《じょうきょう》元年（一六八四）八月二十八日は秋の彼岸《ひがん》である。同時に幕府の式日にも当たっている。この日江戸は、江戸城に登城する在府の大名たちの行列と六阿弥陀詣《ろくあみだもうで》（阿弥陀如来《にょらい》を安置している寺院六ヵ所を太陽の運行にあわせて一日で参拝する）に出かける庶民たちで混雑の極みを迎える。

しかし、江戸城西の丸下に屋敷をあてがわれている老中たちは、町中の混雑も関係なく、西の丸二重橋から登城、予定時刻に本丸御用部屋に入った。

「おお、御大老はまだのようじゃ」

現老中のなかで最古参の稲葉美濃守正則《いなばみののかみまさのり》が、御用部屋の襖《ふすま》を開けて言った。美濃守は明暦《めいれき》三年（一六五七）に老中に就任して以来、二十七年にわたってその職にある。いわば御用部屋の主《ぬし》のような存在である。

「今頃、大手前の大名たちを蹴散《けち》らしておられることでしょう」

答えたのは大久保加賀守忠朝《おおくぼかがのかみただとも》である。美濃守には及ばないが、老中に就任して七年、実務に明るい能吏である。

残り二人、阿部豊後守正武《あべぶんごのかみまさたけ》、戸田山城守忠昌《とだやましろのかみただまさ》が微笑《ほほえ》んだ。

居並ぶ大名の間を得意げに刻み足と呼ばれる駆け足で駕籠《かご》を走らせる大老、堀田筑《ほったちく》前守正俊《ぜんのかみまさとし》の姿が、皆の頭の中に浮かんだ。

天和《てんな》元年（一六八一）、老中であった堀田筑前守が大老に推挙されて以来、幕政はこの五人で切り盛りされていた。

老中の仕事は多岐にわたる。大名、禁裏《きんり》、堂上《どうじょう》の相手、それに幕府直轄《ちょっかつ》地の行政全般である。忙しくて当たり前である。しかし、堀田が大老に就任して以来、老中の仕事は目に見えてなくなっていた。それは、堀田の独裁を意味していた。

もっとも今日のような式日には仕事もない。四人はいつものように御用部屋でときを無為に過ごしていた。

「遅れたようだの」

四人が退屈の味を嚙《か》みしめ始めたころ、幕府の最高権力者である大老、堀田筑前守正俊が、御殿坊主に先導されて御用部屋に入ってきた。

「おはようござる」

「ご機嫌うるわしゅう」

阿部、戸田の二人が、頭を下げた。稲葉、大久保は軽く黙礼をしただけである。

堀田は、御用部屋のもっとも奥にあるその席につくと、御用部屋詰めの茶坊主に抹《まっ》茶《ちゃ》を一服点《た》てるように命じた。

「今日は一段と大手前が混んでおった。これは間に合わんかなと思うたが、黒田が気づいてくれての、差配《さはい》が前の連中に知らせてくれおったおかげで、なんとかなったわ」

黒田といえば、筑前福岡で五十二万石を領している外様の大大名である。

大老、老中は御三家ご一門以外であれば、たとえ加賀百万石の前田家《まえだけ》といえども呼び捨てにできた。が、老中四人はよほどのことがない限り、加賀殿《どの》とか薩摩《さつま》殿、修理《しゅり》大夫《だいぶ》殿とか内匠頭《たくみのかみ》殿とか、その領国や官職に殿をつけて呼ぶ。一人、堀田だけが、誰《だれ》彼《かれ》かまわず呼び捨てにしていた。

「そろそろ、大名たちもそろいましょう。後は上様のお成りをお待ち申し上げるのみ」

一人気炎を吐《は》いている堀田に水を差すかのように、稲葉が言葉を発した。

「…………」

続けて喋《しゃべ》ろうとしていた堀田は勢いをそがれ、露骨に眉《まゆ》をひそめた。

「御免《ごめん》」

御用部屋の外から声が響いた。慌《あわ》てて坊主が、襖を開ける。

この御用部屋には茶坊主と奥右筆《おくゆうひつ》以外の入室は禁じられている。式日の今日、この部屋を訪ねる者はないはずであった。

「これは石見守《いわみのかみ》さま」

茶坊主が、慌てて平伏した。廊下に立っていたのは若年寄の一人、稲葉石見守正休《まさやす》であった。

「御大老にいささかの御用があり……」

正休は、茶坊主に目を向けることさえせず、御用部屋に向かって喋った。正休の声はよく通る。御用部屋の奥にいた堀田の耳にも十分聞こえていた。

「なんじゃ、忙しいときに」

堀田と稲葉正休とはいとこ同士である。他の者なら一喝《いっかつ》して、蹴散らす堀田でも、正休相手では仕方がなかった。堀田はさっきの不機嫌を引きずったまま、入《い》り側《がわ》と呼ばれる畳《たたみ》廊下に出た。

「どうした、正休」

堀田は怪訝《けげん》な顔をした。無理もなかった。正休とは昨夜、屋敷で遅くまで一緒に酒を酌《く》み交わしていたのである。そのために今日の登城が遅れかけたのだ。用ならばそのときにすませていたはずである。

「天下のため……御免《ごめん》」

堀田が十分に近づくのを待っていた正休は、いきなり腰の脇差《わきざし》を抜くと肩口から斬り付け、さらに身体《からだ》ごとぶつかるようにして右脇腹を刺した。

「石見、狂ったか」

堀田は、一言叫ぶとそのまま倒れた。即死であった。

「なにごとぞ」

御用部屋でもっとも入り側に近いところにいた大久保忠朝が、堀田の断末魔の声に驚いて飛び出してきた。

忠朝の目の前には、背中を向けている正休と血の海に沈んでいる大老、堀田正俊の姿があった。

「狼藉者《ろうぜきもの》」

忠朝の怒声に正休はゆっくりと振り返ると手にしていた血塗《ちぬ》られた脇差を落とした。抵抗の素振りを見せない正休に、忠朝が脇差を抜くと斬り付けた。

忠朝の一撃は、正休の肩衣《かたぎぬ》にあたって滑った。そこへ、騒動に気づいた御用部屋の老中はおろか若年寄まで集まって、有無を言わせず斬り付けた。

稲葉石見守正休は、十人近くの老中若年寄によって切り刻まれるようにして殺された。

江戸城御用部屋という重要な場所で起こった刃傷事件は、あっさりと被害者、加害者、両者の死をもって終了した。

この事件によって堀田という目の上のたんこぶのなくなった将軍綱吉は、この後独裁の色合いを濃くし、やがて日本史上最悪の法律、『生《しょう》類憐《るいあわれ》みの令』へと向かっていくことになる。

二

宝永《ほうえい》六年（一七〇九）五月、甲府宰相綱豊《こうふさいしょうつなとよ》は江戸城内にて将軍宣下《せんげ》を受けた。六代将軍徳川家宣《いえのぶ》の誕生である。

その四ヵ月前、家宣の腹心、新井白石《あらいはくせき》も幕府の中枢に登用されていた。

「急がねばならんな」

白石は、主君の将軍宣下を見ながら呟いた。今年五十三歳、雌伏の期間の長かった白石が、ようやく政治の表舞台に登場したのであった。父新井正済《まさなり》の浪人に始まる苦節三十年であった。ようやく仕官した堀田正俊が殺されたことでふたたび浪人、続いて得たのは江戸から遠い甲府への仕官と、いつかは幕政に参画したいという大望を抱いていた白石にとっては、意に染まぬ長い雌伏であった。

それが今報われたのである。仕官以来白石の才能を認め、厚遇してくれた家宣が、将軍の座についたのである。まさに待望の一瞬であった。

だが、白石は喜びに浸《ひた》っているわけにはいかなかった。たずさわってみれば、幕政には難問が山積みされていた。

先代将軍綱吉によって大きく揺らいだ幕府の信頼を取り戻さなければならず、と同時に破綻《はたん》を来した財政の建て直しをせねばならない。

暴君と言われた五代将軍綱吉の跡を受けた家宣は、まるで正反対の人物である。よく言えば家宣は聖人君士である。言い換えれば、お人好《よ》しとなる。日本全土の政《まつりごと》に責任を持つ将軍としては、頼りないことは否めない。

その人の好い将軍を支えていくには、白石一人では無理である。今、白石がもっとも急がなければならないのは、己《おのれ》と同様に幕府を支えていくに足る人材の発掘と登用であった。

「だが、私のような立場では困る。やはり老中、若年寄といった権限を持てる人物を探さねば」

白石の立場は微妙である。役職としてはお側衆《そばしゅう》支配と呼ばれる家宣の側近中の側近。しかし、お側衆支配では、幕政を左右することはかなわない。やはり老中の判がいる。

幕府には老中就任にかんして内規があった。老中職は、帝鑑間《ていかんのま》もしくは雁間詰《かりのまづ》めの譜代《ふだい》の大名で、五万石以上で城持ちであることとなっていた。この城持ちというところがみそである。五万石くらいの譜代ならば、それこそ掃《は》いて捨てるほどいる。だが、城持ちとなると限られてくるのだ。その上、老中になるには前もって経験しておくべき役職が、慣例的に決まっている。おおむね、老中になるにはお側御用人、大坂城代、京都所司代《しょしだい》を経ることが多い。

こうなると元禄六年（一六九三）、当時甲府城主であった家宣に仕えてわずか十六年、ようやく五百石を拝領するに至ったばかりのお側衆頭《がしら》新井白石では、逆立ちしても老中にはなれない。

もっとも、綱吉の御世には、お気に入りということで、わずか三百五十石取りから十五万石の大名、大老格にまで昇進した柳沢吉保《やなぎさわよしやす》の例もあるが、おとなしい家宣にそれだけの引き立てを求めるのは不可能である。

「早速《さっそく》この条件に合う家柄から人材を探さねばならないな」

白石は、すべての行事が滞《とどこお》りなく終わった後も一人、お側衆詰めの間に座ったまま独りごちた。


「どうした白石、顔色がすぐれんではないか」

小川町《おがわまち》に新しく与えられた屋敷に戻ってきた白石を迎えたのは、白石の数少ない友人西山順泰《にしやまじゅんたい》であった。

「これは、順泰先生」

西山順泰、対馬《つしま》の国の産で阿比留《あびる》と称していた。つい最近、名字を変えたところである。白石とは同じ木下順庵《きのしたじゅんあん》のもとで学んだ相《あい》弟子であった。もっとも入門は順泰のほうが早く、兄弟子にあたった。

狷介《けんかい》で尊大《そんだい》、人付き合いの下手な白石にとっては唯一といえる親友であった。

「家宣公の将軍宣下のお祝いに参じたのだが、なにかあったのか」

順泰が心配そうに白石の顔を覗《のぞ》き込んだ。

「いえ、そういうわけではないのですが。まっ、玄関先ではお話もかないません。奥に」

白石の先導で順泰は奥の書斎へと通った。

「まずは、お茶など」

白石は、書斎に切られた炉から茶を点てると順泰に振る舞った。

「相変わらず、お見事なお手前」

一服した順泰が、じっと白石の顔を見た。

「じつは、順泰先生。困っておりまして」

白石は、順泰に悩みごとを語った。

「確かに、貴君が老中になることはできんな。世間は綱吉公の治世にこりておる。その治世と同じ御側政治は反発を招くだけであろう」

順泰の言葉は、あっさりと白石の夢を砕いた。

「かといって、今の老中方ではこの難局は乗り切れまい。柳沢は幕閣を去ったとはいえ、残った老中も大したことはないからの」

大老格であった柳沢吉保は、そのまま留任するであろうというおおかたの予想を裏切ってこの正月に職を辞していた。

「残ったのは、大久保隠岐守《おきのかみ》、井上大和守《いのうえやまとのかみ》、土屋《つちや》相模守《さがみのかみ》の三人か」

順泰は今の老中の名前を挙げた。

「どいつも、生類憐みの令に逆らえなんだ奴ばかり」

順泰の口調はきつい。恨みが籠《こ》もっている。対馬生まれの順泰にとって魚の売り買いまで禁止した生類憐みの令は、最大の悪法以外のなにものでもない。食いものの恨みは何とやらと言うが、まさにその通りであった。

「ですが、順泰先生。いきなり全員を取り替えるというわけには参りませぬ」

白石の言葉ももっともである。何ら失政のないものを辞めさせるということは、政道の公正さを疑わせ、辞めさせる対象となった人物の名誉に傷がつく。

「そうじゃの。迂闊《うかつ》に入れ替えて堀田公と稲葉公のようになられても困るしの。敵は多くても味方の少ないおぬしじゃから」

白石のことを気遣《きづか》った順泰の言葉であったが、かえって白石に大きな衝撃を与えることとなった。

「これは、要《い》らぬことを申したようじゃ」

そそくさと順泰が帰っていった。

白石に大きな衝撃を与えたのも無理はなかった。あの事件のおり、白石は刺された大老堀田正俊の家臣であったからである。

失意の浪人時代にようやく終止符を打てたのが、天和二年（一六八二）。一年前に大老になった堀田正俊が、藩中教育のための儒学者を求めたのに対し、白石が推挙され、召し抱えられることとなった。

もし、あの事件がなく堀田正俊の時代がもう少し続いていたら、白石の登場はもう十年、いや二十年早かった。

「あの事件のおかげで、堀田家は左遷され、減知《げんち》された。そのために新しく召し抱えとなったわたくしも致仕《ちし》せざるを得なくなったのだ。だが、あの事件はあのまま詳細な調査がなされず、うやむやの内に片づけられている。何故《なぜ》だ」

灯油の皿がじじっと鳴いたが、白石は微動だにしなかった。

「すまぬが、常憲院御事蹟《じょうけんいんごじせき》を記録したものを持ってきてくれぬか。そうよな延宝《えんぽう》から貞享の項を頼む」

翌日出仕《しゅつし》した白石は、家宣の御前から下がると書物奉行《しょもつぶぎょう》の元に出向き、本を借り出した。常憲院とは綱吉の戒名である。

書物奉行から借り出した記録を白石は自宅に持ち帰った。城中では白石に面会を求める者も多く、また御用繁多のため、目を通すひまがなかったからであった。改めて記録を読んだ白石は、事件の当事者である堀田正俊と稲葉正休のことを調べることにした。もっとも、『藩翰譜《はんかんふ》』の作成で各家の系統には精通した白石であったが、この二人についてはもう一度詳《くわ》しく調べ直すことにした。

【堀田家】正俊の父正盛《まさもり》が、三代将軍家光《いえみつ》の小姓《こしょう》として召し出されたのが、始まり。後に家光の側近として幕政に参画、一万石の大名から老中、最後は佐倉《さくら》十一万石にまで出世した。後、正盛は家光の死に殉《じゅん》じている。ただし、本家を継いだ嫡男正信は、殉死しなかった松平伊豆守《まつだいらいずのかみ》を憎んで幕府政策に反発、改易《かいえき》されている。

正俊は正盛の三男である。出生とともに曾祖母に当たる春日局《かすがのつぼね》の養子となる。八歳で四代将軍家綱《いえつな》の小姓となる。春日局の死によって遺領三千石を継ぐ。以後加増を受け、老中になった延宝七年（一六七九）には四万石、大老になったのち天和三年（一六八三）に九万石、翌年には十三万石にと異例の出世を続けた。

【稲葉家】美濃《みの》の豪族。正成《まさなり》は、斎藤《さいとう》家、織田《おだ》家、豊臣《とよとみ》家と主君を変えた。小早川《こばやかわ》家の家老として関ヶ原の合戦に参加、小早川家の寝返りを策して東軍の勝利に貢献。功をもって家康より下野《しもつけ》に二万石を賜《たまわ》る。明智光秀《あけちみつひで》の与力として共に織田信長《のぶなが》を討った斎藤利三《としみつ》の娘阿福《おふく》と再婚した。正成と阿福の間の子供正勝《まさかつ》が、家光の元に出仕《しゅつし》、小田原《おだわら》城と八万五千石を領す。その子正則《まさのり》が遺領を継ぎ、老中になり、さらに加増されて十一万石になった。

正休の家系は、正成の十男正吉《まさよし》に始まる。正吉は、美濃にて五千石を与えられた。正吉の死後家を継いだ正休は天和二年若年寄となり、続いて加増を受け、一万二千石の大名となった。

「この両家は近い親類ではないか。特に正俊の内室は正則の娘、正休にとってはいとこの子供ということになる。正成正盛、正俊正休の時代と婚姻《こんいん》を重ねた親戚同士であるのに、なにがあったというのだ」

白石は、呟《つぶや》いた。

両家とも春日局の引き立てによって世に出たもの同士である。しかし、稲葉家が春日局の子供の家系であるのに対して、堀田家は稲葉正成と前妻の間の娘、春日局にとっては義理の娘の末である。厳密にいえば、堀田家に春日局の血は流れていない。

「だが、石高的には十一万石と十三万石、あまり変わりはない。稲葉が小田原、堀田が古河《こが》、ともに要地であり、格も城主と本当によく似ている」

　堀田、稲葉両家の系譜をだいたい把握した白石は、いよいよ事件について調べ始めた。

「貞享元年、八月二十八日、式日総登城。ほとんど式典の準備が整ったときに事件は起こった。不意をつかれた正俊が、刺し殺された」

　書斎で考えていた白石の声は自然と大きくなった。

「なに物騒なことを大きな声で言っている。宝永の張孔堂《ちょうこうどう》、二代目由井正雪《ゆいしょうせつ》になるつもりか」

　勝手知ったる他人の家、この間逃げるように帰った順泰が、足音も高く書斎に入ってきた。

「順泰先生、なにを言われるか。冗談にもほどがありますぞ」

　白石は真っ青になって抗議した。幕府の中枢にいるものに謀反の噂が立とうものならたいへんである。特にこれから大きな権力を振るうことが目に見えている白石を快く思わない人間は、いくらでもいる。

　なんども挫折《ざせつ》を経てここまで来ただけに、今の地位を守るのに必死な白石は、思わず声を荒らげた。

「これはすまん。気づかぬことをいたした」

笑いながら口にした順泰であったが、白石の真剣な顔に表情を引きしめた。目を落とした順泰が、白石の前に置かれた本の山に目をやった。

「白石、これは」

「先代さまの記録でござる」

白石が差し出した記録を見た順泰は察したらしい。

「堀田公と稲葉正休のことを調べておるのか」

「ええ」

「何か分かったか」

「いえ、まだ何も。まあ、両家が仲の良い親戚であったということだけで」

「白石。あの当時おぬしは堀田公の御家中であった。なにか覚えていたり、聞いたりしたことはないのか」

順泰の言葉は至極もっともなことである。

「それが」

当時の白石は儒学をもって仕える、いわば堀田公の教師のような存在である。毎日藩邸に詰めることもなく、決められた日に屋敷へ参り、講義をして帰る。歴代の家臣のように藩の内情に精通したり、藩主の側に侍《はべ》るようなことはなかった。当時、いろいろな噂が堀田家江戸藩邸に流れていたのは事実であった。しかし、事件の後始末、続く転封《てんぽう》に忙殺されていつの間にか消え去っていった。

「あの後堀田家は、譜代名誉の土地、下総古河《しもうさこが》から出羽《でわ》山形へ、間をおかず奥州福島にと移されている。表高は変わらないが、実収入には大きな差がある。もちろん江戸からは遠くなるから、参勤交代の費用もかさむ」

順泰の言葉に白石は胸が痛むのを感じた。度《たび》重なる転封による財政の悪化、それに伴う人件費削減によって、新参者の白石は堀田家から退身せざるを得なくなったのであった。

「これはすまなかった」

「いえ、もう昔の話でござる」

白石は、軽く流した。そのていどで顔色を変えるようでは、これからの政争に勝ち抜いていくことは出来ない。

「このころの話を知っている者はいないのか」

順泰が聞いた。

「左様ですなあ」

白石は当時のことを思い出してみた。何人かの顔が浮かぶ。だが、今も堀田家に籍を置く者は除外しなければならない。新しい執政が堀田家に興味を持っていると思われては、話がややこしくなる。

「おう、立花《たちばな》どのがおられた」

白石が、膝《ひざ》を叩《たた》いた。

「どなたじゃな。その立花殿とは」

順泰の問いに、

「私と同じ時期に藩を致仕いたしましたお方で、お留守居添役《るすいそえやく》を勤めておられました。たしか、係累《けいるい》がないということで無理矢理辞めさせられたはず」

と白石は答えた。

「聞いてみることだな」

順泰はそう言うと手にしていた本を放り出し帰っていった。

三

西山順泰にそう言われはしたが、将軍交代直後で白石はとてつもなく忙しい。制令の廃止施行、人事の刷新などで、白石は長い間、事件の謎に迫ることはできなかった。

「疲れたであろう。しばらく休め」

白石が将軍家宣からねぎらいの言葉を掛けられたのは、将軍宣下から三ヵ月が経とうとしていたころであった。

「いえ、大丈夫でございます」

「いや、翁に体をこわされては余が困る。休め。これは将軍命《めい》じゃ」

家宣の勧めにしたがい、白石は、三日間の休みを貰《もら》ってお城を下がった。

「そうじゃ、帰りに立花どののところに寄ってみようか」

白石は供に寄り道することを伝え、自宅とは反対方向の日本橋へ向かった。すでに人を介して立花の居場所は調べてあった。

江戸という町の人別《にんべつ》は整備されている。人別のはっきりしている人物を探すのは容易であった。

立花は、堀田家を去った後、しばらく浪人していたが、やがて日本橋の中堅どころの商家の婿養子に入り、今では、義父の跡を継いで店を切り盛りしていた。

「御免。主《あるじ》はご在宅かな」

お城を七つ（午後四時ごろ）に下がった白石が、日本橋に着いたのは、暮れ六つも近づいた夕刻であった。店は後かたづけに忙しい最中である。

「へえ、おりますが、失礼でございますが、どちらさまで」

身分ありげな武家の来訪に戸惑った様子は見せながらも、番頭らしきものが応対した。

「新井白石と申す」

「これは、どうも。しばらくお待ちを」

江戸の庶民の耳は早い。今度の将軍の後ろにいるのは、新井白石という儒学者らしいと知っている。その白石が店に来たのである。大慌《おおあわ》てで番頭は奥に駆け込んだ。

「これは先生。よくぞ、ここがおわかりに」

番頭と入れ替わりぐらいに主が飛び出してきた。すっかり商家言葉が身に付いている。昔と違って体にみっしりと肉が付いて身のこなしも武家らしいところは何一つ見えない。

「ご無沙汰《ぶさた》しております、立花氏。いや今は、上総屋《かずさや》どのとお呼びするべきでしたな」

「ごていねいなご挨拶《あいさつ》恐れ入ります。ささっ、奥へ。ここでは話も出来ません」

白石は、上総屋に案内されて奥の客間に通った。

「おひさしゅうございます。もうあれから二十年になりましょうか。この度はご出世、おめでとうございまする」

上座へ腰をおろした白石に上総屋は手をついてお祝いを述べた。

「いや、そうかしこまらんでほしい。今日は不意に訪れて迷惑を掛ける」

「いえいえ、おい」

上総屋が声を掛けると襖がすっと開いて、中年のしっとりとした女と若いはつらつとした女が目の位置に膳を捧げて入ってきた。

「家内と娘でございまする」

二人は膳を置くと言葉も出さずに下がっていった。

「まずは、お祝いにお一つ」

上総屋のさしだした酒を白石は受けた。しばらく返杯の応酬と昔話に花を咲かせた。

「ところで、立花どの。お伺《うかが》いしたいことがある」

しばらく話をしている間に白石は上総屋のことを立花と旧名で呼んでいた。

「はい」

「あの事件のことでござる」

こう言うだけで話が通じた。現在の身分は違うとはいえ、あの事件によって人生を変えられた者同士だからである。

「どのようなことでもよい。覚えていることを教えてはくださらんか」

白石の問いに上総屋は考え込んでいたが、ぽつりぽつりと話し始めた。

上総屋の話をまとめるとこういうことであった。

堀田正俊が異例の出世を遂げたのは、春日局の養子となったからとされている。しかし、それは違ったのである。確かに春日局の引きで四代将軍家綱のもとに小姓に上がってはいた。だが、春日局の養子には意味がなかった。大奥の総支配職など男子に継がせられる性質のものではない。しかも春日局には別れた稲葉正成との間に正勝、正定《まささだ》、正利《まさとし》の三人の子供がいる。その春日局に堀田正俊を養子に迎えるように強要した者がいた。もちろん、そんなことのできる者は決まっている。ときの将軍家光である。

ではなぜ、家光がそこまでしたのか。

堀田正俊が家綱の小姓として江戸城に上がったのは八歳、どんどん少年らしくなっていくときである。女に興味がなく男の尻ばかり追いかけていた家光にとっては、馬の前の人参《にんじん》であった。当然、手を付ける。しかし、堀田家は譜代というわけではない。しかも、本家の堀田正盛を優遇して老中にしている今、徳川家にとって功績のない美濃の小豪族の分家をあらためて取り立てる理由がない。そこで、家光は春日局に無理矢理正俊を引き受けさせたのである。

当時並ぶ者のなかった春日局の養子である。正俊は家光公の譜代として出世した。やがて春日局、家光もこの世を去るが、正俊は順調に出世、家綱の将軍宣下とともに若年寄に任じられ、やがて老中に昇った。そこで起こったのが家綱の病気に伴う徳川将軍家継嗣《けいし》問題であった。

家綱には跡継ぎの子供がなかった。当時、最大の権勢を誇っていた大老の酒井忠清《さかいただきよ》が権力を後ろ盾に、鎌倉幕府にならって新たな将軍を京から迎えようとしたのである。酒井の前に逆らう者もなく決まりかけたとき、一人反対を唱えたのが堀田正俊であった。堀田は、家綱の弟綱吉を推薦したのであった。

堀田の正論の前に酒井もいったんは引いたが、巻き返しをはかっていた。しかし、堀田は素早く綱吉を江戸城に引き入れると病床の家綱へ拝謁《はいえつ》、将軍継嗣の承認を取り付けてしまう。

こうして五代将軍になった綱吉が堀田正俊に恩を感じるのは当たり前である。堀田正俊は綱吉将軍宣下の一年後大老となった。

「堀田家にかんしてはこのようなところでしょうか。問題の稲葉正休さまとは親しく、正俊さまが大老になられるまではよく行き来されていました。さすがにその後、正俊さまがお忙しくなられてからは、ほとんどなくなりましたが」

上総屋は話を終えた。

「事件のことは」

白石は重ねて問うた。

「あの事件の前日、稲葉正休さまが堀田家にお見えになって、正俊さまと酒を酌み交わしておられたのは知っておりますが、何分まだ添役の身。そのような席に出られるわけもなく、詳しい話までは」

「誰か、詳しい話を知っている者はおりませぬか」

白石は食い下がった。余裕がない。三日後にはまた忙しい政の世界に戻らなければならないのだ。

「そうでございますなあ。一人おるにはおるのですが」

上総屋の言葉は歯切れが悪い。

「誰でござる」

「覚えておられませぬか、正俊さまのお気に入りであった祐乃進《ゆうのしん》、工藤《くどう》を」

言われて白石も思い出した。堀田正俊のお気に入り、というか家光に男色の味を仕込まれた正俊の相手であった。

「確か、真っ先に追い放たれたように覚えておりますが」

正俊の寵愛《ちょうあい》をよいことに専横をほしいままにしていただけに、庇護者《ひごしゃ》を失ったとたん放逐《ほうちく》されたのである。

「はい。じつは数年前に偶然見かけまして、つい懐かしさのあまり声を掛けましたところ……」

上総屋は言いよどんでいる。

「教えてくだされ」

「今は上野《うえの》不忍《しのばず》の陰間《かげま》茶屋につとめておるようで」

「な、なんと。工藤は今や四十を過ぎておりましょう」

「はい。おそらく四十三、四かと。聞きますれば、放逐されてよりずっとそこで働いていたそうで」

「いまだに客を取っていると申すのですか」

「はい。若いころほどではないにせよ、客は来ているそうで」

白石は思わず、顔をしかめてしまった。元々そういう趣味はない、その上、四十男となると気味が悪いだけである。

「お行きになりますか」

上総屋の言葉に白石は、きっぱりと答えた。

「行く。行かねばならん」


翌日の昼過ぎ、白石は上野にいた。顔を隠すために頭巾《ずきん》をしている。朝のうちにでも行きたかったのだが、世情に詳しい上総屋に止められたのである。

「その手の店に行くときは昼過ぎが暇で良いですよ。朝一番に行こうものなら、帰る客と見送る男娼でごった返しております。誰に見られるかわかりませぬ」

白石は上総屋に感謝していた。何も知らずに来た日にはひどい目にあったであろうから。

「御免」

白石は桔梗屋《ききょうや》と書かれた紫ののれんを潜《くぐ》った。

「へい。いらっしゃいませ。どなたかお馴染《なじ》みさんはありますか」

下足番らしい爺《じい》に声を掛けられて白石は慌てた。

「き、客ではない」

「じゃ、なんでえ、てめえは。用がないならどきな。掃除のじゃまでえ」

下足番の口調が急に変わった。そこで白石は上総屋の忠告を思い出した。心付けをやらないと動きませんよあいつらは、という忠告を。

「これを」

白石の差し出した包みを素早く手ではかってみた下足番の顔がほころんだ。

「旦那。なにか御用でございますか」

驚くほどの変わりようである。

「工藤を呼んでほしいのだ」

「ええと、工藤さんとおっしゃいましたか。ここではその名前じゃあ、わかりません。ここは仙界《せんかい》、源氏名でおっしゃってくださいな」

下足番に言われて白石も諦《あきら》めた。これも上総屋に聞いている。だが、あまりの恥ずかしさに口に出来なかったのだ。

「は、花、花紫《はなむらさき》の君を」

白石は真っ赤になった。五十になってこのようなところで、このような名前を口にするとは、白石は情けない思いで一杯であった。

「へい。花紫さんですか。あいにく花紫さんは風呂に参っております。よろしかったらお部屋でお待ちになりますか」

白石は、下足番の案内で花紫の部屋で工藤の帰りを待った。


「ぬしさんかえ、あたしに御用の方とは」

声に振り向いた白石の目に薄い紫の長襦袢《ながじゅばん》を羽織《はお》った中年男が映った。男は白石の視線を確認するとしなをつくった。

「お主、工藤か」

白石の声に、男もしっかりと白石を見た。

「もしや。新井さま」

工藤は、一瞬目を見開いたが、すぐに元通りの眠たげな半眼に戻った。

「お上の執政ともあろうお方が、このようなところにお見えになっていてよろしいのですか。人に知れましたら困るのでは」

工藤は、自分の部屋に入ると白石に背を向けて、鏡の前で化粧を始めた。

「おぬしに、聞きたいことがあって来た」

白石は、用件を工藤に話した。しかし、工藤は白石の方を見ることなく黙々と白粉《おしろい》を塗り続けていた。

「おぬしも悔《くや》しくないのか。もし、あのまま堀田公が生きておられたら、このようなところで体を売らずとも、今頃は堀田家の家老職になっていたかもしれんのだぞ」

とたんに工藤が振り向いた。中途半端に塗られた白粉が、白粉荒れした肌に大きな縞《しま》を作っていた。白石はそのくすんだ目つきに寒いものを感じた。

「ふっ、あのことがなくっても、あたしは変わりはしなかったさ。やがて殿の寵愛は別の者に移る。そしてあたしは薄禄で飼い殺しにされていた。しちめんどくさい武家の習慣にだけは縛られて、廻《まわ》りからは尻で出世した蛍《ほたる》、蛍と陰口をたたかれる。そんな暮らしがここよりましとは思えないねえ」

再び工藤は鏡に向かうと白粉の刷毛《はけ》を上下させ始めた。

「第一、白石先生は今や飛ぶ鳥を落とす勢いの将軍さまお側衆。そのような立派なお方が、どうして今更《いまさら》過去の事件のことなどに首を突っこみになるんです」

「気になるのだ。殿中での刃傷《にんじょう》が。稲葉、阿部、大久保、戸田、板倉《いたくら》、土井《どい》、土屋、小笠原《おがさわら》、松平と累代の譜代の者たち全員が、あの事件にかかわっているが、誰一人として真相を述べているものがいない。記録にもわずか数行しか出てこぬのだぞ。浅野《あさの》と吉良《きら》の刃傷については、記録以外にもたくさんのものがあるのにだ」

白石は堰《せき》を切ったように口を開いた。

「……………」

ようやく白粉を塗り終わった工藤が、紅の筆を持って唇を描き始めた。

「底辺でこうやってはいずり回って生きていると、世のなかがよく見えるんですよ。先生がこれからしていこうとしていることも、みんな読めてしまう。結果もね。結局なにも変わりゃしませんよ」

紅を引き終わった工藤が、体ごと白石のほうに向いた。そこにはうらぶれた中年の男ではない、別のものがいた。

「でも、先生は今真剣に政道のことを考えている」

白石は工藤の言葉に夢中で頷《うなず》いた。

「何がお聞きになりたいんです」

工藤が聞いた。

「あの事件の前の日。稲葉正休が上屋敷を訪ねて堀田正俊公と長時間にわたって酒を酌み交わしている。そのときのことを知りたい」

「よろしゅうございましょう。先生が思いきってここまでこられたおみやげにお話ししましょう。そのかわり、あたしも商売です。ただで部屋を使って貰《もら》うわけにはいきません。一仕切りあたしを買ってくださいな。なんて顔をされるんで。何もしないで良いんですよ。あたしだって先生をとって喰《く》おうという訳じゃない」

紅のついた唇を開けて工藤が笑った。

ようやく緊張を解いた白石は懐《ふところ》から小判を出した。

「これで足りるか」

「まあ、一晩買っていただけるのでございまするか」

「馬鹿を言うな。残りは心付けじゃ」

「ありがとうございまする」

工藤は、酒と肴《さかな》を注文すると白石に勧めながら、自らも杯を干した。

「あの日、稲葉が来たのは五つ（午後八時ごろ）過ぎでした。お城から下がってお休みになっておられた殿は、稲葉を客間に通しました」

工藤の話を総合するとこうなる。

最初はお互いの身内の近況や政治の話であった。やがて、その話も尽きたころ、稲葉が不意に春日局と家光公の話を始めた。途端に堀田正俊は人払いを命じた。しかし、工藤は襖のかげでなかをうかがっていた。万が一、主君の身に何かあってはいけないからである。そのおかげで少しだけ話は聞こえていた。

「初姫《はつひめ》」「九ヵ月」「慶長《けいちょう》九年」「京都」「忠長」「秀忠」「御三家」とかが言われ、やがて怒声とともに稲葉は席を立ち、後も見ずに帰っていった。その後、堀田正俊は荒れるように酒を飲んでいた。

「助かった。礼を言うぞ」

白石は、あたふたと店を出た。来しなに被《かぶ》っていた頭巾をすることを忘れるほどに。

四

翌日、休みにもかかわらず白石は登城した。

「どうした、白石翁。まだ休んでいてよいのだぞ」

家宣は笑いながら白石の顔を見た。

「上様、お願いが」

「申してみよ」

「紅葉山《もみじやま》文庫を拝見いたしたく」

白石は、真剣な眼差しで家宣を見上げた。

「紅葉山文庫とな」

「はっ」

紅葉山文庫とは江戸城内にある徳川家の記録等を保管してある蔵のことである。火事での類焼を避けるため、他の建物から離れた、通称紅葉山と呼ばれる高台の上に建てられていた。

「あれか。あれはみだりに人の目に晒《さら》してはならぬと」

「そこを曲げてお願いつかまつる」

白石は畳に額をこすりつけた。

「他ならぬ翁の頼みじゃ。許す。だが、その結果は余にも知らせてくれよ」

「ははっ」

白石は文庫の鍵を受け取ると紅葉山に急いだ。その日一日白石は文庫の中を調べ尽くした。

ようやく出てきた白石の顔色は陰間茶屋を訪れたとき以上に悪かった。

与えられた休みの最後の一日を、白石は自宅の書斎から出ることなく過ごした。そして仕事に戻るため翌日、登城した白石は、真っ先に家宣のご機嫌伺いに出た。

「休めたかの」

「ありがとうございました。おかげを持ちまして」

「左様か。ところで紅葉狩りはいかがであった」

家宣が微笑《ほほえ》みながら聞いた。

「はっ。貴重なる記録、拝見いたしまして感銘を受けました」

「なにか、得たものはあったのか」

「それが」

嘘《うそ》のつけない白石は、うつむいてしまった。

「申せ」

「…………」

「余にも話せぬことか」

「そのようなことは」

「では、語ってくれい」

家宣の度重なる要求に白石は平伏したまま嘆願した。

「今しばらく、今しばらくお待ちくださいませ」

「しばらくじゃな。必ず報告するのじゃぞ」

「ははっ」

白石は這々《ほうほう》の体《てい》で御前を下がった。

いつもより早めに自宅にもどった白石を順泰が迎えた。

「顔色がすぐれんな。どうやら真相を摑《つか》んだようじゃの」

順泰は白石の様子からすぐに悟ったらしい。

「お帰りくだされ」

「そうはいかん。白石のことだからまちがった答を出してはおらぬとは思うが、もしかしたらということもある。それに小生とて他人にしていい話とよくない話ぐらいは区別が出来る」

順泰にそこまで言われて白石の心も揺らいだ。果たして自分の考えが合っているのかどうか不安になった。

「他言は命にかかわります。よろしいですね」

「かまわない。どうせ、そう長生きする歳でもない」

二人は書斎に入った。

「まずあの事件のことはご存じのとおり。ときの大老堀田正俊が、若年寄の稲葉正休に刺し殺され、稲葉はその場で他の老中若年寄たちによって殺されました」

「ああ」

「ではなぜ、稲葉正休はその場で殺されたのでござろうか。抵抗の素振りも見せなかったというのに」

「それは異常事態に遭遇した老中たちが、慌てたからであろう」

「おかしくはござらぬか。老中若年寄といえば一流の人物でござろう。胆力もあり年齢も重ねている。それが、殿中の刃傷ぐらいで驚き自失するとは考えにくうござる。現実、浅野の刃傷のおり、浅野は殺されるどころか傷さえ受けておりませぬ。寛永五年に西の丸で老中井上正就《いのうえまさなり》を目付《めつけ》豊島正次《としままさつぐ》が刺し殺した事件でも、豊島は取り押さえられて翌日切腹しております。この事件だけが寄ってたかって下手人をその場で殺しております る」

「そう言われればそうじゃが」

「その場に居合わせたのは、阿部、土屋、大久保と譜代の名門ばかり。とくに老中の稲葉正則に至っては、犯人の稲葉正休とは、いとこ同士の仲。なにも一緒になって斬り付けなくとも、事情を訊いてから将軍家の判断を仰ぐのが当然。それなのに事件以後も口をつぐんだまま。しかも、事件の責任をとるどころか、問われもせずに事件後も老中職にありました」

「それはおかしいな。浅野の刃傷でも弟の大学《だいがく》は直《ただ》ちに閉門となっている。本家の広島浅野家も登城遠慮を命じられたはず」

「次におかしいのは、事件の前日に稲葉正休が、堀田正俊を訪ねて長話をしていたということです。もし、殺さねばならない理由があったなら、なぜその場で殺さなかったのでしょう。親戚同士それも近い仲ということで警固は薄い。成功の確率は城中よりは遥かに高い」

「ふむ」

「そこで何が話されたかを知る人物から私は話を聞きました。なんと春日局と家光公のことを話していたというのです」

「でも不思議ではないであろう。稲葉は義理とはいえ、春日局の子供の家系であるし、堀田は養子なのだから」

「ええ、でもそれ以外にも初姫さまのことや御三家のことが、話題に出ていたらしいのです」

「初姫さま」

順泰は初姫さまのことを知らなかった。

「秀忠公の長女千姫さまの妹君、家光公のすぐ上の姉君です」

「それがどうかしたのか」

「私はちょっと気になる噂を聞いていましたので、翌日、上様にお願いして紅葉山文庫を見せていただきました」

「紅葉山文庫だと」

学問を志すものにとって紅葉山文庫は宝の山のようなところであった。鎖国前に入ってきた洋書やら名家に伝わる貴重な文書などが山積みされているからである。順泰の顔色が変わったのも無理はなかった。

「そのなかに家康公のことについて書いた本『松のさかへ』があります。そこには家康公の業績と、お子さま方について書いてあります。このお子は何処《どこ》で誰のお腹から生まれたのかと。その最後に問題の部分がございました」

白石は激しいのどの渇きを覚えたが、それを押して声を出した。

「十一男家光公。慶長九年（一六〇四）のお生まれ。お腹は斎藤利三の娘阿福」

「なんだと」

順泰が驚きの声を挙げた。

「まさかと思われましょう。家光公は秀忠公の次男でお腹は正室の小督《おごう》の方と公にはなっておりますから」

「ああ」

「ですが、小督の方の子供としてはおかしいのです。小督の方はその九ヵ月前に初姫さまをお産みになったばかり。産後の肥立ちがすむまで、将軍のお渡りはない慣例でござる。そうなれば、勘定が合いませぬ」

白石の言葉に順泰も指を折った。

「それに秀忠公のお子さま方の中で乳母がついたのも家光公だけ。そして生母であるはずの小督の方さまが亡くなられたとき、家光公は喪《も》に服してさえおられませぬ。実母であればこれは許されることではありません。しかし、義理の姉となれば喪に服さなくてもよいのです。さらに家光公は春日局が亡くなられたときは七日間の喪に服しておられます。これは両親の喪の期間でござる」

白石は続けた。

「かつて家光公は、こうおっしゃったそうでござる。そう、公が将軍宣下を受けられ、大名たちを前にされたおりのこと。

『余は生まれながらの将軍である』。これは将軍の子として将軍になるべくして生まれたのだということ。家光公が生まれた慶長九年の時点での将軍は家康公です。父であるはずの秀忠公の将軍宣下は、翌年慶長十年（一六〇五）のことです」

順泰は押し黙ったままである。

「ではなぜ、家光公が家康公の子供ではつごうが悪かったのでしょう。家光公御誕生の三年前には水戸《みと》の頼房《よりふさ》公をお認めになっておられますのに」

白石の問いに順泰が明確に答えた。

「それは、春日局の血統に問題があるからだ。春日局の父斎藤利三は、主君を討った反逆者の明智光秀《あけちみつひで》の配下として京で磔《はりつけ》になった罪人である。その謀反人の血が将軍の身体のなかに流れていると分かればつごう悪いではないか」

そのとおりであった。そのようなことがわかれば徳川幕府の根幹である忠義の考えが崩れ去ってしまう。それこそ明日にでも外様大名、いや御親藩のなかから反乱の火の手が上がるかもしれない。

「そうか、そうだったのか」

白石は順泰の言葉ですべてが読めた。

「なんだ、白石」

「家綱公が亡くなったときの将軍継嗣問題が、発端だったのでござろう。あのとき大老の酒井忠清は、次期将軍を京から迎えようといたしました。あれは、このことを知っていたからではござらぬか。おそらく秀忠公からときの執政土井利勝《どいとしかつ》公へこの話は伝えられていたのでございましょう。そして土井公は自分の死の寸前に酒井忠清を自宅に呼んでおられる。新しい執政酒井公の傲慢《ごうまん》をしかるというのは表向き、そのじつは……それを伝えられた酒井公は、家光公の血統を切りたかったのではござらぬか。しかし、ちょうど慶安《けいあん》の変、そう由井正雪の乱が起こってしまった。この時期に将軍継嗣でもめるのはまずい。機会を逃した酒井公たちは、次の好機を待った。そして家綱公のご病気。ここぞとばかりに酒井公は家光公いや、春日局の血を消しにかかった。京から将軍を迎えようとした。ほとんどの老中が賛成するなか、家光公から後を頼まれていた堀田公が、反対した。家光公の息子である綱吉公が世継ぎとなることに、表立って反対することはできない。なにせ事情は明かせないのだ。酒井公たちの弱気につけ込んだ堀田公が、強引に綱吉公を世継ぎにしてしまった。そして力を蓄える堀田家。このままでは血統を換えることができない」

「そこで執政たちは、まず家光公にご恩を感じている堀田正俊を暗殺することにした。それに選ばれたのが稲葉正休だというわけか」

順泰が、白石の考えを受けた。

「たぶん、正休公は前日に堀田公に事情を話して将軍交代を促した。しかし、家光公の血筋を何よりと考える堀田公はこれをはねつける。そして八月二十八日の惨劇が起こったのです」

「おそらく稲葉正休は、天下のためと思ってやったのだろう。でなければ親しい相手は刺せない。もちろんまわりの老中方と話もついていた。しかし、正休公は裏切られた。下手人の口は封じるに限る」

順泰の声も沈んでいた。

「でもどうして稲葉家が選ばれたのであろう。もっと下役《したやく》の者でもよかったはずであろう」

順泰の問いに白石が答えた。

「近い親戚ながら両家の間には大きな溝がありました。稲葉家は春日局の義理の子供を始祖としていますが、稲葉正勝、正定、正利の三人は、長男の正勝が五歳のころという幼いときに春日局に捨てられた。ちょうどそのころは稲葉正成が浪人して、かなり生活が苦しかったようで、春日局は貧乏が嫌さに逃げ出した。まだ母の恋しい幼子たち、捨てられた子供のなかに何が生まれたかは、想像に難《かた》くありますまい。しかし春日局のおかげで己たちも立身した。春日局へ恨みをぶつけられない。ならば、血筋でなく子供のおりに捨てられたわけでもないのに、その引きで出世した堀田家へ屈折した想いを向けるしかなくなる。いや、稲葉家は春日局の野望を打ち砕くためならば何でもしたのではないのか。そのためにはたとえ憎い女の引きでも世に出ようと我慢していた」

白石の最後の言葉を聞くと順泰は黙って立った。そして部屋を出しなに一言投げかけた。

「白石、おぬしはどうするのだ」

順泰の言葉が、綱吉公の甥である現将軍家宣公のことを指していることは、明らかであった。

そして順泰の姿が消えたとき、白石は小さな声で呟いた。

「どうして家康公は、ここまでして春日局の子家光を将軍にしたのであろうか。それは斎藤利三に対する報償《ほうしょう》ではないのか。天正《てんしょう》十年（一五八二）六月二日、本能寺《ほんのうじ》にいた信長《のぶなが》を襲ったのは、明智光秀ではない。その与力であった斎藤利三であったのだから」

白石が将軍家宣にこのことを話したかどうかは、残念ながら知る由《よし》もない。

家宣公の治世はわずか三年半ではあったが、正徳《しょうとく》の治《ち》としてたたえられていた。そして、家宣公はその死に際して将軍位を自分の息子家継《いえつぐ》ではなく、御三家筆頭の尾張藩主徳川吉通《よしみち》に譲ろうとした。しかし、新井白石、間部《まなべ》詮房《あきふさ》らに説得され、家継へと代は譲られた。

やがて、七代将軍家継の早世によって家光直系の血は絶えた。八代将軍となったのは、家康の玄孫で春日局の血を引かない紀州徳川家の徳川吉宗《よしむね》であった。

座頭の一念

一

「お呼びか。別当《べっとう》どの」

　大声で金貸し重藤《しげとう》の家に入ってきたのは、浪人の大星虎《おおぼしとら》の助《すけ》である。日頃は人足仕事や道場の代稽古《だいげいこ》などで生活しているが、妻の薬代を借りたのが縁となって時々重藤の用心棒のようなこともやっている。

「まったく、お座敷があるんだよ。大事なお座敷が。花代が入らないと、ここの借金が返せないじゃないか。ええ、一体なんだい」

　その直《す》ぐ後に来たお俠《きゃん》なのが、柳橋《やなぎばし》芸者のお朱鷺《とき》である。左手に持った褄《つま》からこぼれる足は透き通るように白い。柳橋一と言われるお朱鷺は朋輩《ほうばい》との喧嘩《けんか》で相手に傷を負わせ、それを内済《ないさい》にするための金を重藤に借りて以来、妾《めかけ》とも何ともつかない関係となっていた。

「まあ、お二人ともお忙しいのにお呼び立てして申し訳ない。まあ、座ってください」

　重藤が二人に敷物を勧めた。

「話はなにかの」

「手早くしておくれよ。客を待たせているんだから」

　二人にせかされて重藤は話し始めた。

「覚えておられますか、天明《てんめい》四年（一七八四）の殿中の刃傷《にんじょう》のことは」

「おお、忘れはせぬ。松の廊下以来の殿中での刃傷じゃ。瓦版《かわらばん》を貪《むさぼ》るように読んだわ。で、重藤殿、その件とわしらを呼んだのはかかわり合いがあるのか」

　一件とは、殿中で田沼山城守意知《たぬまやましろのかみおきとも》が、旗本佐野善左衛門《さのぜんざえもん》によって斬りころされたことである。

「ええ、実はあの佐野善左衛門さまにわたくしお金を融通しておりましてな」

「それはご災難」

「ふん、いい気味。誰彼《だれかれ》なしに貸して没義道《もぎどう》に取り立てるからだ。罰《ばち》が当たったんだよ」

　人の好《よ》い虎の助と口の悪いお朱鷺は、まるっきり逆の反応を示した。だが、重藤はそのどちらの相手をすることなく話を続けた。

「お役替えを頼む金じゃと申されて、都合四度。毎回五十両ずつお貸ししました。利息はもちろん元金も一切戻ってはおりません」

「ざまあみろ。年六割の高利を取るだけでなく、金を貸すのに礼金まで取りやがる。そのうえ、期限までに金が返せないときは、証文《しょうもん》を書き換えさせて、その度《たび》に踊りと称して一ヵ月分の利息を上乗せする。もう、十分儲《もう》けただろう。佐野さまは世直し大明神さ。お賽銭《さいせん》だと思って諦《あきら》めちまいな」

お朱鷺が、憎まれ口を叩《たた》いた。

刃傷直後から米の値段が下がったため、庶民は佐野のことを世直し大明神として讃えていた。

「じつは、お二人にちょっと調べていただきたいことがあるんです」

重藤はお朱鷺の嫌みを相手にしない。

「我らに力を貸せと」

「そうです。あの刃傷が気にくわないので。佐野さまは御城中で将軍家や幕閣の方々の警護をされる新御《しんご》番方《ばんかた》におつとめでした。確かに御殿坊主と右筆《ゆうひつ》を除いてもっともお偉い方々に近づけるお役目には違いませんが、あのような大それたことのできる方ではない」

「なるほど。それを我らに調べて欲しいと」

「はい。ご存じの通り私は目が見えません。しかし話を聞くことはできます。お二人に私の目となってあの事件のことを調べていただきたい。日当は二日で一分《ぶ》、それ以外にかかった費《つい》えはお支払いします」

「二日で一分。これは、割のよい仕事じゃ」

虎の助が思わず口にした。田沼意次《おきつぐ》の政策で諸物価は上がり、松平定信《まつだいらさだのぶ》の倹約で景気が縮小した今、人足仕事もそうないうえに手間賃も安い。一日働いて三百文ほどにしかならない。それに比べて一分は、銭になおして千文。人足の手間賃の倍近くになった。

「大星さまは、田沼さまとおつきあいのあったお大名方の下屋敷あたりの博打場《ばくちば》で、噂を集めてくださいまし。お朱鷺さんは、お座敷でそのあたりのお大名方のお留守居《るすい》役《やく》さまが、来られたら、それとなく訊《き》いてくださいよ」

重藤が指示を出した。

「お引き受けいたす」

虎の助は直ぐにうなずいた。

「調べてどうするっていうんだい。無駄なものは舌すら出さないあんたがさ。佐野さまには美しい奥様がおられたと聞いたけど、まさか」

お朱鷺の目にちらっと光が走った。

「馬鹿なことを。盲人の私に女の美醜は関係ない。ただ佐野さまにお貸ししたお金を回収するため。もし、佐野さまをはめた奴がいたならそいつから金を取り立てる。きっちり十年分の利息とこの費えをのせた上でね」

重藤が、低い声で応えた。

「仕事は、明日からかかってください。報告は毎日暮れ六つ（日没）までにお願いします。それ以降は流しに出てますからね」

重藤は夕刻から本業の按摩《あんま》に出かけた。

「わかった」

「わかったよ」

虎の助とお朱鷺が立ち上がって出ていこうとした。

「そうそう、お二人とも今月の利息がまだですな」

重藤が二人を呼び止めた。

「大星さまが二両、お朱鷺さんは二両二分」

「であったの。日当と差し引きしてくれ」

虎の助が、苦々しい顔を見せた。

「わかりました。では、十六日分の日当と差し引きということで」

「あたしは、後で来るよ」

お朱鷺はそう言うと後も見ずに出ていった。

「一回二分でしたな。では五回分」

誰もいなくなった居間で一人重藤がにやりと笑った。


「どうでした、先生」

すでに調査を始めてから五日が経っていた。

「おお、いろいろ聞き込んで参ったがな」

「お茶も出しませんが、早速《さっそく》」

「ああ。今日は、身共《みども》が師範代を務める道場に通う旗本たちから田沼家についていろいろな話を聞かせて貰《もら》った」

「それは興味深いですな」

「まず、田沼家じゃが、元は紀州藩で足軽の家柄だったそうじゃ。それが八代将軍吉《よし》宗《むね》公が紀州家を継がれたときに意次公の父意行《おきゆき》どのが小姓《こしょう》として召し出され、そのまま将軍となられた吉宗公について江戸入りし、三百俵を賜《たまわ》ったのが始まりだそうだ。後に御小納戸《おこなんど》頭取《とうどり》になって六百石。享保《きょうほう》十九年（一七三四）に親父は死んで、意次が家督を継いでいる。意次はその後九代将軍家重《いえしげ》公に仕え、家重公晩年にはお側衆《そばしゅう》一の寵臣《ちょうしん》となり小姓組番頭《こしょうぐみばんがしら》で千四百石、宝暦《ほうれき》八年（一七五八）に御用取次《ごようとりつぎ》で一万石遠州相良《えんしゅうさがら》城主、その後の栄達《えいだつ》についてはご存じであろう」

「側用人を経て老中へ、石高も五万七千石」

「そうじゃ。それでついでに佐野家のことも聞いて参った。佐野家は徳川家が江戸に入ったときに抱えられた上野《こうずけ》の国の名族の末裔《まつえい》じゃ。名族と言っても戦国時代に没落していたのが、徳川家康公の関東移封《いほう》で人を募集した時に拾われただけで、幕府旗本としての功績もない。禄高もずっと変化しておらぬ。今回の刃傷を起こした佐野善左衛門は家督を継いで直ぐに新御番入りしたほど優秀でもあり、また名族佐野家の直系としての意気込みに燃えていたようじゃ。かつては上州にその勢力を張り、いくつもの城を治めていた名族が五百石というかろうじて旗本であるという程度の石高でいるのは残念、万石の大名とまでは言わぬが、せめて寄合席《よりあいせき》以上の地位に上がりたいと絶えず口にしていたとか」

「寄合席。となると布衣《ほい》格で三千石以上の高級旗本。なかなか難しいことでしょう」

重藤が呆《あき》れた声を出した。

「その現実に気がついていなかったようじゃ。善左衛門は、届かぬ望みを果たすために賄賂《わいろ》を贈り続けた。善左衛門の組頭《くみがしら》蜷川相模守《にながわさがみのかみ》殿もかなり貰ったとの噂《うわさ》」

「儂《わし》から二百両。当然儂より利の低い札差《ふださし》やら領地の豪農からも借りているだろうから、使った金額は千両ではききますまい」

「実収入二百両ちょっとの旗本がそれだけの金額を使って昇進しようとして失敗したらもう、どうしようもない。利払いだけで、俸禄はすべて消えてしまう」

「殿中で刃傷におよんでも仕方ないですか。金貸しの取り立てはきつい。妻の実家から親戚、果ては上司の家までおしかけますからな。このままでは夜逃げするしかない。どっちにせよ家が潰《つぶ》れるなら、金を受け取るだけで何もしてくれない田沼山城守意知を道連れにしてやれということですか」

「死なばもろともというやつでござろう」

虎の助が、じろりと重藤を睨《にら》んだ。殺気に気づいた重藤だが気にもとめない。

「ご苦労さま。明日も宜《よろ》しくお願いしますよ」

重藤は、機嫌のいい声で虎の助を帰した。

虎の助が帰って直ぐに重藤は、流しに出た。お朱鷺がまだ来ていないが、気にしている様子はない。どうせ利払いに重藤と寝ることになる。お朱鷺は座敷を終えてからしか来ない。

竹の杖《つえ》をついて重藤が家を出た。

「おお、寒い。米のできも悪く、値段は鰻登《うなぎのぼ》り。今年は餓《う》え死ぬ者が多いだろうよ」

独り言を呟《つぶや》いた重藤は、客寄せ声の代わりの笛を一つ吹いた。

二

「遅いじゃないか。凍えちまうよ。お座敷終わるなり来たっていうのにさ。来てみたら、玄関すら開いちゃいない。雪女じゃないんだよ。女をこんな寒空に待たすなんてさ」

重藤が、一日の仕事を終えて我が家の玄関についた途端に罵声《ばせい》がとんだ。

「お朱鷺さんだね。悪いことをしました。今開けます。なあに、直ぐに汗をかくことになりますよ」

重藤はねちこい笑いを見せた。

その言葉通り、小半刻《こはんとき》もしないうちに二人は布団《ふとん》をかなぐり捨てていた。

「おかしくなりそうだよ」

気位の高いお朱鷺が、息も絶え絶えにあえいでいる。二十五歳の年増芸者、金次第では客と寝ることもある。だがどんなときでも自慢の髷《まげ》を崩すことはないお朱鷺が、重藤の手に掛かれば、大きく乱れるのだ。

目の見えない重藤にとっては、女体を楽しむのは手触りと口触り、舌触りである。また、按摩を商売にしているだけにいろいろなつぼを心得ている。重藤の愛撫《あいぶ》は執拗《しつよう》を極めた。

何度となくお朱鷺を狂わせて、ようやく重藤が満足したのは夜半をかなりすぎてからだった。

「腰骨《こしぼね》がどうかなっちまったかと思ったよ」

しばらく大きな息をついていたお朱鷺が、重藤の吸い付けようとしていたキセルを取り上げて煙草《たばこ》を詰め、手あぶり火鉢で火をつけると重藤にそっと手渡した。

重藤はうまそうに一服吸い付けると、

「さて、お朱鷺さん、調べてきたことを伺《うかが》わせていただきましょうか」

そう言うとキセルを置いた。

「せわしない人だねえ。あんたには残りの情とか余韻とかいうものはないのかい」

お朱鷺が白けた顔でキセルを取り上げると乱暴に吸いつけた。

「佐野善左衛門さまの刃傷事件後のお取り調べのことを調べてきたわ」

「よくそんなことがわかりましたね」

「今さ、あたしにご執心で通ってくるのに小伝馬町《こでんまちよう》の牢屋敷の同心がいてね。佐野さまは事件の後、牢屋敷の揚《あ》がり座敷《ざしき》に入れられていたろ。お調べの控えが牢屋敷にも残っているそうでね、それを見たいと言ったら直ぐに持ってきたんだよ。ここまで持ってきてもよかったんだけど、どうせおまえさんは見えないし、中身はあたしが覚えちまったからさ、実物は返してやったよ」

「それで結構」

重藤は納得した。一度で呼んでくれた客のことを覚えなければ芸者はやっていけない。お朱鷺の記憶力の良さを重藤は知っていた。

「あの時の刃傷のお調べをしたのは、佐野善左衛門さまを取り押さえた目付《めつけ》の柳生主膳正久道《やぎゆうしゆぜんのかみひさみち》さま。当日は佐野さまが興奮されていたので、とりあえず身柄を小伝馬町の揚がり座敷に移しただけ。揚がり座敷は知っているよね。そう、お旗本とか身分のある僧侶などが犯罪をおこしたときに入れておく特別牢。お調べは、その翌日から始まったらしいわ」

「それで」

「佐野さまの申し立てによると、佐野さまは家格と禄を上げてもらうために田沼意知に何度も賄賂を贈り、その総額が六百両をこしたにもかかわらず、なんの音沙汰《おとさた》もない。そのうちに田沼意知から佐野家重代の家宝である七曜《しちよう》の紋の軍旗と累代《るいだい》の系図を貸してほしいと申し出があった。昇進に要《い》りような手続きであるのかと喜んで貸したが、やはり音沙汰がない。家康公にもご覧いただいた重代の家宝であるので、早く返してもらいたいと何度も田沼家に掛け合ったが、相手にされず、最後に至っては、手荒に屋敷から放り出されたのみならず、翌日には組頭の蜷川相模守に屋敷まで呼び出され、二度と田沼の屋敷には足を踏み入れないようにと命じられた」

「組頭も出てきましたか」

重藤は感心したような声を出した。

「でもそれだけではなかった。なんと田沼はもっとひどいことをしていた」

「ほほう」

「田沼は、手に入れた系図を抹消《まっしょう》し、軍旗を我が宝物と言い立て、かつて佐野氏の領地であった上野の国にあった佐野神社を田沼神社に名前を無理矢理変えた」

「なぜそんなことを」

「田沼家は戦国の昔、佐野氏の配下だったからよ。位人臣《くらい》を極めた田沼にいくら昔のこととはいえ主《あるじ》だった家があるのは嫌だったのじゃない」

「ふん、随分《ずいぶん》と尻の穴の小さいことよ」

重藤は鼻で笑った。

「神君家康公のお目にもかけた重代の家宝と系図を奪われた上に領地の神社の名前まで変えられた。このままでは佐野氏の歴史が消え去ってしまう。家をなによりも大事にするお旗本にとって、これは死よりも辛いこと」

柳橋芸者も同じく自分の面子《めんつ》をなによりも重視する。お朱鷺には善左衛門の気持ちがよくわかるのだろう、声に怒りが含まれていた。

「だからといって、殿中で刀を抜いては、家もなにもあったものじゃない。馬鹿だねえ」

「なにを言ってるんだい。あんたみたいな金貸しにお侍様の心意気がわかってたまるかい」

不意にお朱鷺が布団から立ち上がると、大急ぎで着物をまとい始めた。

「金貸しとはいえ心底はと思ってたけど、こんなに性根が腐っているとは思ってもみなかったよ」

さすが商売で慣れている。無駄のない動きであっと言うまにお座敷姿に戻ると、

「もう、おまえさんとはこれっきりだね」

背中を向けた。

「江戸中に名前の聞こえた柳橋芸者のお朱鷺姉さんが、乱れ髪で出歩いていいのかい」

重藤は、揶揄《やゆ》するように笑った。

「かまいやしないよ」

そのまま出ていこうとしたお朱鷺の背中に、

「だったら、明日中に今月の利息を持ってきてもらおうか。暮れ六つに間に合わなければ、もう一ヵ月分の利息がつくぜ」

凍り付くような重藤の声が投げられた。お朱鷺の肩から力が抜け落ちた。


その後も二人の調べは続いた。やがて重藤は一人の男にたどり着いた。田沼意次の取り立てでありながら、その失脚後も生き残り、さらなる立身を遂げた男。天明四年の刃傷に直接かかわった男。そして、今、権力の頂点に登り詰めた男に。

「こいつからむしり取るしかねえようだな」

重藤は、虎の助とお朱鷺の集めてきた情報から一つの結論を導き出した。

「真の黒幕にはさすがに手が及ばねえが、こいつなら何とかなるだろうよ」

三

数日後、太田家上屋敷の門前に現れた重藤は、珍しく一張羅《いっちょうら》に着替えていた。今回ばかりは汚い身なりではつごうが悪かった。

「そろそろ登城の時間だろうて」

重藤は太田備中守《びっちゅうのかみ》の登城時刻を見計らって家を出た。

「ご出立《しゅつたつ》」

よく通る声が響くと、重々しい音を立てて太田家の門が開いた。まず供先《ともさき》と呼ばれる行列の先触れを務める徒士《かち》が駆け出していく。

老中の行列は独特の進みかたをする。江戸城まで小刻みに駆け足を続けるのだ。これは老中の行列が有事の際だけ駆けたのでは大事を知られてしまう。そこで普段から行列を走らせることで何があっても気づかれないようにしているのだ。これを刻み足といい、刻み足に出会った行列は例え御三家だろうが国持ち大名であろうが道を譲らなければならない。

権威ある行列を無事進める手配のために、供先が駆けていったのである。

「行ったか」

重藤は供先の走っていったのを確認すると行列の先回りして、辻の角に潜んだ。

ざっざっとまさに刻むような音を立てて行列がやってきた。

「来たな」

重藤がにやりと笑った。ここは太田備中守が登城する行程で最も狭いところであり、角から行列まで指呼《しこ》の間となる。

供先を出している行列は安心しきってまっすぐやってくる。重藤は息を殺して耳を澄ませた。

「今だ」

重藤は不意に角から飛び出すと行列中央の駕籠《かご》に体をぶつけた。いや、触れたと言ったほうがいい。

重藤は大げさに吹っ飛んだ。

「ぎゃあ」

「無礼者」

重藤の悲鳴と駕籠脇の侍の咎《とが》める声が交差した。もちろん行列は不意のことに止まっている。

「痛い、痛い。盲人に何をご無体なさる」

重藤は大仰《おおぎょう》に足を押さえて痛がって見せた。

「馬鹿者、貴様がぶつかってきたのだ。この行列をどなたのものと心得る。ご老中太田備中守さまの行列なのだぞ」

供侍は大声で怒鳴り返したが、相手が盲人と知って、勢いが弱まった。

大名の行列を横切った者は斬り捨て御免とよくいわれるが、それは領国だけのこと。他領ましてや将軍家のお膝元《ひざもと》である江戸で打ち捨てはとおらない。かならずや大目付《おおめつけ》による調べがある。そうなれば家の名前に傷が付くだけでなく、斬った本人は切腹を命じられることになることが多い。ましてや相手は盲人である。戦国の荒い気風から怠惰に流れること百数十年、今時切腹覚悟で刀を抜けるような侍はいない。さらに本丸老中に就任したばかりの太田家がもめ事を好む筈《はず》などない。重藤は其処《そこ》まで読んでいた。

「御老中さまの行列とは存じませなんだ。ご覧のとおり目が不自由なものでございます。何卒《なにとぞ》ご勘弁を。痛い」

重藤は慌《あわ》てて土下座しようとしてふたたび痛みに呻《うめ》いた。

痛みに呻いた振りをして重藤は供侍の足下に倒れ込んだ。

「じゃまな。どかぬか」

「申しわけございませぬ。どっちを向いてよいのかわかりませぬ」

重藤はおろおろした。

「戸を開けよ」

その時駕籠から低い声がした。

「はっ」

重藤の相手をしていた侍とは別の人物が、駕籠の戸を開けた。

「これ、盲人ではないか、いたわって遣《つか》わせよ。足を痛めたようじゃな。家は何処《どこ》じゃ、なにそれは遠いの。佐兵衛《さへえ》、我が屋敷にて養生させてやるがよい」

駕籠から顔を出したのは行列の主太田備中守資愛《すけよし》である。

「ははっ」

その声に重藤は深く平伏しながらしてやったりと笑った。

「へへ、思惑通りよ。老中になり立てで政《まつりごと》に気の入っている備中守だ。そのまま捨て置いては評判にもかかわる。かならず屋敷にて養生せよとなると思ったわ」

重藤は太田備中守の上屋敷の一室に通されて呟いた。すでに医師の治療は終わっていたが、殿さまのお声がかりである。無下《むげ》に追い出されることはない。太田家の用人に身分と名前を名乗った今は安心である。

京の公家久我《こが》家から正式に認可されるだけに座頭《ざとう》の位は結構高い。最高位の検校《けんぎょう》ともなると寺院でいう大僧正《だいそうじょう》扱い、重藤の別当は僧正並みの扱いを受けることができる。久我家に相当の金を使って買った地位がこんなところでも役に立った。

「別当とわかった途端に扱いが変わりやがる。お陰で仕事はしやすくなったが。虎の助さんとお朱鷺にも一枚嚙《か》んで貰ったが、この大芝居は私が主役。お二人には黒子に徹してもらいましょう。その方が二人の取り分も少なくてすみますしな」

重藤はごろりと横になるとそのままぐうぐうと鼾《いびき》をたてて眠った。

「別当どの、別当どの」

重藤は体をゆすられて目が覚めた。

「よく寝入っておられましたな。足の痛みは如何《いかが》でござる」

佐兵衛と呼ばれた侍がそう言った。

「ありがとうございます。お陰様でずいぶん楽になりまして」

「左様でござるか。先ほど殿が戻られ、座頭はどうしたと仰せでの。よろしければ御前へ」

「恐れ多いことで」

こうして重藤は奥の間へと案内された。

「おお、どうやらよくなったようじゃな」

奥の間で平伏している重藤の前に太田備中守が足音高く入ってきて声を掛けた。

「私の粗忽《そこつ》にもかかわりませず、手厚いご看護まで戴《いただ》き、かたじけのうございまする」

重藤は殊勝に礼を述べた。

「気にせずともよい。老中とは江戸の、いやこの国すべてに責任を負うものじゃからの」

太田備中守が、ぐっと胸を反《そ》らした。

「お大切のお役目恐れ入ってございます」

「ちょうどよい。そなた少し話を聞かせよ。庶民どもは今の政をどのように思っておるのじゃ」

太田備中守は重藤に持ち上げられて気分がよくなったのか、訊いてきた。庶民の実状を知り名老中と言われたいのかもしれない。あるいは単なる気まぐれであったのか。だが、これは重藤にとって渡りに船であった。話の接《つ》ぎ穂《ほ》を向こうからくれたのである。

「もう、皆、御老中さまのなさることに感謝の声を挙げております」

「ふん、申しにくいか。そうか、まわりに家来どもがおっては言いたいことも言えぬの。皆遠慮せい」

太田備中守が気を回した。

「これでよかろう。さっ、申せ」

人払いをした太田備中守が急《せ》かした。

「天明四年（一七八四）の三月二十四日」

不意の重藤の言葉に太田備中守が息を呑《の》むのが、目の見えない重藤にもわかった。

「な、何のことだ」

「おとぼけあるな」

重藤は、にやりと笑った。

「こちらは調べ尽くした上で参っております。御老中さまともあろうお人が往生際が悪うございましょう」

「な、何のことやらさっぱりわからぬ。そのような得体の知れぬ話なら、聞く耳持たぬ」

「帰ってもよろしゅうございますかな。されば私めは、この足で評定所《ひょうじょうしょ》へ参るだけで」

「評定所」

太田備中守が重藤の言葉をくりかえした。太田備中守の上屋敷から幕府の最高裁判所である評定所までは近い。

「まあ、そういきり立たれず。私はお話をしに参っただけで」

「一体何を言いたいのだ」

太田備中守の声が変わった。

「私はあのときの江戸城での刃傷の真相を摑《つか》んだということで。かといって、別段田沼さまに恩義があるわけでも、世に訴えて正義を行う気もございませぬ」

「なんのことやら」

「どうしても言わせたいと。天明四年三月二十四日の田沼山城守意知さまが殿中で新御番組佐野善左衛門政言《まさこと》の手によって斬りつけられたあの事件の後ろにおられたのは、太田さまでございましょう」

「無礼な、何を証拠に」

「まあ、話を始めた限りは最後までお聞きいただきましょう。なぜ私が太田さまに目を付けたか。簡単なこと。田沼さまの引きで幕府の役職に昇った方々のなかで、田沼意次さまが失脚なさってからも引き続き累進されたのは、あなたさまだけだったからで。太田さまは、あの刃傷のおりに最も近い場所にいながら何一つなさらなかった。にもかかわらず、お咎めも受けることなく、若年寄の職を続け、天明六年（一七八六）に田沼さまが幕閣から去ると京都所司代へ御栄達。若年寄から京都所司代をへて老中、これが決まった出世の街道。そして老中になって戻って来られたのが、今年三月。松平《まつだいら》定信《さだのぶ》さまの後釜として帰って来られたのは明らか。現実に定信さまは先日の七月二十三日に老中職を罷免《ひめん》されておられる」

「それがどうした」

「天明六年の田沼意次さまご失脚の時に、罰を受けて罷免あるいは左遷された幕府のお役人は実に五十二人に上ります。また、そのときは処罰を受けることなく現職にとどまれた方でも、そのほとんどが数年以内に罷免、あるいは辞職されている。その中で太田さまのご出世は目立ちすぎでございますよ」

「何を申したいかわからぬ」

「下世話ではよく申しまする。もっとも得をした者を疑えと。どうやらあなたさまが一番得をしているご様子。いや、本当はもっと得をした人間がいるのはわかっておりますが、さすがにそこまでは届きませぬ」

重藤が皮肉な笑いを見せた。途端に太田備中守の喉が大きく音を立てて鳴った。

「ふふふ、ご心配性なことだ。さてそろそろ謎解きに入らせていただきましょうか。まず、備中守さまと善左衛門さまのかかわり合いからお話し申し上げましょう。お二人の共通点は何か。片や掛川《かけがわ》城主で五万石、片やわずかに五百石。お二人を繋《つな》ぐものは簡単でした。太田家、佐野家ともに徳川家康公江戸入府のおりに関東の名族を召し出して抱えられたいわば同僚。そのとき以来のお付き合いだそうですな」

「二百年から前のことを今更《いまさら》」

太田備中守が、否定した。

「善左衛門さまの新御番方は若年寄支配。当時あなたさまは若年寄だった。善左衛門さまをあなたさまは自在に操れる立場におられた。しかも善左衛門さまは、事件の時でわずかに二十八歳、すでに不惑を越えておられたあなたさまにとって、あのような青二才を焚《た》き付けるのは簡単なこと。昔はこの関東に覇を競った名族同士、今は多少身分は離れているが、貴公とて、やりようによっては我が身分にまではあがれましょうぞ、などと囁《ささや》いてやれば、血筋にすがって生きているような貧乏旗本が有頂天にならないはずはございますまい。昇進のことをお願いするなら、若年寄随一《ずいいち》の実力者田沼山城守意知さまがよいであろう。多少費用はかさむであろうが、儂からも口添え致しておく。このように唆《そそのか》した」

重藤は言葉を切ったが、備中守は黙ったままである。

「次にあなたさまがやったのは、逆のこと。意知さまの耳にこう吹き込んだ。かつては田沼家がたかが五百石の佐野家の家臣であったというのは、ごつごうが悪くはないですかな。その佐野家が、家格を上げて欲しいと運動しているようで。これが叶《かな》えば、ふたたび昔のことを思い出す輩《やから》もいるかもしれません。田沼とて名門には敵《かな》わぬと。こう言われたら、幾ら善左衛門さまが賄賂を贈ったところで、効き目のあるはずもない。更にあなたさまは罠《わな》を仕掛けた。田沼家の紋である七曜の紋を染めた戦国時代の旗も佐野家が持っていると聞きます。今のうちに佐野家から系図と旗を奪ってしまい、ついでに上州《じょうしゅう》佐野村にある佐野明神という神社の名前を田沼明神に変えてはいかがで。こうすれば世代が代わりさえすれば、誰も佐野家のことなど覚えてはおりませぬ。意知さまも暗愚ではございませせなんだでしょうが、権勢に驕《おご》っていたうえに、将来の側近の一人である同僚の言うことに乗ってしまった」

備中守がわずかにたじろいだ。

「あとは善左衛門さまに一言いうだけ。田沼家は佐野家がかつての主君であったことが嫌らしい。家康公のお目にも掛けた旗をなくしたということで、佐野家をお取り潰《つぶ》しにするつもりだと。善左衛門さまの頭に血が上るのは当然。そこへ、だめ押しをするような直属の上司新御番方番頭蜷川相模守からの田沼家に二度と近づくな、次に何かあればお役御免ではすまぬぞという叱責《しっせき》。これでこの先の出世はなくなった。いや、おそらく数日内に佐野家お取り潰しの沙汰《さた》がおりるだろうと善左衛門さまは震えあがった」

「作り話だ」

「その作り話を聞いているだけにしては、ずいぶんと息が乱れておられる。いえ、目が見えないと耳がよく聞こえましてな。ほれ、備中守どのの心の臓の鼓動もよく聞こえますぞ。どっくどっくと脈打っておられる」

「だ、黙れ。万が一そなたの言うとおりであったとしても、なぜ、わしが引き立てていただいた田沼さまを裏切らねばならないのだ」

「それは、あなたさまの経歴を見れば直ぐにわかること。あなたさまが最初に幕閣として名前を記されるのは、天明元年（一七八一）閏《うるう》五月十一日のこと。西の丸若年寄に任じられておられる。西の丸とは将軍の父か、あるいは次期将軍のお住まいになるところ。そして西の丸にはその十四日後、次期将軍として一橋豊千代《とよちよ》さまがお入りになった。いわばあなたさまは、次期将軍をお迎えする準備として、西の丸若年寄となられた。当然、豊千代さまが将軍になられたおりにはその執政として腕を振るう将来が約束されたた」

「それなら、同日に久世《くぜ》大和守《やまとのかみ》どのが西の丸老中になっている」

「それぐらい調べてありますとも。久世さまは、わずか四ヵ月で本丸老中に転属されておられる。しかし、あなたさまはそのまま西の丸若年寄としてずっと豊千代さまに仕えてきた。豊千代さまはご存じございますまい。まだ、幼かったから。なれど、豊千代さまのお父様治済《はるさだ》さまはいかがであろうか。当時次期将軍としてもっとも有力であった田安《たやす》どの、そう、松平定信どのを養子に出し、我が子豊千代さまを世継ぎに押し込むほどのお方だ。子の周囲を固める人間に手を伸ばさないはずはない。西の丸若年寄を豊千代さまの父治済さまが屋敷に招くのは何の不思議もない。あなたさまはこうして治済さまに取り込まれていった」

「馬鹿ものが。自分の言っていることの矛盾《むじゅん》に気がつかないのか。豊千代さまを西の丸に入れたのは田沼意次さまじゃ。いわば、治済さまの恩人ではないか。その治済さまが、意次さまお引き立ての儂を使って意知さまを殺させるなど、読み本でもあり得ないことじゃ」

「声が震えておられますぞ。そこまで言わせたいので。邪魔になったんですよ。田沼家が。田沼家の力が大きくなりすぎた。父だけが権勢を誇っているならまだしもその息子までが、幕閣として入り込んできた。これはいわば、権力の継承準備であるということぐらいは誰でもわかります。数年後には意知さまを老中にし、意次さまは大老職へ。親子で政治を壟断《ろうだん》し、堅固な地位固めをする。そして田沼家は代々、大老職を握る。こうなれば将軍などお飾りに過ぎなくなります。息子を将軍にして自分が幕府を動かしたいと望んでいる治済さまにとってそれが見過ごせることかどうか。西の丸に入った豊千代さまはまだ幼い。意次に露骨な反感を見せては、世継ぎの座を下ろされるかもしれません。そう考えた治済さまが目を付けた人物が、あなたさまだったというわけだ」

重藤は、見えない目を備中守に向けた。

「あなたさまは意次さまではなく治済さまに乗った。意次さまの権力は強大であったが、その根は一人十代将軍家治さまにあった。跡を継ぐべき息子を急病で失ってからとみに老け込んだ家治公と、これから昇りゆく若き次期将軍を秤《はかり》に掛ければ、誰でも若い方に乗る。それに権力を振るいすぎた意次さまへの批判は目に見えないが、かなり大きくなっていることに気づかないほどあなたさまは馬鹿ではない。実行犯に佐野善左衛門さまを選んだだけでなく、あなたさまは見事な罠を仕掛けた。新御番方は三日に一度の勤務。善左衛門さまの勤務日は簡単にわかる。そしてあなたさまは、わざわざその日、田沼意次意知親子を下屋敷に能を開くと言って招いた。老中である意次さまは、下城時刻になってもなかなか帰れないが、同じ若年寄なら簡単。同僚の米倉《よねくら》丹後守《たんごのかみ》、酒井《さかい》石見守《いわみのかみ》も招いている。観能の話をしながら一緒に下城すれば、四人が固まって歩くことになる。人の壁が前と横にできる。意知さまをさりげなく右手に歩かせれば、そちらは襖際《ふすまぎわ》。そこを後ろから善左衛門さまが襲えば、前に自分と酒井、右は襖、左は米倉、逃げ場はない。実際逃げようとした意知さまは呆然《ぼうぜん》とした米倉に突き当たった」

「ううっ」

備中守が呻《うめ》いた。

「更《さら》にあなたさまは用意周到だった。善左衛門さまと意知さまの後を追い、善左衛門さまが取り押さえられるなり、医師を呼ばせたが、わざと熟達の外道医ではなく、新米の天野良順《あまのりようじゅん》を呼んだ。経験浅い天野に治療などできない。そこであなたさまの仕掛けが生きてきた。観能会は太田家の下屋敷でおこなわれる。下屋敷は駒込《こまごめ》だ。神田橋《かんだばし》御門《ごもん》内にある田沼家上屋敷からは相当遠い。殿中でろくな手当てが出来ないと知った意知さまが頼ったのは、田沼家の権力と財力で抱えた名医たち。ところがその医師たちも観能会場で待機するために朝から太田家下屋敷に出張《でば》ってしまっていない。こうして意知さまはたいした傷でないにもかかわらず手遅れになって死んだ」

「なぜ、意次でなく意知だというのだ」

「先ほども申し上げた通り権力の継承を断ち切るため。それと意次さまには後少し生きていて貰わねばならなかった。意次さまの後を受けて幕府の政治をおこなうのが、松平定信さまであることは避けられない。今、一橋家に恨みを持つ定信さまに老中首座になられては困る。意次さまを盾代《たて》わりにしてもう少し豊千代さまの側近を固めたかったからでしょう。だが、家治さまが死んだ。仕方ないことだが、意次さまは失脚。ここで、治済さまは意次さまを裏切り定信さまについた。家治公が死なれたとはいえ、田沼の力は大きい。もし、治済さまが意次さまについたら、定信さまの力では抑えきれないのは明白。こうして定信さまに恩を売って息子の安泰を図り、その側近として育てたあなたさまを幕府内の確執の影響しない京都へと出した。治済さまは凄《すご》いお方だ。田沼の派手な治世になれた庶民たちが緊縮政策にそう長く耐えられないのを読んでおられた。江戸を離れたあなたさまは寛政《かんせい》の改革の責任を問われることとなく、老中におなりになった」

　不意に重藤が体を震わせた。

「殺気ですか。いけません、みょうなことをお考えになっては。何の手も打たずにここに来たわけではございませんよ」

「貴様、いったい、なにが目的だ」

　備中守が小さな声で言った。

「ようやく、話がわかっていただけたようで。なあに借金の取りたてでございますよ。私は佐野さまにお金をお貸ししていましてね。それがお家断絶で取りはぐれてしまった。借金は二百両だが、利子が付く。座頭の利子は年六割。あれから十年経ちますから、複利で二万千九百九十両と少し。端数はおまけしておきます」

「二万千九百九十両だと。二百両がどうやったらそんな高額になるというのだ。第一そのような大金は何処《どこ》にもない」

「御老中ともあろうお方が、お上がお決めになった利息にご不満ですか。それに今直ぐ全額お支払いいただきたいとは申しませぬ。ここに用意して参りました証文に御署名を戴きたい。返済は年賦《ねんぷ》になっております。但《ただ》し利息は今後も通常通りいただきますがな」

重藤は、そう言って懐《ふところ》に手を突っ込んだ。

「さあ、すっぱりとこの証文に花押《かおう》を記していただきましょう」

「馬鹿な、そんなものに花押を入れられるか」

「阿呆《あほう》はどっちでぇ」

重藤の口調ががらっと変わった。

「おいらが何の手も打たずに来たと思うのか。おっ、あと一刻《とき》のうちにおいらがこの屋敷を出ねえと、目安箱はおろか、白河とか田沼とかに、事の顚末《てんまつ》を記したものが駆け回るぜ。ふん、そんなもの握りつぶしてくれると思っているだろうが、そうはいくめえ。目安箱に投げ入れた分は直接将軍さまが見るんだ。将軍さまはどう思うかね。いつからくりを嗅《か》ぎつけられたまぬけな男を側近としてこれからも使いますかね。いつの間にか罷免され、京かその前のことをほじくられて、奥州なり九州なりへ減知の上転封されるのがおち」

重藤は、つやつやと油でも塗ったように光る頭を突き出す。

「さあ、どうする。証文を書いて家を残すか。この首一つと五万石を引き替えるか」

重藤の言葉に凄みがかかった。

「くうう、やむをえん」

証文に備中守が、渋々《しぶしぶ》署名し花押を記した。

「結構で。では、私はこれで。なお、闇討ちはご無用に。手はまだありますので」

重藤は念を押すのを忘れなかった。

「そうそう、御老中さま。この証文は半期書き換えでございます。半年以内に利息だけでもお支払いくださいませ。それと初回は、ご挨拶《あいさつ》代わりに礼金は戴きませんが、次の証文替えから一割を礼金として上乗せさせていただきます」

「ぐああ」

声にならない叫び声を挙げた備中守に重藤は笑いかけた。

「末永いお付き合いをお願い申しあげます」

逃げた浪士

一

寛延《かんえん》元年（一七四八）夏。

『嘉肴有《かこうあり》といへども食せざれば其味《そのあじわい》を知らずとは。国治《おさまつ》てよき武士の忠も武勇も隠るるに。たとへば星の昼見へず夜は乱れて顕《あら》はるる。例《ためし》をここに仮名書《かながき》の太平の代の。政《まつりごと》。云々《うんぬん》」

寛延元年八月十四日より、大坂竹本座《たけもとざ》にて上演された浄瑠璃《じょうるり》は大当たりをとった。連日大入り満員。浄瑠璃ならびに歌舞伎史上最高の傑作『仮名手本忠臣蔵』の初演である。

竹本信濃太夫《しなのだゆう》をはじめとする七人の太夫と、吉田文三郎《よしだぶんざぶろう》以下二十三名の人形遣《つか》いで演じられた。

鶴岡《つるがおか》の饗応《きようおう》を大序《だいじよ》とし、合印の忍兜《しのびかぶと》を終わりとする十一段じたての大作である。

もちろん、四十六年前の赤穂《あこう》浪士事件を題材にしている。幕府の禁制に引っかからないように、時代を室町足利《あしかが》将軍家にすりかえてはいるが、当然、見るほうは、その裏を見抜いたうえで、観劇するのである。あれほど日本国中をわかせた大事件、それも風化するには早すぎる時期に公演したことで、仮名手本忠臣蔵はここ最近まれにみる大当たり興行となった。

その大坂南の地を一人の老人が歩いていた。かくしゃくとした足取りは歳を感じさせず、鋭い目、きっと結ばれた口が意志の強さをあらわしていた。

竹本座の座元であり、大評判の浄瑠璃、仮名手本忠臣蔵の作者でもある二代目竹田《たけだ》出雲《いずも》である。

今年、五十八歳になる出雲は、師匠の墓参りに大坂寺町《てらまち》の法妙寺《ほうみようじ》まで出かけての帰りであった。

竹田出雲の師匠とは、上方浄瑠璃の大立て者であった近松門左衛門《ちかまつもんざえもん》であった。

享保《きようほう》九年（一七二四）十一月二十二日に七十二歳でこの世を去るまでの間に、近松は『曾根崎心中《そねざきしんじゆう》』を始めとする数々の名作をうちだし、死んだ後もその手になる芝居、浄瑠璃は、変わらぬ人気を誇っていた。

その近松門左衛門に、十五歳で入門した竹田出雲が、今度は師匠に引けを取らないほどの大当たりをやってのけたのである。出雲はその報告を、師匠の墓にしてきた帰りであった。

一人、寺町から道頓堀《どうとんぼり》まで歩く出雲の胸のうちは、希望にふくらんでいた。己《おのれ》の前に立ちふさがっていた巨大な壁が、大きな音とともに崩れ落ちたのである。今や出雲の前途は、都大路のように一直線に開けていた。

「これからは近松の弟子の竹田出雲やない。当代一の浄瑠璃、忠臣蔵の作者の竹田出雲や」

出雲は無意識のうちに大きな声を出していた。あまりに大きな声であったため、周りにいた人たちが、驚いたように出雲の顔を覗《のぞ》きこんできた。

「こりゃどうも」

周りの奇異のまなざしに気づいた出雲は、慌《あわ》てて目についた茶店に飛びこんだ。

「これは、座元」

顔なじみの主人が、にこやかな顔を見せた。

「奥、空いてるかな」

「へえ、どうぞ」

出雲は隠れるように奥の小座敷に入った。主人が気をきかしてくれたおかげで、出雲は一人静かに杯をかたむけることができた。酒で喉《のど》を湿らせながら、出雲は今回の浄瑠璃のことを考えた。

　近松に弟子入りして以来、心中ものばかりを書かされてきた出雲は、どうしても赤穂浪士事件について書いてみたかった。

　しかし、それは師匠の近松も脚本にしたいと意欲を燃やしていた題材だったため、弟子の出雲としては書きたいそぶりさえ見せないように遠慮せざるを得なかった。その遠慮が、出雲三十四歳のとき、近松の死とともに葬り去られたのである。

　師匠近松が事件から死ぬまで二十年以上あったにもかかわらず書かなかったのは、幕府の取り締まりを恐れたためであった。

　実録もの、とくに武家、それも幕府がからんだ事件のことを演劇にするにはかなりの制約がある。うかつに書けば、よくて発禁、へたをすれば入牢《じゅろう》ものである。

　若いころ京の公卿一条家《くぎょういちじょうけ》に仕えて、従六位の官位を持っていた近松としては、犯罪者になるのはどうしても避けたいことであった。

　結局、作品にすることなく日が過ぎ、近松は捕まることもなくなったかわりに、永遠に書くこともできなくなってしまったのだ。

　当時、十二歳の子供だった出雲にしても、赤穂浪士事件の驚きは、忘れられないものであった。

あの大事件を、赤穂浪士の討ち入りを舞台にしてみたい。近松の死後二十年以上の歳月を経て、出雲はついに忠臣蔵を完成させたのである。

「これでもう思い残すことはない。わし亡き後も竹本座は安泰じゃ。この浄瑠璃のおかげで二代目竹田出雲の名前は永遠に残る。まさに赤穂浪士さまさまよ。わしももうすぐ還暦、これを機に隠居でもしてのんびりとさせてもらおうかな。まあ、その前にお世話になった赤穂浪士の墓参りはせんといかんが」

出雲はゆっくりと杯を空にした。

「足腰の立つ間に終わらせておきたいものよ。でないとあの世で赤穂浪士たちに会ったとき、挨拶《あいさつ》に困るでな」

思いたったらすぐに行動に移さないと気のすまない出雲は、茶店を出たその足で町役人のもとに出向き、通行手形の発行を依頼した。

手形は十五日かかって出雲のところに届いた。出雲は小屋のことを座元就任以来仕えてくれている番頭に頼むと、一人大坂から兵庫へと足を進めた。西宮《にしのみや》の酒蔵から江戸へ送られる酒船に便乗するためである。歩けば十四、五日かかる江戸までを、船はわずか六日で着く。

晩夏の船旅は快適であった。

出雲は、品川《しながわ》の宿に旅装を解いた。宿場というより遊郭といった性格の強い品川で、色気のない宿を探すのはかなり骨の折れることであった。

朝早くに品川に着いた出雲は、宿探しで思わぬときを喰《く》い、泉岳寺《せんがくじ》を訪ねたのは日が高くなってからであった。

泉岳寺は品川の宿よりほんの少し江戸の町に向かったところにある。直接街道に面してはいないが、本堂の大屋根を見ることができるため、初めての訪問でも迷うことはない。

住職への挨拶は後のことにして、出雲はまず浅野内匠頭長矩《たくみのかみながのり》と四十六士の眠る本堂脇の墓地を訪れた。

討ち入り以来、参る人が絶えない浪士たちの墓には、今日もたくさんの花と線香が供えられていた。さらに、堀部安兵衛《ほりべやすべえ》や赤埴源蔵《あかばねげんぞう》などの酒豪の墓には酒、茶の道に造《ぞう》詣《けい》の深かった大高源五《おおたかげんご》の墓には茶菓、とそれぞれの嗜好《しこう》に応じたものが山のように供えられてる。

「ことから四十年以上は経《た》つのに、赤穂浪士の人気は少しも風化してないんやな。こりゃ、江戸での公演は大変やで」

出雲は目にしみる線香の煙を手で払いながら独りごちた。赤穂浪士は、大坂よりこの舞台となった江戸のほうが、人の心に生きているのであろう。うかつな上演をしたのでは石が飛んできかねないと出雲は緊張した。

「まずは、お殿さんにご挨拶を」

出雲はもっとも奥手にある、みごとな五輪の塔に頭を下げた。そしてゆっくりと並んでいる墓石に目をやった。

「やはり、続いて祀《まつ》られてるのは、大石内蔵助《おおいしくらのすけ》さんですな。次は吉田忠左衛門《よしだちゅうざえもん》さん。それから」

浅野内匠頭の墓に向かって左に大石、吉田、原《はら》と細川家お預かりの十七士のうち十一士が並んでいる。そして十一番目の富森《とみのもり》でいったん列は切れる。残りの六士は内蔵助の墓と直角に並んでいる。出雲は一つ一つ、刻まれた名前を確認していった。

「これは、大石主税《ちから》はんの墓や。この一列は松平《まつだいら》家お預かりの士か」

富森の墓の左手にまた角度を変えて新たな列が並ぶ。そこには松平家お預かりの十士が並んでいる。その列のとぎれたところが、墓地の入り口となっている。

「岡野《おかの》、貝賀《かいが》、大高、あれ、この最後の一基には俗名がないがな。ええと戒名は刃道喜劔信士か。誰のものや。ここにあるということは赤穂浪士討ち入りの面々のはずやが」

出雲は、その墓石の前に立ち止まった。その造りは今までのものと同じであるが、少し新しいような感じがする。

「一番最初が大石主税さんで、続いて堀部安兵衛はん……そして大高源五はんとこの俗名無し。一つ、二つ……えっ、十一基あるがな。そんなあほな。松平家お預かりは十士や」

驚いた出雲は、他の墓石を調べに向かった。謎の墓から入り口を挟《はさ》んで九十度角度を戻している一群の墓の最初の人物は神崎与五郎《かんざきよごろう》である。

「ここから並ぶのは水野《みずの》家のぶんやな。確か九人やったはず」

出雲は、端から順番に見ていった。墓地の入り口から内匠頭の墓に向かうように進むことになる。

「神崎、三村《みむら》……奥田《おくだ》、間《はざま》、えっ。また一基多い」

出雲はその列のもっとも上にある墓を見た。

「遂道退身信士、えっと俗名寺坂吉右衛門《てらさかきちえもん》。これは吉右衛門のものかいな」

出雲の声は閑散とした墓地に大きく響いた。

「確か吉右衛門の墓は、麻布《あざぶ》の曹渓寺《そうけいじ》にあったはずや。それがなんでここにあるんや。討ち入りの場から消えた吉右衛門の墓碑が」

討ち入りの後、幕府に出頭することなく姿を隠した寺坂吉右衛門は、その後も他家に奉公したり、寺男をしたりしながら生き続け、延享《えんきよう》四年（一七四七）に亡くなっている。そのことは人づてに聞いていた出雲である。『仮名手本忠臣蔵』の初演の直前に赤穂浪士の最後の一人の訃報《ふほう》を耳にするとは、何という縁であろうかと感慨に耽《ふけ》ったことを昨日のことのように覚えていた。

「それに、戒名も違ったはずやが、えっと曹渓寺のほうは節巌了貞信士だったはずや」

出雲は記憶の底から吉右衛門の戒名を思い出した。

「遂道退身信士。道、この場合は武士道やろうな。そこから身を退いたものだと。吉右衛門の行動そのままやないか」

出雲は、呟《つぶや》いた。

「芸がないというか、能がないというか。まったく、江戸もんはこれやからあかんね。だいたい江戸は、あっ」

出雲は江戸の悪口を並べ立てる前に気がついた。今まで見てきた浪士たちの墓に刻まれていた戒名の特徴に。

「むうう」

唸《うな》った出雲は、走るように最初の大石内蔵助の墓まで戻った。

「内蔵助が忠誠院刃空浄劒居士、忠左衛門が刃仲光劒信士」

出雲はすべての墓の位置と刻まれた俗名と戒名を紙に写した。そして宿に戻ってゆっくりと考えることにした。陽が傾いてきたからである。


「こうなっているのか」

夕食と入浴を済ませた出雲は、書いてきた手控えに取りかかった。

「まずは、戒名からと」

俗名、大石内蔵助良雄の忠誠院刃空浄劒居士、を始めとして、
俗名、吉田忠左衛門兼亮《かねすけ》　戒名、刃仲光劒信士。

俗名、赤埴源蔵重賢《しげかた》　戒名、刃広忠劒信士。

俗名、堀部安兵衛武庸《たけつね》　戒名、刃雲輝劒信士。

俗名、大高源五忠雄　戒名、刃無一劒信士。

など、有名な人物だけをみても分かるように、四十六士全員に刃と劒の二文字が使

われている。俗名のない誰か分からない墓碑に刻まれている戒名でさえ刃道喜劔信士と法則に従っているのに、寺坂吉右衛門の戒名だけが遂道退身信士と刃と劔が使われていない。疑問を感じた出雲は、懐《ふところ》からもう一枚の紙を取り出した。

「うーん、おかしいぞ。吉右衛門の墓碑が、水野家お預かりの人々と同じ並びにあるのはいい。幕府の決定でも吉右衛門は水野家に預けられることとなっていたからな。しかし、位置が気にいらん」

討ち入り直後、吉田忠左衛門と富森助右衛門《とみのもりすけえもん》の両名が、大目付仙石伯耆守《おおめつけせんごくほうきのかみ》に届け出たとき、手渡した趣意書に書かれていた一同の名前のなかに吉右衛門も含まれていた。ために幕府は吉右衛門も泉岳寺にいるものとして水野家お預かり人員に含めていた。

「だが、士分ではなく吉田忠左衛門組下の足軽に過ぎない寺坂吉右衛門、しかも吉良邸から逃げ出した男の墓碑が、吉良上野介に一番槍をつけ、討ち入りを指揮した内蔵助に次ぐ功名をたてた、間十次郎《じゅうじろう》の上にあるのは解せない」

出雲の疑問はもっともであった。身分上下の厳しかった元禄である。足軽が士分よりも上座に着くなどということはあり得ない。

「場所が空いていないということはない。神崎の下座に十分な余地があるからな。で

〈泉岳寺墓地見取り図〉

浅野内匠頭

細川家預

大石内蔵助
吉田（忠）
原
片岡
間瀬（久）
小野寺（十）
間（喜）
磯貝
堀部（弥）
近松
富森

細川家預

潮田
早水
赤埴
奥田（孫）
矢田
大石（瀬）

毛利家預

岡島
吉田（沢）
武林
倉橋
間（新）

村松（喜）
杉野
勝田
前原
小野寺（幸）

松平家預

大石（主）
堀部（安）
中村
菅谷
不破
木村
千馬
岡野
貝賀
大高
俗名無

水野家預

寺坂
間（十）
奥田（貞）
矢頭
村松（三）
間瀬（孫）
茅野
横川
三村
神崎

出入口

はなぜ、ここに吉右衛門の墓を持ってきたのか」

嘗《な》めるように絵図を見ていた出雲は、もう一つ大きな疑問に気がついた。

「吉右衛門が死んだのは去年や。だのにここに墓石があるということは、生きている内に墓石だけが作られていたということか。いや、そんなはずはない。討ち入りの場から消え、皆と一緒に切腹もしていない吉右衛門の墓石が、皆と一緒に作られるはずはない」

出雲は、紙に穴があくほど力強い視線を浴びせた。

「まてよ、水野家お預かりの人々の墓の並び……吉右衛門の墓碑があるから気にならなかったんやが、この墓碑をないもんとして見ると細川《ほそかわ》家預かりの人々の墓群よりちょうど一基分低いところから始まっておる。これは不自然やで。部屋住みとはいえ十次郎は百石取り間喜兵衛《きへえ》の息子、しかも大手柄の持ち主。それが、他の士よりも遠慮せねばならん理由はないわな。当然、一列になってしかるべきところをまるではかっていたかのように一基分下げて墓列を作り、そこに足軽の吉右衛門の墓碑を持ってきて面一《つらいち》にするなどありえへん」

出雲の頭は過熱した。夜の更《ふ》けるのも忘れて出雲は考え続けた。

一晩あけた早朝、寝不足の出雲であったが、朝食もそこそこに宿を出た。まず泉岳寺の住職に話を聞きたいと思ったからである。

「これはこれは、あなたがあの仮名手本忠臣蔵の作者の竹田出雲先生ですか」

さすがに浪士の墓を預かる泉岳寺の住職である。出雲の作った浄瑠璃のことをすでに知っていた。出雲は早速《さっそく》質問を始めた。

「ほう、浪士たちの戒名のことですかな。あれは先代の酬山長恩《しゅうざんちょうおん》師が、引導を渡されるときに『碧巌録《へきがんろく》』の第四十一則古徳劔刃《ことくけんにん》上の公案を授けられたことから、浪士すべての戒名に劔刃の二文字が入っておりますので」

「そうでしたか。ところであのとき切腹した四十六士以外に二基墓石が多いんでっけど、一つは寺坂吉右衛門のものとわかりましたけど、もう一基が誰のやわからんのですが」

出雲は、大きく気になっていたことの一つを聞いた。

「ああ、あれですか。刃道喜劔信士の。あれは萱野三平《かやのさんぺい》どののものでござる」

住職は明確に答えた。

「萱野三平はんでっか。あの討ち入り前に切腹した」

浄瑠璃では早野勘平《はやのかんぺい》となっている青年のことである。話の中では恋人のお軽《かる》の父を誤って殺してしまったと勘違いし、それを悔《く》いて自刃する悲劇の主人公である。が、事実はもっとつらい。

三平の父は摂津《せっつ》の人で、領主大島伊勢守《おおしまいせのかみ》に仕えた。三平はその出羽守の推挙によって浅野家に小姓として仕えているうちに松の廊下の刃傷にあった。密かに復讐《ふくしゅう》の義挙に加わらんとして父にいとまを乞うたが、主君伊勢守に累《るい》の及ぶのを恐れた父の説得を受け、累代の主君と自ら仕えた主君との間の義理に挟まれて手だてなく、三平は自刃の道を選んだのであった。

「先代に聞きましたところでは、細川家で浪士の接待に当たっていた堀内伝右衛門《ほりうちでんえもん》どのが、吉田忠左衛門どのから直接聞かされたことだそうです。『萱野三平と申すものがおりました。生きていれば必ず討ち入りに参加し、我らとともにこの喜びの日を迎えられたに、義理に挟まれてあたら若い命を失いました。残念でなりませぬ』と。あらためて詳《くわ》しいことを聞いた堀内どのは萱野どのを惜しまれて、先代に相談されました」

住職は目を閉じて語った。そう、まるで相談を受けたのは自分であるかのように。

「そこで先代と堀内どのは浪士たちに対するお上のお許しが出た宝永《ほうえい》六年（一七〇九）、流罪になっていた浪士の子供たちが自今《じこん》勝手気ままと許された年に浪士たちに準ずるということであそこに墓碑を建てたのだそうです」

「どうしてあの隅に、いわば末席に設けたのですやろ」

「そこはやはり義挙に直接参加していないのと、萱野どのがわずか十二両二分三人扶《ぶ》持《ち》の軽格であったということで遠慮したのでしょう」

「それではなぜ、三両二分二人扶持の足軽にすぎない寺坂吉右衛門の墓碑は、水野家お預かりの方々の上に据えられたんで」

出雲は、続けてもっとも気になっていたことを尋ねた。

「それが、分からないのです」

「分からないですって」

「ええ、何分にも寺坂どのの墓碑は私たち寺のものが気づかない内に建立《こんりゆう》されていたものですから」

「まさか」

「それが本当なので。あれは去年の秋のことでございました。麻布の曹渓寺より、当寺に寄宿していた寺坂吉右衛門どのがみまかった、ついては浪士に縁の深い泉岳寺にお知らせする、との連絡があり、それを受けて当寺にて法要はとり営みましたが、墓碑は建立いたしておりません。当然でしょう、切腹の座におらなんだのですから」

住職はきっぱりと言い切った。

「それが、ある日のことです。参拝に来られた方が、本堂に駆け込んでこられたのです。墓碑が一つ増えていると」

「そんな阿呆《あほう》な。お寺が気づかない内に墓碑を建てることなど無理でっしゃろ」

「それが、本当に知らない間のことなので。我が寺では浪士方に参拝される方が多いため、表門は暮れ六つには閉じるのですが、裏門はたとえ夜といえども開けております。ですから夜中の内に何者かが持ち込んできたのであろうと推察しております。まあ、寺坂吉右衛門どのとて当寺と別段関係のない方でもないので、そのままにしてあるのです」

「ではもともと、あそこには墓石はなかったんですな。間十次郎はんの墓は動かしてまへんね。最初からあの位置にあったんですな」

「はい」

住職は気色ばむ出雲から一歩身を引いた。

「どういうこっちゃ。はじめから一段下げて作るなんて」

出雲は、頭に手を当てて独りごちた。

「どうかされましたか」

「いや、なんでもおまへん。ところで、吉右衛門はんのあの戒名は」

「我が寺で付けたものではありません。最初から刻まれていたものです。もちろん、菩提寺《ぼだいじ》の曹渓寺のものでもありません」

「ううん。これはなんちゅうことでっしゃろ」

出雲は、さらに混乱して頭を抱えた。

「さあ、わたくしごときでは分かりかねます。よろしければ、先ほどもお話に出て参りました細川家の堀内伝右衛門どのをご紹介いたしましょうか。もっとも浪士と接しておられた方は亡くなられて、ご子息の代とはなっておりますが、聞くところによりますと先代の書き残されたものがあるそうで」

「それは、是非《ぜひ》お願いいいたします」

出雲は住職の言葉に飛びついた。

「では、これを」

住職は筆をとるとさらさらと手紙を書いてくれた。

「つごうのいいことに堀内どのは、寺のすぐ裏、二町（約二百二十メートル）ほど山手の細川さま下屋敷にて御留守居役を務めておられます。このあたりで一番大きなお屋敷ですからすぐにわかると思います」

住職の説明を受けた出雲は、その足で細川家下屋敷に堀内を訪ねた。

運よく堀内伝右衛門は非番で屋敷内の長屋にいた。泉岳寺住職の手紙を見て堀内は住職と同じように感心した。

「そうですか。あなたが仮名手本忠臣蔵の竹田出雲どの」

堀内は、出雲を長屋に通し、亡父のつけていた覚え書きを出してきた。それはかなり厚みがあり、丈夫な糸で綴《と》じられていた。

「どうぞ」

快くその覚え書きを貸してくれた。

「ただ、浪士ご一同切腹前後の分だけが、今お殿さまのところに上がっておりまして、ここにはないのですが」

堀内が誇らしげに口にした。父の書き付けが殿のお目に触れるということは名誉なことである。

「結構でございますとも」

出雲は厚く礼を言うと、覚え書きを借りて宿に戻った。

昼ご飯の間も惜しんで開いた覚え書きには、先代の堀内伝右衛門が、細川公より浪士接待役を申しつけられたときから浪士切腹のあとの遺族たちの風聞に至るまで事細かに書かれていた。

「これはすごい」

ざっと内容を見た出雲は、興奮の声を挙げた。

「おや、内蔵助はんは寒がりやったんか。堀内はんでさえ暑いと思うほど炭の入った部屋でも頭巾《ずきん》を離すことはなかったとは、意外やな。さらに内蔵助はんは悪筆を恥じて、手紙まで忠左衛門か十内に代筆させたと書いてある。堀内はんの記念にとの求めにもかかわらず、何一つ書いてやらなんだとは、家老ともあろうものがけちくさいこっちゃ。おや、堀部弥兵衛はんは、討ち入りの時に雪で転んで痛めた足が尾を引いて、厠《かわや》に行くのも苦労していたのか。うん、皆が遺言を残すなか、小野寺十内はんだけは、老妻がすべて存じおりますと書かなんだのか。理想の夫婦じゃの。ほう、内蔵助はんの遺言は家族ではなくいとこの大西坊《おおにしぼう》という僧に宛《あ》てたものになっていたんか。不思議なことやな。但馬《たじま》に妻も子供もいるというのにの」

出雲は貪《むさぼ》るように読んだ。気になる処《ところ》を別紙に書き写しながら。

「浪士に切腹の上意を伝えに来たのは、浅野家に同情的であったと言われている赤穂城明け渡しのおりの目付役荒木十左衛門《あらきじゅうざえもん》はん。何かしら因縁を感じるな。ほほう、昼過ぎに切腹を伝えるために細川邸についた荒木はんたちは細川家に切腹の用意を命じたあとも、浪士たちに対しては、ぐずぐずとしてなかなか言い渡さず、夕刻になってやっと腰を上げたのか。その上切腹の言い渡しは大広間にて行われたため、上使に遠慮した内蔵助はんたちは控えの間から更《さら》に下がったところで平伏のまま承ったと。えらい離れてるな。大声で喋《しゃべ》らなあかんかった荒木はんは、さぞしんどいことやったろう。ここで覚え書きは切れている。この先が、殿さんのもとかいな」

出雲は再び最初から読み直した。読み終えたときには翌日の太陽が品川の海をきらきらと色づけていた。出雲は朝食もとらずに細川家を訪れ、ていねいな挨拶とともに覚え書きを堀内に返した。そしてその足で駕籠《かご》を拾うと本所松坂町《ほんじょまつざかちょう》の吉良邸跡に向かった。

吉良邸は討ち入りの後、空き屋敷となっている。吉良邸前で駕籠を下りた出雲はじっと崩れかけた門《もん》や塀《へい》を見つめた。ここは、討ち入りの現場である。今、出雲の頭の中に討ち入りの情景が浮かんでいた。

雪の降るなか、火事場装束に身を固めた赤穂浪士が、この屋敷の庭を駆ける。寝間着姿の吉良方が、太刀を振るって主君を守ろうと奮戦するが、鎖帷子《くさりかたびら》を着込んでいる赤穂浪士に勝てず、次々と倒されていく。積もった雪に赤い血が飛び、鉄さびのような臭《にお》いが満ちた。

「どちらも忠義のために命をかけた。これこそ、怠惰な今にないものや」

出雲は、一人興奮した。

「気分でもお悪いのですか」

討ち入りの風景に浸《ひた》っていた出雲は、不意に声をかけられて飛び上がった。じっと立ったままである。近隣の人から不審に思われても仕方がない。

「いえ、何ともおまへん。どうも」

出雲はそそくさと門前を立ち去ると、まるで何かを探すようにその付近を歩き回った。

江戸城の縄張りからはずれ、本所である。小大名の下屋敷や小禄の旗本、御家人の屋敷と民家が、雑然と並んでいる。本来ならば町内ごとにあるはずの木戸もない。ただ御府内にわたる橋の付近に木戸があるだけである。

「たしかにここやから、討ち入れたんや。御府内では辻ごとに木戸や番小屋があるから、密かに動くことなどできへん。本所だからこそ大勢が、弓や槍を持ったまま見咎められることなく動けたんや」

出雲は、大いに納得した。

さらに出雲は、吉良邸の前に並んでいる小さな商店一軒一軒を回って話を聞いたが、残念ながらほとんどが代替わりしていたため、詳しい話は得られなかった。しかし、十分地理を覚えた出雲はふたたび駕籠を拾って品川の宿に帰り、たらふく食事をとると風呂に入って寝てしまった。

翌日、宿屋の払いを済ませた出雲は、大坂行きの船に無理矢理割り込んだ。幸いなことに船主が、出雲と親しい大坂の廻船《かいせん》問屋であったので、なんとか乗り込めたのである。

下田《しもだ》、鳥羽《とば》などの港に寄った船が大坂に着いたのは、七日後であった。出雲はその足で大坂港から播州《ばんしゅう》赤穂の港への便船に乗った。

二

寛延元年秋。

初秋の播州路は穏やかである。赤穂浪士事件から四十五年、浅野家の後に入った森家の治世にも慣れた町並みは静かにたたずんでいた。当時、幕府の決定に逆らうことなく城を明け渡したおかげで、城も町も主が替わっても、変わらぬ息吹を続けている。

武士というものが戦いから離れておよそ百年、戦闘集団から官僚集団に変わってしまったこの元禄の時代に、浪士たちはなぜあのような事件を起こしたのか。謎を解くには、浪士たちの生まれ育った赤穂の地を知らなければならない。出雲は数日にわたって赤穂に滞在し、土地の古老たちの話を集めて回った。

しかし、もっとも出雲が話を聞きたかった大石内蔵助たちの同僚であった旧浅野家家臣たちの姿は、赤穂のどこにもなかった。

あの討ち入り前には数十人が帰農、あるいは浪人していたのであるが、世間が浪士たちを英雄視し、参加しなかったものを白眼視するようになったため、いたたまれず行方知れずになってしまっていた。

「仕方ないか」

出雲は集めた話をまとめると、今度は京に上った。京は内蔵助たちが、一時その足跡をとどめたところである。内蔵助はここで妻を離別し、買い求めた山科《やましな》の家に若い妾《めかけ》を置きながら、祇園《ぎおん》で浮き名を流したという。舞台に欠かせない色気、それがここにある。

もともと京には父、先代竹田出雲が、朝廷から近江丞《おうみのじょう》の官位を戴《いただ》いていた関係上、知人が多い。

「内蔵助はんのことどすか。それなら一力《いちりき》の大女将に聞いたらよろしいがな」

祇園の茶屋の女将が教えてくれた。

一力を訪ねた出雲に大女将はいろいろなことを話してくれた。

「もともと、内蔵助はんはうちより、木屋町《きやまち》あたりによう行かはったんどす。そら、うちでも遊んでくれやしたけど、それほどお派手にはしやはれへんどした。なにぶん、うちは高《たこ》うおますさかい」

大女将の言葉には重みがあった。武士の経済が逼迫《ひっぱく》している時代、一力で遊んでいたのではいかに千五百石取りの大石家といえども一ヵ月ももたなかった。座敷料に料理代、芸者舞妓の線香代に仲居男衆《おとこし》への祝儀、合わせれば一日最低四、五両はかかろう。その点、木屋町なら妓女《ぎじょ》の花代と料理代、やり手婆への祝儀程度と二分から三分でお釣りがくる。もっともそれでも職人の数日分の手間賃にはなるが。

「あまりにお遊びがひどいもんどすよってに、ご親戚の方がお妾さんをお世話しなはったと聞いとおす。十七か十八の娘はんで、かよとか軽とか言わはったそうで。今どすか、さあ、一年ぐらいは山科にいなはったそうどすけど、直《じき》に何処《どこ》ぞへ隠れるようにして引っ越さはったそうどすえ。なにぶん四十五年も前のことですよって、細かいことはもう、忘れてしまいましたわ」

大女将は、出雲を見て小さく笑った。

「内蔵助はんどすか。そうどすなあ、小太りでやしてなあ、背はあんまり高こうのうて、案外大きな声でしゃべらはるひとでしたえ。若い時分、江戸で散々悪さしてはったということでしたよって、遊び慣れしてはって、お相手したおなごはんは皆、ぽうっとなってしまい、困ったもんどしたわ。もっとも私もそのときはまだ三十過ぎ、一晩くらいならと思わんでもなかったどすけどな」

大女将が、歯のない口を大きく開けて笑った。吸い込まれそうな気がして、出雲はそそくさと一力から退散した。

翌日、出雲は内蔵助が住んでいたという山科西野山《にしのやま》村に足を運んだ。討ち入りのために江戸へ赴《おもむ》くについて、内蔵助はその家と土地六反歩を、いとこで石清水《いわしみず》八幡宮の僧侶になっていた大西坊に譲り渡している。

もっとも大西坊もすでにこの世にはない。そして家土地はそのまま八幡宮のものとなっていた。

内蔵助がここに永住すると言って建てただけあって、外からうかがい知れる家の様子はしっかりとしており、趣《おもむき》をこらした庭も手入れが行き届いて十二分に季節の風情を醸《かも》し出していた。

「ふうむ。どう見ても一年や二年の仮住まいの造りやないで。なぜに内蔵助はんはこれほどの家を建てたんやろ。後に妻子を住まわす訳でもなく、自らが其処《そこ》に住むことができないことはわかっていたはずやのに」

出雲が聞いたところによると、内蔵助は討ち入りの八ヵ月前に、身重の妻りくと次男吉千代《きちちよ》以下の子供を妻の実家豊岡《とよおか》へ送り返している。そして、追いかけるように離縁状を書いて送りつけている。冷たい処置のように思えるが、これは当たり前のことであった。今でもそうであるが、重い罪を犯したものは家族にまで累が及ぶ。すでに元服を済ませた長男主税は仕方ないにしても、妻や小さい子供、まして未《いま》だ生まれざるお腹の中の子供には罪を着せたくないのが人情である。当然、妻は離別、子は義絶して連座を避けようとする。

「始めからここに住むつもりはなかったんやろか。ううむ、理由がわからん。いかに裕福な筆頭家老の大石家とはいえ、仮住まいにこれほど費《つい》えを掛けられるほど余裕があったとは思えへんのやが」

巷説《こうせつ》では、内蔵助の京での遊興やこの山科の家は、その動静を探りにきていた吉良と上杉の間者《かんじゃ》の目を欺《あざむ》くため、討ち入りなんかしませんよ、ここで余生を送るんですよ、との芝居であったと伝えられる。出雲も忠臣蔵の中では内蔵助にあたる大星由良《ゆら》介《すけ》をそう書いた。

しかし、それならば赤穂に残るなり、妻りくの里但馬豊岡に行くなり、あるいはいくつかあった仕官の口に乗った振りをしてその城下に行けばよいのである。なにもわざわざ、吉良の一族である建部《たけべ》が伏見《ふしみ》奉行を務めていた京に行く必要はない。

京は、とくに山科は、内蔵助の近い親戚である同じ赤穂藩士進藤源四郎《しんどうげんしろう》にゆかりの土地である。事実山科のこの土地も源四郎の口利きで手に入れたものだ。もっとも源四郎はお家再興の望みの絶えたときに連盟から脱して行方しれずとなったが。

「赤穂よりお家再興運動のしやすい京に来たというけど、それなら、なぜより効果の高い江戸に行かへんかったんや」

出雲は、独り言を口にした。

「江戸に居を移せば、急進派といわれる堀部安兵衛たちに押しきられて討ち入りになるのを怖れたというけど、それにしてもおかしい。お家再興運動も間に人を入れれば入れるほど効果が薄くなり、費用がかさむことは明白。それよりは内蔵助が直接江戸に行って働きかけた方が、頼まれた方としても動きやすいし、それに、再興の望みがある間はいかに安兵衛たちといえども待つ。なによりも再興による仕官を望む者たちが、彼らの暴発を抑えたのはまちがいない」

出雲は山科の家の周りをぐるぐると歩いた。

「更に不可解なことに、お家再興について内蔵助は条件を付けてる。子供のなかった内匠頭の相続人である弟の大学《だいがく》に、恥ずかしくない所領と格式を与えよと言うてる。元禄の、しかもあの生類憐《しょうるいあわれ》みの令の将軍綱吉の時代に、勅使応接という幕府の最も大事な行事中に刃傷に及び、咎を受けた内匠頭や。そんな条件が通じるはずがないのは分かっていること。それに気づかないほど内蔵助は田舎者やったんか」

浅野家は外様大藩広島浅野家四十二万六千五百石の分家である。初め常陸《ひたち》の笠間《かさま》から内匠頭の祖父長直《ながなお》のときに赤穂に転封となった。笠間時代に城を持っていた長直は、城持ちの格を失いたくないために、幕府に嘆願、借金までして赤穂城を作っている。

いうところの城持ち大名である。十万石でも城を持たない大名は、陣屋大名といわれ、城持ち大名よりも下に見られるのが、通例である。

所領没収の上、当主が切腹を命じられたにもかかわらず、持高はもとより、城主格まで戻せというのでは、内匠頭に与えた咎を取り消せと言っているようなものだ。幕府が認めるはずもない。

「できるはずのないことをどうして内蔵助はんは求めたんやろ。幕府に喧嘩《けんか》両成敗の原則を思い出せと言いたかったんか。吉良が無事ならば、浅野も元通りにしてくれと言いたかったんか」

出雲は、歩き疲れて路傍《ろぼう》の石の上に腰を下ろした。

「一国一城令に反してまでも赤穂に城を作ることを許したほど、浅野は幕府の信頼が厚い。一万石くらいなら幕府も再興を認めたであろうに。大名をつぶしても作ることをしなかった綱吉さまの時代に、なぜあのような無茶な要求をしたのか。内蔵助はんには再興の意志はなく、単に討ち入りの時期を延ばしたかっただけではないのか」

出雲は、また、大きな謎を抱え込んでしまった。

疲れる足を引きずるようにして大坂に戻った出雲を、座を預けていた番頭が険しい顔で迎えた。

「座元はん。ぼちぼち小屋に気入れてもらわな困りまんがな。仮名手本忠臣蔵の入りが如何《いか》によろしゅうても、大衆というのは移り気なもんでっせ。早いこと次の用意を始めとくんなはれ」

一緒に苦労してきた仲であるから、番頭の意見は厳しい。

「分かってはおるんやが。どうも気になって」

「赤穂浪士のことなぞ、もうよろしいがな。いつまでもこだわってたらあきまへん。せっかく竹田出雲の名前が売れたんです。さっさと次を披露せんと忘れられまっせ」

「ああ」

出雲は力無く返答した。

「まっ、いじめるのはこの辺にしときまひょ。江戸の堀内伝右衛門さまからお手紙が届いてます」

番頭が差し出した分厚い手紙を奪うようにして取り上げた出雲は、座の出入り口に突っ立ったまま読み始めた。

「先日はわざわざお訪ねいただき誠に恐縮。亡父の覚え書き不足分、お殿さまよりお返し戴き候。ここにその写しをお送りいたすものなり。写しなれば、ご返却の要無く、お読み捨ていただきたく……」

出雲はそこまで読むと中の写しを手に楽屋に駆け込んでいった。

三

寛延元年冬。

出雲はふたたび近松門左衛門の墓に参った。大当たりの『仮名手本忠臣蔵』を中止にしてから一ヵ月目のことであった。

中止の原因は、太夫と人形遣いの間で演出における意見の食い違いが起こり、騒動となったためであった。

戯作者でもあり、座元でもある出雲が仲裁すれば治まるていどのものであったが、出雲がいつまでたっても間に入ろうとしなかったため、もめ事は長引き、遂に騒動は『仮名手本忠臣蔵』を、わずか三ヵ月で中止せざるを得ないほど大きくなってしまった。

人気のある浄瑠璃である。ひいき筋の惜しむ声や金儲《かねもう》けをたくらむ興行主の圧力もあったが、出雲はあっさりと公演に幕を下ろした。

出雲は今興行主から、逃げるようにしてここに来たのであった。

「師匠、私の書いた浄瑠璃、あれでよろしかったんでしょうか。大当たりはとりました。しかし、浄瑠璃ができてから調べ始めたら、えらいことが分かってしまいました。こんなこと人には言えまへん。かというて、私一人の胸にはしまっておけまへん。ゆっくりと眠ってはるのに悪いですけれど、ちょっとつきおうてください」

出雲は墓石に向かってしゃべり始めた。

「最初に私が、あれ、おかしいなと思ったのは、浪士たちの墓のある泉岳寺に参ったときでした。切腹したのは四十六人やのに墓は四十八ある。萱野三平の墓碑は、まあよろしい。切腹の座から逃げ出したはずの寺坂吉右衛門の墓碑まである。それだけやない。吉右衛門の墓碑はあるどころか、討ち入り二番目の功労者、間十次郎の墓よりも上座にあり、なんと筆頭家老の大石内蔵助の墓と対をなす位置に建てられているやないですか」

出雲は、周りを見回した。すでに日は西に傾いていた。境内に出雲以外の人影はなかった。

「吉右衛門は足軽、侍とは違いま。しかも討ち入りに参加した後、切腹することなく消えた男。それが内蔵助と並ぶ位置に祀《まつ》られますやろか。しかも吉右衛門の墓碑は、死後密かに建てられたもので、寺側も詳しくは知らないとのこと。そこから私の疑問は始まりました」

出雲は手にしていた瓢簞《ひょうたん》の栓《せん》を抜くと近松の墓に酒を注いだ。

「幸いにして、細川家で浪士の世話をされていた堀内伝右衛門さまのご子息と知り合うことができ、先代の残された覚え書きを見ることができました。そこには不思議なことが書かれてます。吉右衛門にかんするものですが、組頭であった吉田忠左衛門はんの言葉を聞いててください。覚え書きに出てくる順ですわ。

『吉右衛門は不届き者につき、今後その名前を申してくださるな』

これは細川家についた直後のもので怒鳴るような調子であったと書かれております。次いで、

『吉右衛門のことは、堀内どのへの伝言で承知している。このことは今善悪を論じることはできない。いったん寺坂を逃亡者として公儀に届けた以上、我ら仲間にて批評することはできない。そこもとも殿さまのお供で姫路に帰ることもあろうが、その後もよく考えて、吉右衛門の今後のことをよろしく頼む。中略、姫路にお帰り以後は、とくに熟慮のうえ彼の身の上のことをよろしく頼む。とにかく、うっかりとしたことを口外しないよう頼む』

これは、切腹の前日、吉田はんの娘婿《むすめむこ》で姫路本多家《ほんだけ》に仕えていた伊藤十郎太夫《いとうじゅうろうだゆう》はんに宛てた手紙のなかに書かれているもので、くどいくらい吉右衛門のことを頼んでま

す。それともう一つ、吉右衛門のことはなにも言うなと口止めもしてます。今度は大石はん、原はん、小野寺はんの連名による寺井玄渓《てらいげんけい》という医師宛《あて》に出された手紙の内容です。

『寺坂は十四日晩までは確かにいたが、吉良の屋敷では見ることがなかった。身分の軽いものであるから仕方ないことである』

こう書かれています。討ち入りには参加していないと。ではなぜ、討ち入り直前に書かれたと言われる趣意書から吉右衛門の名前を消さなかったんでしょう」

出雲は、大きく息を吸った。

「吉右衛門には広島の浅野本家や内匠頭はんの弟の大学、実家に戻った内匠頭はんのご内室さまなどに討ち入りの成功を知らせるための使者として、逃がしたとの説もありますが、そんなことは、放っておいても知れることとです。なまじ連絡のあったことが幕府に知れたらその累が及びかねまへん。自分の妻を離縁したほどの内蔵助はんが、そのことに気づかないはずはおまへん。また、もう一説に足軽の手まで借りなければ討ち入りできなかったと赤穂藩が世間から後ろ指を指されるのを恐れたというのもありますけど、ならば、最初から趣意書に名前を載せなければすむこと。それよりも足軽ですら殿のご恩に殉《じゅん》じたとする方が、聞こえもよろしいですわな」

出雲は、杯に酒を満たした。

「吉右衛門に逃亡する理由はありまへん。本当に吉右衛門が逃亡していたなら墓碑の位置は、神崎の下あるいは、墓地の外、あるいは墓碑なしでなければなりまへん。辻《つじ》褄《つま》が合わんのです。もし吉右衛門が逃亡しないでいたら、二月四日に切腹していたら」

出雲は、酒を一息に飲み干した。

「他の誰かが逃亡していたらどうなります。趣意書の中に名前があり、身分は士分です。もしそのことがばれたら、義挙の値打ちは一気に下がります。なにせ命を惜しむという、侍にとっては死よりも恥ずかしいことをしたのですから」

出雲は近松の墓の囲い石に腰掛けた。

「その身代わりに吉右衛門がなったとしたら、辻褄は合います。吉右衛門は吉田家に奉公しているうちに足軽に推挙されたもので元々士分や卒分ではありまへん。家名に対してそれほど思い入れはないですやろ。それよりも自分を引き立ててくれた吉田忠左衛門はんの方を大事に思っていたでしょうから、忠左衛門はんの言うことなら何でも従った、いや従わざるを得なかったに違いおまへん」

出雲は、二杯目の酒を近松の墓に注いだ。

「他の人たちは侍です。家名あっての侍。身代わりは承知しまへん。でも一人逃げた奴がおるのは確かです。しかも趣意書に名前が載っているということから、討ち入りに参加した人物に違いありまへん。なにせ前日まで吉良の屋敷を見張っていた毛利小《もうりこ》平太《へいた》が、討ち入り前の集合場所に来なかったんで、脱盟として趣意書にその名を記されなかったことからも分かります。では、誰ですやろか」

出雲は、いよいよ核心に触れた。日は傾き、墓地はわずかに残照に照らされているだけとなった。

「吉右衛門の墓碑の位置から考えても、かなり高位の者であることは推察できましょう。逃げた当座の皆の怒りが強かったことからも、それは証明されます。身分が高く、皆が狼狽《ろうばい》するほどの人物。しかも、討ち入りに功労があり、最初から間十次郎はんの墓を一つ遠慮させて作らせるほどの人物」

出雲は直接、瓢箪に口をつけた。

「答えは、堀内伝右衛門さまの覚え書きの中にありました。寒がりということで頭巾をかぶり、絶えず顔を隠していた人物。細川家に来てから自筆の手紙を一通も書かず、すべての手紙を代筆させた人物。それでいて重要な人物。一時は怒っていた忠左衛門はんが、最後はその世話を娘婿に何度も頼み込んでいることからも察せられます。そして討ち入り後の生活を考えていた人物」

出雲はゆっくりと立ち上がった。

「なぜその御仁は、最後の最後に裏切ったんでしょう。その答えは赤穂にありました。気候温暖で人情も厚い。大坂や江戸のようにこせこせしてません。それこそ余生を送るには最適の地です。塩のおかげで藩財政もまあまあ、家老である己の家も裕福。家には妻とかわいい子供たち。この安定した生活を一瞬にして崩壊させた犯人は、なんと仕えるべき藩主。やりきれなかったことでしょうなあ。なぜ我慢できなかったのか、なぜ、藩士たちの生活を考えなかったのか。頭に来た彼は、壮大な計画を考えました。あのような人物のために死なない、生き抜いてやるという計画を。しかし、彼は筆頭家老。いわば旗印。皆の目もあり、簡単には逃げられまへん」

出雲は、着物の尻をはたいた。

「まず、お家再興を理由に討ち入りを延ばすだけ延ばして同志の脱落を誘いました。しかし、彼の人の予想したよりも皆の決意は固い。ではなぜ、彼の人は、逃げ出さんかったんでしょう。それは、息子が、義挙に参加したからですわ。親としての説得にもかかわらず、純粋な息子は元服までして義挙に参加すると言い出しました。その息子を置いて逃げだせば、当然息子の立場は悪なります。そこでぎりぎりまで待ったんです。上野介を討ったのを見てやっと逃げ出しました。ここまで来れば、彼の人の脱走は義挙にとって命取りになりますから、なんとか表沙汰《おもてざた》にならないように忠左衛門はんたちが後始末してくれる。そう読んだ彼の人は、一人本所の闇に消えました」

出雲の口調は確信をおびていた。

「本所は、逃げるにはつごうのいいところです。木戸は少なく雑然としている。吉良の屋敷が呉服橋御門内《ごふくばしごもんない》から本所へ移されたとき、彼の人の策は、成功しました。たぶん前もって隠れ家の用意はしていたでしょう。準備にかけては定評のある人ですから。えっ、いつ逃げ出したかですか。おそらく上野介が見つかったときですやろ。合図の笛が鳴る。浪士全員の気持ちが、台所脇の炭小屋に集まる。慌《あわ》てて駆け出す忠左衛門はんたちを尻目に、彼の御仁は一人去っていった」

ついに残照も消え、墓地は真っ暗になった。

「もっとも、身代わりにされた吉右衛門も壮絶な仕返しをします。幕府の聞き書きに対して、せっかく彼の人が離縁した妻から義絶した子、さらには生まれたての三男まで親族として届けたんですわ。おかげで次男は僧籍へ入らざるを得ず、三男は十五歳になるのを待って遠島と決まりました。さらに吉右衛門は、いえ、吉右衛門と忠左衛門はんは、彼の人が京に逃げるのを予測して、遺言を彼の人の家族ではなく、いとこの大西坊に伝えさせました。すべて知っているぞとの意思表示に」

出雲は、夜空に輝きだした星を見上げた。

「京に逃れた彼の御仁は、まず大西坊から長男の見事な切腹を伝えられます。さすがに辛かったですやろうなあ。息子主税は、父が逃げたことを知っています。純粋な主税のことです、責任を感じて、どれほど思い悩んだことか。十分に思い知ったはずです。でも子供の死を悲しむことは許されまへん。続いて吉右衛門と忠左衛門はんの遺言が知らされましたから。こうして山科での若い妾との新しい人生を捨てざるを得なくなりました。彼の人は、姫路の伊藤家を訪ね、忠左衛門はんの命じたとおり、寺坂吉右衛門になりすますことにしました。いやならざるを得ませんでした。今更《いまさら》死ぬこともできません。なにせ本人は武士の鑑《かがみ》として切腹しているのですから。やがて伊藤家とともに姫路から新潟と過ごした彼の人ですが、晩年は子供の、主税の眠る江戸に戻りました。たぶん何度となく子供の墓に参ったことでしょう」

出雲の声から力が抜けていった。

「赤穂浪士の快挙は、年を経て衰退するどころか、ますます評判になっていく。でも名乗りを挙げることはできない。息子を同志を見捨ててまで手にした余生は、さぞ惨《むご》いものだったことでしょう」

話し終わった出雲の顔は、急に老けて見えた。

「そうそう、泉岳寺の吉右衛門の墓碑ですが、おそらく伊藤家の手になるものでしょう。もちろん、泉岳寺のまえの住職、酬山和尚も承知していたはずです。でなければ最初から間十次郎の墓を下げて作っておくなどできるはずはないですから。あの墓碑の位置、これこそが、赤穂浪士事件の真実を語っているのでしょうな」

出雲は寂しげに呟くと、脇目もふらず寺を後にした。

八年後、竹田出雲はこの世を去った。享年六十六。

『仮名手本忠臣蔵』は今もどこかで万雷の拍手の中、上演され続けている。

茶人の軍略

一

天正《てんしょう》十九年（一五九一）春。

ようやく暖かい日が続いた。今年の春は異常続きであった。雪が降り積もったかと思えば、翌日はまるで初夏のように汗ばむ陽気となる。そしてまた、次の日は身震いするほど寒い。

庶民たちはこの天候に、よくないことが起こらなければよいがと案じ、神仏に詣でる毎日であった。

長く続いた戦国も終わりに近づき、誰の目にも天下の覇者の姿が見えていた。覇者と呼ぶには不十分な容貌《ようぼう》と出自《しゅつじ》の人物であったが、混沌《こんとん》の戦国の制覇を目前にしていた主君の不幸に乗じてわずか数年で日本のほとんどを、その足下に従えていた。

九州や東北に舞台を移した戦火も収まり、応仁《おうにん》の乱《らん》以来荒れ果てた都にも平穏が戻ってきていた。人々の生活にも余裕が見え始め、商店も露天から小屋掛けへと変わり、刹那《せつな》に生きることから、未来《さき》を見つめることに移り始めていた。

「これはこれは、よく参られた」

日《ひ》の本《もと》の中心となった聚楽第《じゅらくだい》近くに与えられた屋敷で、千利休宗易《せんりきゅうそうえき》は、夕暮れどきの来客を笑顔で迎えた。来客は富田左近将監知信《とみたさこんのしょうげんとものぶ》と柘植左京亮与一《つげさきょうのすけよいち》であった。二人とも関白豊臣秀吉《かんぱくとよとみひでよし》の直臣である。その点では、秀吉の茶道衆筆頭にて三千石を給されている利休と同僚であった。と同時に、二人は茶の道における利休の弟子でもあった。

「ようやく庭の桃が、咲き始めましてござる。春もやっとというところでしょうかな。どれ、久かたぶりに茶を献じましょうぞ。さあて、茶室の用意を」

利休が、腰を上げようとしたとき、左近将監が、素早く右手を挙げて制した。

「あいや、お待ちくだされ、宗匠殿。ご厚意は忝《かたじけ》なく存じまするが、我ら今宵《こよい》は、関白殿下のご使者として参りましたゆえ、献茶の儀はご辞退致したい」

左近将監は苦渋に満ちた顔で言った。左京亮も同じような表情をしている。

その二人を宥《なだ》めるように見て、利休はゆっくりと微笑《ほほえ》みながら、言葉を発した。

「ご用件の向き、この利休存じ上げております。どなたさまが御上使《ごじょうし》としてお見えになるかと、案じておりましたところ、お付き合いの深い御両所さまにお見え頂き、誠に喜ばしい限りに存じます。よって一杯の茶などと思いましたが」

利休は心底残念そうな顔を見せた。

「われら、復命の儀もございますれば、いたずらにときを過ごすわけにも参りませぬ」

日頃からまじめ一筋の左近将監が、利休の声を遮《さえぎ》り、ひきつるように叫んだ。

「上使なれば、上座に御免《ごめん》つかまつる」

左京亮は、興奮している左近将監を抑えると膝《ひざ》をするようにして座敷を渡り、床の間を背にして立ち上がった。

「関白殿下の御沙汰《ごさた》を伝える。謹んで承《うけたまわ》れ」

左京亮の声に利休は、一つ座を下がると静かに平伏した。

「茶道衆筆頭千利休宗易。その職を解き、食禄《しょくろく》召し上げのうえ、闕所《けっしょ》、堺《さかい》に蟄居謹《ちっきょきん》慎《しん》を命ずる」

左京亮の声もうわずっていた。左近将監も左京亮も日頃から茶の師匠としてだけでなく、利休の人柄にも心酔している。その利休のもとに罰を運ぶ使者に選ばれたことで、二人がかなり辛《つら》い思いでいることが、利休には十分見て取れた。

「御沙汰、謹んでお受けいたしまする。関白さまに何卒《なにとぞ》よしなにお伝えくださりませ」

利休は、日常の挨拶《あいさつ》を受けたときと変わらぬ姿で、静かに顔を上げると、二人よりはるかに落ち着いた表情を見せた。

使者を送り出した後、聚楽第側《そば》の葭屋町《よしやまち》にある利休の屋敷は、慌《あわ》ただしい動きに包まれた。闕所を申し渡されたということは、すべての財産を没収されるということである。屋敷を明け渡すことは当然であり、所蔵している茶道具などは目録を作って引き渡さねばならない。

やがて屋敷からすべての使用人の姿が消え、最後に残った利休とその妻宗恩《そうおん》が、呼び寄せた駕籠《かご》に乗るために屋敷を出たのは、京の町が暗闇に浸《ひた》りきったころであった。

荷物はただ一つの小棗《こなつめ》と半袋のお茶のみ。供する者もなく二人を乗せた駕籠は、慣れ親しんだ屋敷を離れた。

関白秀吉の癇《かん》に触れた咎人《とがにん》の旅立ちである。日頃親しくしている近隣の人たちや利休に師事しているたくさんの弟子たちの姿もなく、寂しい限りであった。わずかに古《ふる》田《た》織部《おりべ》と細川三斎《ほそかわさんさい》の二人が、京を離れた淀《よど》の渡しに見送りに来ただけであった。

天正十九年二月十四日明け方、淀の渡しに満月が沈もうとしていた。

堺での謹慎は十日で終わり、ふたたび京へ呼び返された利休に最後の沙汰が届けられたのは、二月二十八日の夕刻であった。京退去の日とはうって変わった大雨が、使者の身体《からだ》を濡らしていた。

使者は、前回同様やはり利休の弟子の蒔田淡路守《まいたあわじのかみ》、尼子三郎左衛門《あまこさぶろうざえもん》の二人に、キリシタンとして有名な安威摂津守《あいせっつのかみ》を加えた三人である。

その三人が、聚楽第にいる関白秀吉の上意を携《たずさ》えてきたのであった。

「千利休宗易、茶道衆筆頭の職にありながら、私の利に走り、また専横の沙汰少なからず、よって切腹申しつくるものなり」

蒔田淡路守が、震える声で読みあげた。秀吉の上意は、利休に切腹を命じていた。

「ありがたくお受けつかまつりまする。つきましては、座の整いますまで、お茶など献じたいと思いますが、よろしいでしょうかな。利休最後の点前《てまえ》をご覧戴《いただ》きたく存じ上げまする」

利休は顔色を変えることなく、上意を受けると、蒔田たちを茶室に誘《いざな》った。

「潔きお覚悟。喜んで御馳走《ごちそう》になりましょうぞ」

三郎左衛門の一声に淡路守、摂津守も頷《うなず》いた。三人は、利休自らによって茶室に案内され、客人として席に着いた。

「どうぞ」

利休は、静かに茶を点《た》てると主客《おもきやく》である淡路守に献じた。

飾り気のない茶室に大徳寺《だいとくじ》和尚《おしようこ》古渓宗陳《けいそうちん》の『一』の書、なにも生けられていない枯れ竹の花入れ、見事な松籟《しようらい》を聞かせる南蛮鉄の風炉《ふうろ》、そして利休の身体の一部と化したような茶碗。千金をもっても購《あがな》うことのできない空間に三人は圧倒されていた。

「頂戴《ちようだい》いたす」

三人の上使は、一時の間、天下一とうたわれた利休の流れるような点前を存分に堪《たん》能《のう》した。

「御馳走になりもうした」

「失礼いたしました」

上使と罪人という枠ではなく、もてなされる客ともてなす主人のときは瞬《また》く間に過ぎた。

「冷えると思いますれば、雨が霰《あられ》にかわりましてございまする。今年の春はなかなかに参らぬようでございまする」

にじり口を開けた利休は、常のような口調で言った。

「それでは、あちらでお待ちくださいますように」

利休は最後まで、主人としての態度を変えなかった。

三人を送り出した利休は、茶室で妻の宗恩、最後の内弟子となった細川三斎忠興《ただおき》家臣山本三四郎《やまもとさんしろう》の二人を相手に終《しま》いの点前を披露すると、脇差《わきざし》で見事十文字に腹を切った。介錯《かいしゃく》は剣客としても名の知られていた三四郎が務めた。

一寸ほどの大きさの霰が降りしきる中、茶を芸術の域にまで高めた稀代《きたい》の茶人千利休宗易の生涯は終わった。享年七十であった。

大徳寺山門に飾られ秀吉の怒りを招いた利休木像とともに、利休の首は一条戻《もど》り橋《ばし》のたもとに晒《さら》された。ただその晒され方が異常であった。鉋《かんな》かけと呼ばれる首実検用《くびじつけん》の三方《さんぼう》のようなものに乗せられた利休の首を、磔《はりつけ》にした利休の木像の足で踏みつけにしたのである。

御所において茶道指南を行った唯一の茶人の末路にしては哀れの限りであった。

二

文化《ぶんか》三年（一八〇六）春。

「これで好きな茶道に打ち込めるというものよ」

松平出羽守治郷《まつだいらでわのかみはるさと》は、江戸青山今井《あおやまいまい》にある出雲松平家十八万六千石の中屋敷で、お気に入りの用人神谷四兵衛《かみやしひょうえ》を前にのびのびとした声を挙げた。ときは江戸文化が爛熟《らんじゅく》の極みに達した文化三年、治郷はこの三月をもって家督《かとく》を息子の斉恒《なりつね》に譲り隠居、幕政藩政の両方のしがらみから逃れることができたのであった。

「誠におめでとうござりまする。おかげをもちまして、藩政も整い、領民たちも喜びの声を高らかに挙げておりまする。殿のご治世は、長く伝えられて参りましょう」

四兵衛も微笑みを浮かべながら、祝いの言葉を口にした。四兵衛も主人治郷と共に松江藩江戸家老職を退き、中屋敷用人になったのである。

この気の合った主従は、治郷が藩主になったときからの付き合いで、歳もほとんど変わらない。

「誉《ほ》めるな、兵衛。図に乗るぞ。そう申すならあと十年ほど藩主を致そうか」

治郷は、この幼なじみに近い家臣の名前を縮めて兵衛と呼ぶ。ここにも君臣の水魚の交わりが顕《あらわ》れていた。

「滅相《めっそう》もない。殿の無茶の後始末は、もう御免《ごめん》でございまする」

四兵衛は大げさに手を振って見せた。

「ほれ、本音が洩《も》れたわ」

「参りましてございまする」

二人は顔を見合わせると、笑いあった。

「ところで、兵衛」

「はっ、何事でございましょう」

改まった様子の治郷に四兵衛は、姿勢を正した。

「これ、そのように畏《かしこ》まるでない。話というほどのことでもないわ。実は、隠居してからの名前じゃがの」

「はっ」

「不昧《ふまい》で行こうかと思う」

「殿の茶号でございまするな」

「おうよ。今までは藩の財政の建て直し、幕府の機嫌とりと、好きな茶を点てるまもなかった。こうやって隠居した今、余は心ゆくまで、なんの、骨の髄《ずい》まで茶に浸《ひた》ろうと思う」

不昧が、まるで子供のように目を輝かせながら言った。不昧は若くから茶の湯に興味をしめし、またその才能も認められていたが、藩主として多忙であり、なかなか茶の湯を楽しむとはいかなかった。

「どうぞ、ご随意《ずいい》になさりませ。殿は明和《めいわ》四年（一七六七）にご先代さまから藩主の座を譲り受けられて以来、今年まで三十九年にわたって藩の建て直しに奔走《ほんそう》なされました。ご隠居なされたいま、誰も殿のご趣味に口を出すものはおりませぬ」

四兵衛が、きっぱりと言い切った。それは同時に不昧を支えてきた己《おのれ》の功績に誰の口出しも許さないとの意思表示であった。

「そうであったな。余が藩主の座を父上から継いだのは、十七歳であった。その時に近習《きんじゅ》として余に仕えてくれたのが、兵衛、そなたであったな」

不昧が、懐かしむように目を細めた。

「左様にございまする」

「よくぞ、四十年近くにわたって余を支えてくれた。礼を申す。これからもよろしく頼む」

「ありがたきお言葉。かたじけのう存じまする」

四兵衛が深く平伏した。

「ところで、兵衛。余は一から茶の修行をやり直したいと思う。で、新たに学びなおそうと思うのじゃが、誰がよいであろうな」

不昧の問いに四兵衛は、考える間もなく答えた。

「やはり、茶道と言えば、千家《せんけ》でございましょう。確か、千利休の孫宗旦《そうたん》の三男宗左《そうさ》の起こしました表千家が紀州徳川《きしゆうとくがわ》さまに、四男宗室《そうしつ》の起こしました裏千家が加賀《かが》の前《まえ》田《だ》さまに仕えておられると聞きましたが」

「そうよのう。どちらに習うかのう」

不昧は悩んだ。紀州徳川にしても加賀前田にしてもどちらも親しい相手である。紀州徳川とは親戚の間柄であるし、加賀の前田とは松江松平家の本家である福井松平家が領地を接している関係上付き合いがある。どちらの千家を選ぶにせよ、あとあと揉《も》め事《ごと》の起こらないように気を配らねばならない。

「どちらも体面を重んじる家柄だけになあ」

不昧が嘆息したのも無理はなかった。神君家康《いえやす》公直系の血筋であり、八代将軍吉宗公の実家でもある紀州家の鼻息は荒い。一方の前田家は、諸大名の中で最大の百万石の領地を誇り、外様大名組の組頭も務める雄藩である。幕政、藩政で手腕を振るった有名人の不昧が、どちらかの千家に師事したとなったら、もう一方の千家を抱える大名が黙っていない。

「当方の千家が、あちらの千家に劣ると、仰せられるわけでござるか」

と逆ねじを喰《く》らわされるのは目に見えている。しかも、その逆ねじは不昧の後を受けた息子、現藩主斉恒に行くのである。

「では、殿。高松の武者小路《むしゃのこうじ》千家はいかがで」

悩んでいる不昧に四兵衛が、もう一つの選択肢を出した。

不昧が首を振った。

「武者小路千家の祖一翁宗守《いちおうそうしゅ》は、一度家を離れ、吉岡《よしおか》と名乗り塗り師となっている。一度とはいえ、父宗旦《そうたん》と袂《たもと》を分かっている。今の武者小路千家になんの問題もないが、そこを言い立てられれば、返す言葉に困る」

「如何《いか》にも。これは気づきませぬことを」

四兵衛が、慌《あわ》てて頭を下げた。

「よいわ。致し方あるまい。兵衛よ。両千家のことを調べようぞ。さすれば自《おの》ずから、答えは見つかろうほどにな」

「承知いたしました。早速《さっそく》に、心利《き》いた者を紀州と加賀に参らせましょう」

「頼むぞ」

不昧は、四兵衛に表裏両千家の調査を命じた。

「殿、よろしいでしょうか」

千家の調査を命じてから半月後、四兵衛が不昧の居室に来た。

「なんじゃ」

「はっ、紀州、加賀に遣《つか》わした者から、報告が届きましてございまする」

「そうか、聞かせよ」

不昧は、脇息《きょうそく》に体をもたれさせながら命じた。

「まず、表と裏の関係でございまするが、遣わしたる者双方とも、表は裏を、裏は表を仇敵《きゅうてき》のごとく、憎んでいると伝えて参っておりまする」

「わかっていることとはいえ、面倒な」

「年賀、慶弔は言うに及ばず、初釜などにもお互いを呼ぶこともないそうで」

「まあ、二つの家にわかれて二百年近くにもなれば、赤の他人も同然」

「もとを糾《ただ》せば、兄弟でありましょうに」

「まあ、そういうものよ。御三家でも紀州家と尾張家の仲の悪さは町の童《わらべ》ですら知るところなのだからな。なまじ、同族というのがよくないのであろう」

「殿、どうして千家は、このように表、裏、武者小路とわかれたのでありましょうや。徳川のお家のように跡継ぎができなんだときのために作ったのでありましょうか」

「いいや、違うな。徳川の場合は、将軍家という中心があっての御三家。千家の場合は一応、表が本家であるが、徳川のお家と違うのは、すべてが同格ということよ。なにせ、相手が茶道という形のないもの。あえて比べるならば柳生《やぎゅう》のようなものか。柳生も剣の流派としての宗家は尾張、江戸柳生は分派にすぎぬ。だが、現実には尾張柳生は陪臣《ばいしん》に過ぎぬのに、江戸柳生は将軍家の剣術指南役を務めて、大名となっている。茶も同じよ。本家よりも技、心がさえていれば分家といえども隆盛を迎えるのが当たり前だからな」

「なるほど」

「もともと、千家が茶の宗家として隆盛を迎えることが出来たのは利休によるところが大きい。いや、利休というより関白秀吉のおかげというべきか」

「なにを仰せられる。確か秀吉公は、利休殿に切腹を命じられたはずではございませぬか、千家にとっては仇」

四兵衛が、驚いたような声を挙げた。

「わからぬか。利休は天下人秀吉の茶道衆筆頭を務めていた。ということは、天下一の茶人と保証されたことになる。その名声の落ちぬ前に、秀吉から切腹を命じられて死んでいる。おかげで利休は永遠に天下一の茶人の名前を保ち続けることができたのだ」

「ううむ」

「なにを唸《うな》っておる」

「殿、ではなぜ、秀吉公は、己の茶道衆筆頭に切腹を命じられたのでしょうや」

「それについては、異説が多くてな。いまだにはっきりはしておらぬ。まあ、茶器の売り買いについて疑惑があったというのと、御政道に対して専横の沙汰が多かったということぐらいがはっきりしているだけじゃ」

不昧も四兵衛に言われて、改めて疑念が湧いてきた。今までは、お茶といえば利休というほど心酔していたのだ。

「なんと、茶道が衰退したならまだしも、隆盛を誇り続けているにもかかわらず、このような大事件の真相が曖昧《あいまい》でござるのか」

四兵衛が、驚きの声を挙げた。

「そうよ。いま申した二説にしてもそれだけで切腹を申しつけるにはちと問題がある」

「どのような問題でござる」

「まず、茶器の売り買いに対しての疑惑じゃが、当時利休は朝鮮の庶民が使っていた安物の飯茶碗を稀《まれ》にみる名器として讃《たた》えている。天下一の茶人のお墨付きともなれば、元値が二束三文の物であっても千金の価が付く。その売り買いを仲介して千利休は莫大《ばくだい》な利ざやを稼いだ、値打ちのないものを偽って高値で売りさばいたと秀吉が怒り、罪に数えたという。だが、当時、朝鮮半島はもとより、異国への船旅は困難を極めている。嵐、海賊、潮の流れ、無事に着く船よりも波間に沈む船のほうが多い有様。積み荷は失われた船の分まで足されるから高値になるのは当然じゃ。今でもそうじゃ。将軍家秘蔵の絨毯《じゅうたん》とか申すものも、異国では床に畳《たたみ》の代わりに敷いてその上を土足で歩き回るというぞ」

「なんと、あの高価なものを。五寸角ずつお切りになって諸大名家にお配りになられたという絨毯を、土足で」

この松江藩松平家にも将軍家よりの賜《たまわ》りものとして絨毯が秘蔵されているが、蔵の奥にしまわれ、年に一度の虫干しの時以外は藩主といえども見ることはできないほどの貴重品である。その貴重品が土足で踏まれていると聞いて四兵衛が驚いたのも無理はない。

「よって、この一条は決定的な罪にはならぬ。ついで御政道向きに専横の沙汰があったということ。しかし、これとて、石田三成《いしだみつなり》や増田長盛《ましたながもり》など利休以外に政に手腕を振

る った者はいくらでもいる。証拠といえば、豊後《ぶんご》を領していた大友《おおとも》家の当主宗麟《そうりん》の手紙があるぐらいでな。たしか、どこかにその写しがあったはずじゃ」

不昧は、書院の棚をあちこちと探った。

「あった、あった。江戸城の御文庫にあった表高《おもてこう》家《け》の大友家の家譜、そう、あの大友家の末裔《まつえい》よ、そのなかに秀吉の黄金の茶室にかんする詳細な書き込みがあったゆえ、写しておいたのよ。ここにその手紙も含まれていたはず。あったわ。読むぞ。『何事も何事も、美濃守《みののかみ》が存じ上げておりまする。内々の儀は宗易、公儀のことは宰相が担当いたしておりますと秀長どのが仰せくださった。一層《いっそう》この宰相どのを頼り申そうと存ずる。この度《たび》のことでは利休居士どのに大変にお世話になった。長くこの恩を忘れてはいけない。私の見て取ったところでは、宗易以外では関白さまに一言も申し上げる者もいない。このことを大仰《おおぎょう》と思うなどはもってのほかである』とある。宰相と美濃守が混在しておるがともに秀吉の実の弟、秀長どののことじゃ。宗易とは利休のことよ。すでに宰相の地位にあったが、その後も美濃守を称してきたらしい。宗易とは利休のことよ。この手紙は大友宗麟が、島津家の圧力に耐えかねて、秀吉に九州出兵を頼みに行ったときに大坂から国元に送ったもの。日付は天正十四年（一五八六）四月五日のこととある」

「殿、この手紙からすると利休の御政道向きに対する専横があったように見えますが」

「なぜじゃ」

「内々の儀は宗易に、とございますが」

「兵衛、内々の儀とはなにぞ」

「秘密のことでは」

「そうも取れるが、秀吉の弟、秀長が、自分の手紙の中で、秘密のことがあれば宗易つまり利休に申せなどと言うと思うか。自分に相談させようが。兵衛、そなた、余の秘密を別の者に聞かせたいか」

「いいえ、とんでもない」

「であろうが」

「では、それは、今で言う奥向きのことで」

「そうよ、内々の儀とは奥向きのこと。豊臣家の中の家族関係のこと。私事じゃと思えばよい。御政道にかんすることは私に、私事にかんしては、宗易に相談しろということよ」

「なるほど」

私事とは、秀吉の家族である北政所《きたのまんどころ》や淀殿《よどどの》に対する贈り物や文などのこと、これは表、いわゆる御政道には関係ない。まったくかかわりないとは言えないが、奥向きの者が御政道を専横することは難しいし、たとえ、それをしたとしても内々の儀とされている以上、豊臣家の問題であって、表に出すものではない。もし、それが秀吉の癇に障ったのであれば、処刑するとしても晒しはしない。晒しは公のことでの処刑であるということを世間に知らせるために行うものであった。

「ですが、殿。そのあとにも、『宗易以外では関白さまに一言も申し上げる者もいない』とございます。これこそ証拠ではございませぬか」

四兵衛が、反論してきた。

「よく、前後を読まぬか。そちはだいたい早呑《はやの》み込《こ》みに過ぎるぞ。よいか、まず、『宗易以外では関白さまに一言も申し上げる者もいない』の前の文章を見よ。『この度のことでは利休居士どのに大変にお世話になった。長くこの恩を忘れてはいけない』とある。この度のこととは、大友宗麟が秀吉に九州出兵を頼みにきたことを指す。当時大友は、島津《しまづ》に押されて滅亡の一歩手前であった。その亡国の主と日の出の勢いの秀吉では、会いたいと言っても相手にされないのがおち。それを尽力してくれたのが利休であると手紙は表している。つまり、利休だけが秀吉に取りなしてくれたと書いているのだ。この『関白さまに一言も申し上げる者』なしとは、大友家のことを取りなしてくれる者は利休以外にいないという風にとるべきであろう。それは後に続く文『このことを大仰と思うなどはもってのほかである』からもわかろう」

「利休の政向きに対する専横はなかったと、仰せでござるか」

「うむ。まるきりなかったとは言わぬが、切腹に値するほどのものはなかったと見るべきであろう。それに、それほどの力を持っていたなら、秀吉に取りなして貰《もら》おうとする者たちで利休の屋敷は門前市をなしたであろうが、そのような記録は何処《どこ》にもない」

不昧は、知る限りの記録を思い浮かべた。

「殿、では、なぜ利休は切腹を命じられたのでしょうか」

四兵衛は、当然の疑問を口にした。

「それが、分からぬのよ」

不昧も困惑した。なぜ、茶を学ぶものは多いのにこのことを解明しようとする者はいないのかと。

「そのことも、調べさせましょうか。千家の血筋の家ともなれば、なにかしら記録が残っておりましょうほどに」

「よし、兵衛。任せたぞ」

四兵衛に表、裏の両千家の者を調べる傍《かたわ》ら、不昧は、江戸城中で知り合った大名で、利休とゆかりのある者を訪ね、当時の話、記録などを調べた。特に不昧の注意を引いたのは、東北の雄藩仙台伊達《せんだいだて》家と利休の関係であった。

当時、秀吉の北条《ほうじょう》征伐に参加を要請されながら、なかなか関東へ出兵しなかった伊達政宗《まさむね》が、ようやく秀吉のもとに参上したのは、北条家の滅亡が確実になってからのことであった。秀吉は、政宗の遅参を怒り、会うどころか、政宗を箱根山中の底倉《そこくら》に幽閉した。秀吉は、政宗を今後の見せしめとして処刑するつもりであった。その政宗が、突然、利休に茶の指導を受けたいと言って来たのである。

そのとき利休は秀吉について北条征伐に同行していた。だが、秀吉の命である石垣《いしがき》山《やま》の築城に忙殺されていた上、過労が祟《たた》って体調を崩していた。しかし、石垣山と底倉、一里半ほどの山道を利休は歩き、政宗願いの茶会を開いた。まもなく命を奪われるであろう奥州の若き英雄のはかなさに利休はひかれたのかもしれない。まさに一期一会、二度はない思いで利休は茶を点てたことであろう。

だが、この茶会のおかげで政宗の首はつながったのであった。秀吉は茶会から戻った利休に政宗の様子を聞き、会ってみようと言い出したのである。

政宗と利休の付き合いはこうして始まった。天正十九年(一五九一)二月四日、政宗初めての入京の折りには、利休は洛外の白川《しらかわ》まで出迎えに行っている。出会いからわずか半年の間に、しかも京と陸奥に離れていた二人が、わざわざ洛外で出迎え、出迎えられる仲になったのである。

「伊達政宗。神君家康公も最後の最後まで心を許されなかった大名と、秀吉の茶道衆筆頭千利休の親しい付き合い。その上、政宗の上京を待っていたかのように罪に落とされ、切腹を命じられる利休。なにかしら関係がありそうだ」

不昧のつぶやきに側に控えていた四兵衛が、おお、という声をあげた。

「もしや、利休は伊達家と組んで秀吉に反乱を起こそうとしていたのでは」

「なぜ、そう思う。利休にとって秀吉は、恩人じゃ。天正十年(一五八二)の本能寺《ほんのうじ》の変以来秀吉に引き立てられてきたのだぞ」

「私の調べましたところでは、秀吉に目を付けられた利休の娘がおりましたようで、秀吉からの差し出し命令を利休は拒否し、秀吉と父との間に挟《はさ》まれた娘は、父に迷惑は掛けられないと自害したと聞き及んでおりますが」

「ほう、えらい勉強じゃな。確かに利休の娘の一人が、利休の死の前年天正十八年に死んでいるのは事実じゃが、その考えはちといただけんな。自害した娘は一度嫁いで、死別して戻ってきていた後家でな、自害の理由は判らぬが、利休謀反の話だけは違うぞ」

「なぜでござる」

「まず、伊達家だけの力量では秀吉に勝てない。勝てるくらいなら、小田原《おだわら》まで出向いていって、家臣になることはないからな」

「では、他の大名たちとも組んでいたのでは。たとえば島津とか、毛利《もうり》、あるいは神君家康公とか」

「なるほど、おもしろき考えじゃが、はずれておる。謀反説が成り立たないのは、秀吉自らが証明しておるからな」

「どういうことでござるか」

「まず、謀反とはどれほど重い罪か分かっておるな。まちがいなく、極刑。しかも、戦国の世のこと、謀反を起こしたものは、本人はもとより、一族郎党まで根絶やしが決まり。事実、信長《のぶなが》に逆らった伊丹《いたみ》城主荒木村重《あらきむらしげ》の場合、妻、側室、子供すべて信長によって六条河原にて殺されておる。狂気の王信長が特別だと思うなよ。秀吉も養子の関白秀次《ひでつぐ》の謀反話に対して、同じことをやっているではないか。つまり、利休が謀反をたくらんだのでないことは、利休の妻や子供が無事天寿を全うしていることからも分かる。ついでだが、利休の死の数年後、秀吉は利休の孫を手近につかい、その孫に利休闕所で取り上げた茶器の名物を長持ち三つ分返してやっている。謀反を起こした、あるいは計画した者に対してこのように甘い裁きを与えるはずはない」

「なるほど」

四兵衛が、大きく頷いた。

「念のために申しておくが、利休が秀吉の暗殺を企てたという噂もこれで否定される」

「確かに」

「だが、利休と伊達政宗は親しく交わっていた。いや、これから交わろうとしていたのかも知れぬ。そうだ、そう考えるべきだ。奥州は衰えたとはいえ、金の主要な産地。伊達家も豊富な金は持っていたことだろう。しかし、金だけではどうしようもない。最新鋭の兵器、鉄砲、大筒《おおづつ》を手に入れようにもそれらの流通は秀吉が握っている。国内での購入が無理となれば、外に相手を求めるのが道理。政宗は、利休の交易商人としての才能に期待したのかも知れぬ。元々利休は堺の交易商だからな。そしてあえて利休を選んだのは秀吉に話が筒抜けになることで、秀吉の疑惑をかわすためではないか。一度道さえつけてしまえば、後は領内に良港を抱える伊達家、どのような新兵器でも購入できる」

不昧は自分のこの考えが、当たらずとも遠からずだと思った。

「殿、利休木像のことはいかが思し召す」

ふたたび四兵衛が、問いかけてきた。

「木像、おお、大徳寺山門のか」

「はい」

四兵衛の言う木像とは、信長の法要が営まれた洛北の名刹《めいさつ》大徳寺の山門にあったもののことである。

利休が大徳寺の山門を二階建てに改造する費用を寄進したことから、大徳寺和尚の古渓宗陳らが、その徳を長くたたえんとして利休の木像を作り上げ、できあがったばかりの山門二階に安置。その木像が、草鞋《わらじ》を履《は》き杖《つえ》を突いていたので、秀吉も潜《くぐ》る山門に土足の木像を飾るとは不敬の極みと秀吉が激怒したという。

「あの木像は、利休が作ったものではない。また、利休が山門の二階に飾るように命じたものではない。ともに大徳寺和尚の古渓らのしたこと。利休が咎《とが》めだてを受ける理由はない」

不昧は、あっさりと木像不敬説を粉砕した。

「では、大徳寺はなんのお咎めも受けておりませぬのか」

四兵衛が重ねて訊いてきた。

「それについては表千家に伝わる『千利休由緒書』に載っておる。紀州さまから借りてきたのよ。ここに秀吉から大徳寺へ来た詰問使《きつもんし》のことが載っておる。なんと神君家康公、前田利家公など大物が詰問使となって大徳寺古渓和尚を問責している。詳しくは省くが、古渓の言い分はもっとものようすにて、神君もご納得。秀吉公も神君のご返事にいたくご機嫌麗《うるわ》しく、大徳寺並びに古渓に一切のお咎めなしとなったとある」

「左様でしたか」

「ご機嫌麗しくということは、秀吉は最初から大徳寺を咎めだてする気持ちがなかったと考えられる。咎めるつもりなら、わざわざ詰問使など送りはせぬ。直ちに大徳寺を破却し、古渓を殺すなり、流すなりすればいい。そうするだけの力を秀吉は持っていたはず」

「なるほど」

四兵衛は、納得した。

「大徳寺。大徳寺」

不昧は大徳寺になにかしら引っかかるものを感じ、考えこんだ。邪魔にならぬよう四兵衛はそっと、部屋を出た。

大徳寺。京の北西、洛中を出たところにある名刹である。臨済宗《りんざいしゅう》の中心的寺院であり、一休宗純《そうじゅん》、古渓宗陳、沢庵宗彭《たくあんそうほう》など名僧を輩出している。元は臨済宗五山十刹の一角であったが、室町幕府とのつながりが弱く、次第にその勢力を失い、ついには林《りん》下《げ》と呼ばれる格下にまでおちるほどになった。その大徳寺がふたたび有名になったのは、秀吉の行った織田信長の葬儀の舞台となったことからであった。

「なぜ、秀吉は、信長の葬儀を大徳寺で行ったのか」

不昧は、そこで大きく悩んだ。もう、三日にわたってこの問題に取り組んでいる。

もともと信長が帰依《きえ》していた宗派というものはない。仏教徒でもなかったし、キリシタンでもない。

それでも少しも進展していない。

本能寺を定宿にしていたから日蓮宗《にちれんしゅう》と親しかったという説もあるが、どちらかといえば敵対している。天正七年（一五七九）の安土での日蓮宗と浄土宗《じょうどしゅう》の宗論を利用した信長は、論争に負けた日蓮宗に対し、皆殺しにすると脅《おど》して二千六百枚の黄金の上納を命じ今後二度と他宗に対して宗論をふっかけないという詫《わ》び証文《じょうもん》を書かせている。

あえて信長と宗教の接点を探しだすなら、本能寺を定宿にする前に宿として使用していた知恩院《ちおんいん》の属する浄土宗である。一時期はかなり密接な関係を持っていたようである。巷説《こうせつ》ながら、浄土宗の某《なにがし》という僧が、本能寺の焼け跡から信長の骨を探し出して自分の寺に埋葬したという噂まであるほどだ。

「知恩院は秀吉に信長の葬儀を取り仕切りたいと申し出ていたというが、無理もない。莫大《ばくだい》な金が使われるうえに、天下人になるであろう秀吉とつながりを持って損はない。秀吉にしても、京に隠然たる力を持つ寺院の後押しは欲しい。すでに自分の敵対者柴田《しばた》勝家《かついえ》は、妙心寺《みょうしんじ》にて信長百ヵ日法要を行っている。余り葬儀を遅らせるのはまずい。この京で信長の盛大な葬儀をあげられる者が天下の継承者であると見なされるのは当然。如何《いか》に大きな寺、如何に有名な寺を舞台に出来るか。しかし秀吉は、当時無名とまでは言わないが、あえて没落していた大徳寺を舞台に選んだ」

不昧は、ひとりごちた。

「秀吉に大徳寺を選ばせた理由はなんだ」

「殿、よろしいでしょうか」

不昧の思考が固まりかけたときに四兵衛が、部屋を訪れた。

「おお、ちょうどよい。兵衛、茶の相手をせよ」

不昧は、四兵衛が部屋に入るのを待たずに立ち上がった。

「喜んで」

二人は中屋敷の築山《つきやま》近くに建てられた茶室に移った。

公邸的な役割の上屋敷と違い、藩主の休息の場にあたる中屋敷には、贅《ぜい》を尽くした建物が多い。松江藩も中屋敷の庭に不昧専用の茶室を持っていた。

「どうぞ」

「頂戴いたします」

茶室に身分の上下はない。不昧は静かに茶を点て、四兵衛は、見事な作法で喫した。門前の小僧なんとやらである。不昧のお茶好きに合わせて四兵衛も一通りの作法は会得していた。

「ようやく落ち着いたわ」

「なにを焦《あせ》っておられました」

「秀吉と大徳寺の関係が分からなくてな」

不昧は、悩みの種を明かした。

「そういえば、表千家に当たっております者の報告書に、大徳寺と利休の関係が書いてありましたぞ」

「利休が山門を寄付したあの一件じゃろうが」

不昧は、期待も見せず、投げやりに口にした。

「いいえ。それ以前の話で。じつは、利休の法名、宗易でしたかな、あれは大徳寺和尚の古渓宗陳から授けられたものだそうで。さらに、堺には大徳寺の末寺の南宗寺《なんしゅうじ》があり、利休はそこで修行したとありましたぞ」

四兵衛の答は、不昧の予想をはずれていた。

「なんだと。その報告をすぐに出せ」

不昧は、茶室であることも忘れて、大声を出した。

「こちらに」

四兵衛が懐から差し出した書付を不昧は奪うようにして取り上げ、むさぼるように読み始めた。

「そうだったのか。秀吉と大徳寺を結びつけたのは、利休だったのか。だが、秀吉はなぜ、利休の言葉に従って大徳寺を選んだのか」

本能寺の変のころ茶道は、外交の場でもあった。利害関係、身分の上下を越えた大名、商人、宗教人が小さな空間に集い、色々なことを話し合う。茶道をこういう風に政治に用いたのは織田信長である。信長には今井宗久《いまいそうきゅう》、津田宗及《つだそうぎゅう》、千利休の三人の茶道衆がいた。本能寺の変の前から三人はそれぞれ特に親しくしている大名を持っていた。茶道衆筆頭の今井は信長と、次席の津田は明智光秀《あけちみつひで》と、そして末席の利休は秀吉と。

本能寺の変のおかげで、今井は一歩後退を余儀なくされ、明智に親しかった津田は、身を翻《ひるがえ》して徳川に近づく。これは、本能寺の変の当日、堺を訪れていた家康をもてなしていたのが津田であったことに起因した。

そして、千利休は、秀吉という勝ち馬に乗って天下一の茶頭《さどう》の名前をほしいままにした。

その利休が勧めた大徳寺を秀吉は、信長の葬儀場所にした。

「本能寺の変まで、今井、津田の二人に、利休は及びもつかなかった。茶人としても堺の豪商としても。その立場を逆転するにはどうしたらいいのかと考えておったろう」

不昧は、疑問を口にした。

「それは、天下を取る人物に取り入るか、自分の親しい者に天下を取らせるに限りまする」

四兵衛が、ぼそっと答えた。

「まさか、そのようなことが出来ようはずもない。信玄《しんげん》なく、義昭《よしあき》消え、毛利も風前の灯火《ともしび》である。もう、京の付近を押え、最強最大の軍勢を誇る信長の天下は揺るがない」

「そう言えば、殿。信長公は、天下統一をされたあと、どうされるつもりだったのでしょうや」

四兵衛の一言が不昧を打った。

「後に秀吉公が、信長さまは遠くインド、バタビア、南蛮まで兵を進められるおつもりだったと語っておる。天下のあとは海の向こうに攻め入るおつもりであったのだろう。それを秀吉公はまねて朝鮮へ兵を出した」

「だとすれば、今井、津田、千は、堺の貿易商です。もし、信長が、手始めにマニラ、バタビアなどを攻めるとしたら」

四兵衛が、口を挟んだ。

「交戦状態になれば、当然行き来はなくなり、貿易は止まる。相手も吾《わ》が国との交易を拒否するであろうしな。となると堺は困る。そこで、三人は鳩首《きゅうしゅ》して計画を練った。音頭を取ったのは、もっとも勢力のあった今井ではないであろう。今井は信長の出入り商人としてその勢力を誇っていたからな。信長についていて損はない。しかし、商人として海外とのつきあいができなくなるのは困る。今井は他の二人の行動を止めようとはしなかっただろう。となると残るは津田と利休だが、どちらが音頭を取ったかとなると、力で劣っていた利休であろうよ。大きな賭《かけ》であるが、勝てば一気に天下人の側近になれる。利休は、学識豊かで武将としての素質にも長《た》けた光秀ではなく、日頃から親しい秀吉に運を任せた。そして利休は、秀吉にささやく。『中国征伐が好調なのはよいですが、やりすぎますと信長さまのご不興を買います』と。実際に、武田《たけだ》滅亡の際の手柄を自慢した光秀は、えらく信長に折檻《せつかん》されている。そこで、秀吉はさして困ってもいないのに信長の出馬を求める。利休に引きずられたかたちの津田は熱心な勤皇家である光秀に吹き込む。『将軍を追放した信長さまは、天皇さまに譲位をせまっておられまする。このまま天皇さまが、拒まれ続ければ、足利義昭《あしかがよしあき》さまと同じ目にあうかもしれませぬぞ』と。光秀は、その言葉に悩み、ついに本能寺を襲う。津田は、そのとき光秀ではなく家康についた。如何に理由は勤皇のためといえども主君を討った叛臣《はんしん》に人はついては行かない。信長の実力を知りながら勤皇を捨てられなかった融通の利《き》かない光秀を津田は見限ったのだ。光秀は堺の商人に使い捨てにされた」

「殿、それでも信長公が、ほとんど手勢もつれずに本能寺に来た理由には弱くありませんか。あのとき大坂には四国征伐へ出発するために集合していた織田信孝《のぶたか》どの率いる三万からの軍勢がいたはずでござる。そこまで足を延ばしておくのが普通でござろう」

四兵衛は痛いところを突いてきた。

「信長を京に泊まらせる理由がいるな。ううむ、京か。おお。たしか信長は、正親町《おおぎまち》天皇に譲位を迫っていたな。信長が後ろ盾になっている誠仁《さねひと》親王へ譲れと。何度も何度も。ときには馬揃《うまぞろ》えで織田軍の威力を見せつけ、ときには金で飼った公家から圧力を掛けさせて。もし、正親町天皇が、譲位をほのめかしたとしたら、信長は、喜んで京に出向いただろう。譲位の瞬間に立ち会うために」

「ということは、本能寺の変には天皇家も加担していたと」

「分からぬ。直接加担していたか、あるいは天皇家周囲の公家の策略か、あるいはなにもしていないように見える今井の偽《にせ》情報であったかも知れぬ。天下一の金持ちだった今井にとってそれぐらいのことをやってのけるは朝飯前であったろう」

不昧は、憑《つ》かれたように話し続けた。

「こうして本能寺の変は起こり、光秀は人心を摑《つか》みきれずに敗退した。おそらく有力な光秀方と見られていた光秀の娘婿《むすめむこ》の細川忠興、光秀与力の中川瀬兵衛《なかがわせべえ》らには茶の上での師匠である利休の働きかけがあったのであろう。やがて光秀は秀吉に討たれた。しかし、秀吉を天下人にするにはまだ、障害があった。柴田勝家ら織田家の宿老たちだ。それに対抗するには武力も要《い》るが、何よりも京の人々に次の天下人は我、と喧伝《けんでん》せねばならぬ。そこで利休は親しく融通の利く大徳寺で信長の葬儀を行うように秀吉に勧めた。大徳寺も天下人とのつながりが欲しい。かなりの要求も呑《の》んだであろう。信長専用の塔頭《たっちゅう》、惣見院を大徳寺の中に建てたぐらいだからな。さすがに有名寺院ではこれは難しい。その点大徳寺は、堺と関係が深く多少の無理は利く。こうして秀吉は天下を手にした」

「殿、さすれば利休は、秀吉政権の恩人となりますぞ。その利休を切腹させるなどと」

四兵衛が、疑問を口にする。

「うむ。変だ。利休は豊臣の天下の生みの親といってもよい。しばらくは秀吉と利休は一心同体だった。しかし、それも秀吉の天下統一がなるころに終わる。やはり、秀吉も海外遠征を口にしだす。そう、朝鮮外征よ。先日の話にもあったように、利休は、朝鮮と貿易で深くかかわっている。もし、朝鮮外征となれば、何のため苦労して秀吉に天下を取らせたのかわからない。利休は必死で、秀吉に意見したことであろう」

秀吉が海外派兵を口にしだしたのが、天正十三年（一五八五）夏。加藤光泰《かとうみつやす》に宛《あ》てた手紙の中に唐《から》を平定すると書かれたのが最初である。その後も秀吉は外征を口にし続けている。カトリック教会のバテレン、コエリヨにポルトガルの軍艦二隻を唐征伐のために貸して欲しいと申し入れたり、対馬《つしま》の領主宗義調《そうよししげ》に朝鮮侵攻を伝え、従軍を命じたりしている。

秀吉の朝鮮侵攻準備は、着々と進んでいった。そして利休切腹から半年、秀吉は名《な》護屋《ごや》に城を築き、諸将に軍役を命じた。

「おそらく、頭の切れる秀吉は、本能寺の変の真相を摑んでいたに違いない。真相はどうあれ、自分が安土から呼び出した形になっている信長を待っていたかのように光秀が襲う。少し頭を使えばわかることだ。秀吉はいざとなれば、信長すら切って捨てる堺衆の恐ろしさを知った。そこへ東北の雄伊達家と利休、最大の大名徳川家と津田宗及が接近し始めた。武力と金の力が合致しては、まだ固まりきっていない豊臣の天下が揺らぐ。秀吉は堺衆への見せしめのために利休を無理な理由で切腹させ、堺衆の策略で潰《つぶ》された信長の夢を実現し、己が信長以上であることを証明するために外征に踏み切った」

「では、千利休の死罪の理由は、外征をするために」

「いいや、本当の理由は謀反であろう。秀吉にではなく信長に対する。しかし、それを明らかにすることはできない。すれば信長殺しに秀吉も一役買っていたことが明らかになり、秀吉自身も謀反人になってしまう。利休の口に乗せられたとはいえ、信長の誘い出しに一役買ったのだからな。少なくとも人臣の極みである関白の地位を返上しなければなるまい。生まれが卑《いや》しいため幕府を開けず、金と力で無理から関白となって天下を手にした秀吉にとってそれは、致命傷よ。このことはどうしても隠さなければならぬ。秀吉は、堺衆、いや利休の家族すら殺せなくなった。そのようなそぶりを見せれば、真相を知っている堺衆がどのような行動に出るかは自明の理じゃからな。また、利休も天下人の弱みを握っているとはいえ、信長、秀吉と仕えて権力者の恐ろしさは身にしみて知っている。自分の命一つで他の命が多数助かるならと潔く腹を切ったのであろう」

「しかし、殿。切腹とは武士のするもの。茶道衆に過ぎない利休は切腹ではなく斬首になるべきだったのではございませぬか」

四兵衛が不昧に訊《き》いた。

「戦国の臭《にお》いの残る天正の時代じゃ。信長という天下人を罠《わな》に嵌《は》め、秀吉と光秀を手玉に取った利休は、商人ではなく軍師と見なされたのであろう。軍師ならば姿はどのようであれ、武将と同じ。切腹を命じるのも当たり前じゃ」

不昧は、直《す》ぐに答えを出した。

「なるほど」

四兵衛も深く頷いた。

「利休は切腹させられた後、鉋かけという最下級の首台に乗せられて一条戻り橋に晒された」

不昧の推理も佳境に達していた。

「なぜ、そこまでしたのでしょう」

四兵衛の言葉は最後の謎の解明も求めていた。

「事件の真相を表沙汰にできぬ秀吉のせめてもの憂《う》さ晴らし。それと、もう一つ」

「なんでござる」

「一条戻り橋。その側にあるものを思い出さぬか」

「はあ、一条でございまするか。御所が……まさか」

四兵衛の驚きに不昧は頷いて見せた。

「秀吉はもう一人の信長暗殺の黒幕、天皇家あるいはその周囲の公家たちに、吾はすべてを知っているぞと脅《おど》したのよ。御所で点前を見せたほどの茶人利休の首を下人扱いの鉋かけに乗せ、木像で踏みつけにし、おまえたちもこうなりたくなければ、わしに逆らうなと無言の圧力を掛けたのよ」

「なんと。そこまで秀吉公は考えて」

「どちらかというと脅しが目的であったのかも知れぬ。いかな権力者とはいえ、朝廷から謀反人の烙印《らくいん》を捺《お》されては、天下を保つことは出来ぬ。全てを敵に回すことになるからの。信長殺しの真の犯人が、堺衆ではなく畏《かしこ》き辺《あた》りであると秀吉は推察していたのかも知れぬな。案外当っておるのかも知れぬ。そうなると利休も踊らされた一人に過ぎぬのか」

不昧は、ふと目を閉じた。

「しかし、どろどろした天下取りの争いのなかに身を置き、いつ果てるかも知れぬ人生を送っていたからこそ、利休は、茶道の極意、一期一会に達したのだ。侘《わ》び寂《さ》びを完成させた偉大な人物であったが、芸だけでは生きていけない時代だったのであろう」

そう言うと、不昧は静かに茶杓《ちゃしゃく》を手にした。利休の霊に茶を点てるために。

後年不昧は、自らの手で不昧流を興す。不昧の心のなかで一期一会はどのように変化したのであろうか。

たみの手燭《てしよく》

一

　手燭《てしよく》に緩やかな明かりを灯《とも》しつつ、たみは書斎の障子《しようじ》を静かに開けた。冬の陽の残照は、手入れの行き届いた庭の一隅にしかなく、暗闇が屋敷を覆《おお》いつつあった。

　書斎に座する夫の気を散らさぬように、たみは静かに手燭の炎を行灯《あんどん》と燭台《しよくだい》に移した。夫はたみが入ってきたことにも気づかないかのように端座したままである。

　京から急飛脚が運んできた手紙を、たみが手渡してから一刻《いつとき》以上になる。書斎のなかはすでに文字の判別などつかないほど暗くなっていた。

　ああ、また政《まつりごと》のことを悩んでおられる。たみは、夫の苦労を思って、心を痛めた。今や夫は要職にある。幕府を支えていると言っても差し支えない。

　その背中をそっと見て、たみは少しおかしくなった。

　たみが嫁いできて二十二年になる。嫁いできたときはこのような立派な家に住むようになろうとは思ってもみなかった。左右からつっかえ棒をあてた、今にも崩れそうな荒屋《あばらや》に、ものといえば着替えの入った風呂敷だけ、夜具さえ満足になかったのが、今や千坪以上の屋敷に住み、下男女中もいる。

しかし、何ひとつ自分でしようとしない夫の性質は少しも変わっていない。足袋《たび》をはかせるのも脱がせるのも一緒になって以来ずっとたみの仕事である。今も暗くなってきたというのに自分から灯を入れようとも、灯を持って来るようにと命じようともしない。

わたくしがいなければ、この人は何もできないと思わせてくれる。

たみは微笑《ほほえ》みを頬《ほお》に、夫を見つめた。じっと目を閉じ、物事を考えている彫りの深い顔が、燭台の赤黄色い光の中にやんわりと浮かんでくる。たみはその瞬間がたまらなく好きなのだ。この景色を失いたくないために、この仕事を決して女中にさせないたみであった。

だが、今日、いつもと変わらない明かりに浮かんだ夫の横顔には光る筋が、流れていた。それは途切れることなく、流れ続けている。

「旦那さま」

たみは、思わず声をかけた。

夫は、たみの声にゆっくりと目を開け、そのままの姿勢で小さな声で呟《つぶや》いた。

「龍馬《りょうま》が、龍馬が、死んだとよ」

「ええつ、坂本《さかもと》さまが」

町家から武家に嫁いで以来身につけたたしなみもなにも忘れ果てて、たみは、大声をあげた。夫の言葉はそれほど大きな衝撃を持っていた。

「十一月十五日のことだそうだ。醬油《しょうゆ》屋の二階に隠れていたところを襲われたらしい」

ぺたんと腰を落としたたみの膝《ひざ》に、夫は手にしていた手紙を放り投げた。たみは、貪《むさぼ》るように手紙を読んだ。

「あほうめが、おのれらの首を自分で絞めてることに気付きもしねえ。えっ、この大事な時期に龍馬を殺してどうなるってんでぇ。てめえの狭《せ》めえ了見《りょうけん》で新しい日本に、外国に侵《おか》されない独立国日本に本当に必要な男を殺してしまいやがって」

夫の声は悲痛を通り越して悲壮であった。

「一体誰が、坂本さまを」

手紙を読み終わったたみが、涙にかすれた声で、尋《たず》ねた。

「さあよ。この手紙だけじゃあ、わかりゃしねえが、どっちにしろ馬鹿の仕業でしかねえ。それより杉《すぎ》に知らせてやりな」

「はい」

たみは下男を呼び、杉亨二《こうじ》を呼びにやった。杉は、夫が田町《たまち》に蘭学の塾を開いたときからの友人で、今は開成所《かいせいしょ》に勤務する数学者である。夫を通じて知り合った坂本龍馬とも親交が厚かった。

「いい人でございましたのに。それに残されたお龍《りょう》さんが、憐《あわ》れでなりません」

龍馬は京都伏見《ふしみ》の宿屋『寺田屋《てらだや》』の養女おりょうを妻に迎え、お龍と改名させたところであった。そのことを知らせる龍馬からの手紙を、家中で読んだのはついこの間のことであった。

「龍馬も、馬鹿よ。真の大馬鹿よ。てめえの命が狙われていることぐれえ知ってたろうに。うまく立ち回ることをしねえでいやがった。己《おのれ》の本当の仕事が幕府倒壊のあとにあることぐれえわかっていたろうに、大根役者みてえに出場《でば》をまちがえやがって。一体誰が、龍馬の代役を務められるというのだ。ああ、これで日本は世界から取り残されるだろう」

「旦那さま」

たみは、声をなくした。これほど憤《いきどお》った夫を見たことがなかった。英邁《えいまい》で夫をよく理解してくださっていた先代の将軍家茂《いえもち》公のご逝去《せいきょ》のときでさえ、夫はただ黙って平伏して涙を流していただけであったし、老中たちの無策さに怒ることはあっても泣くことはなかった。

「なあ、たみよ。新しい日本においらはいらねえ。おいらの仕事はまあ、あと二年、三年たぁあるめえ。だが、龍馬は、これから十年、二十年と働かなきゃあいけねえんだ。それを殺してどうしようってんだ。今の日本に、おいらのかわりや大久保《おおくぼ》さんのかわり、桂《かつら》、近藤《こんどう》のかわりは探しゃいる。だが、龍馬と西郷《さいごう》のかわりはどんなに探してもいやしねえ。ああ、もうおいらなにもかも嫌になっちまった。おいらの後には龍馬がいる、そう思えばこそ、役にも立たねえ馬鹿連中相手に下げたくもねえ頭を下げてきたのに」

夫の声は、かすれ消えた。そこには幕府軍艦奉行《ぐんかんぶぎょう》、二千石取りの旗本勝安房守義邦《かつあわのかみよしくに》ではない、二十二年前、たみが嫁いだ、きかん気の四十石取りの貧乏御家人勝麟太郎《りんたろう》の姿があった。

「あなた」

たみはそっと夫の肩に手を置いた。剣で鍛えた体は硬い。たみはその硬さに心から縋《すが》りついた。

二人は、杉がやって来るまでの間、龍馬の思い出を語り合った。

「龍馬が初めておいらのところへ来たのは、いつだっけ」

「あれは、逸《いつ》の七五三のお祝いを致した年でございましたから、文久二年（一八六二）のことかと」

「そうか、まだ五年にしかならねえのか。もっと長く付き合っていたような気がするな」

夫の頰にふと笑みが映った。

「覚えているか、あいつの、龍馬との最初の出会いをよ」

「はい」

たみは頷《うなず》いた。忘れるはずもない。勝の元には色々な人材が集まって来ていたが、最初の出会いの仕方があれほど変わっていたことはない。

夏のうだるような暑い日のことであった。

「勝先生はご在宅ですか。わたくし千葉重太郎《ちばじゅうたろう》と申します。これは同門の土佐《とさ》人で坂本龍馬。先生にご指導戴《いただ》きたく参上つかまつりました。よろしくお取り次ぎいただきたい」

田町のぼろ家から赤坂元氷川下《あかさかもとひかわした》の屋敷に移って数年経《た》っていたが、高価な蘭書を見境もなく購入する夫海舟《かいしゅう》のおかげで勝家の貧乏振りは変わっていなかった。たった一人雇っている女中が、買いものに出て留守であったため、玄関にて出迎えたのは、たみであった。

「どうぞ」

勝家を訪れる人物は、夫がアメリカまで行って来てからとみに多くなっていた。大《たい》概《がい》はアメリカという新知識を身につけた夫から少しでもその知識を学び取ろうとする洋学志願の者たちであったが、なかには洋夷《ようい》かぶれと夫をののしりに来るものも少なくはない。だが、夫はそのような輩《やから》といえどもすべて客間に通し、暇のある限り相手をする。たみは肩を怒らせて顔を紅潮させている二人を、いつものように客間に通した。

「旦那さま、お客さまですが」

客にお茶を勧めてから、たみは夫の書斎に声をかけた。

「ふうん、今日のはどんな野郎でぇ」

見ている書物から顔をあげもせず、夫が応えた。

「お若い方お二人ですわ。おひとりはあの千葉さまのご子息とか」

「北辰一刀流《ほくしんいっとうりゅう》の千葉道場のか。ほほう、で、どんな風体だ」

「千葉さまは、ごく普通のお身なりでございますが、お連れの方が」

たみは、あやうく吹き出しそうになった。龍馬は髷《まげ》さえ結わず、鳥の巣のような頭であった。

初め、千葉重太郎とともに売国奴勝を斬るとやってきた龍馬。夫に論破されてその門人となった龍馬。次男四郎《しろう》の守《もり》をすると言って背中に四郎を背負ったまま、見世物小屋の看板に見入ってしまい、四郎を日射病にしてしまった龍馬。

江戸にはわずか半年しかいなかったとはいえ、龍馬の思い出は尽きることはなかった。

二

まだ夜も明けきらぬ内に元氷川にある勝の家の門を激しく叩《たた》く者がいた。たみは、訪問客の最初の一撃で目を覚まし、身支度を整え始めた。たみは、この訪《おとな》いに伴って夫が出ていくことになるのを感じていた。

慶応《けいおう》四年（一八六八）正月十一日、すでに前年の十月十四日、将軍慶喜《よしのぶ》の手によって大政奉還がなされてから三ヵ月が経っていた。

勝家の数少ない使用人の一人である門番が、度《たび》重なる叩門《こうもん》の音に眠りを中断され、愚痴《ぐち》を漏《も》らしながら潜《くぐ》りの小戸を開けたころ、たみは寝乱れた髪を手で梳《くしけず》りながら夫の寝室の表に着いていた。

「おい、たみ。どうやら出ていかなきゃあいけねえようだ。上下《かみしも》に着替える」

夫もすでに起きていた。

「お使者は、どうやら馬らしい。おいらも馬でいくよ」

まだ、門番の嘉平《かへい》が何も言って来ないうちに夫は、微《かす》かに聞こえる馬の足音から使者の用が火急のことであることを悟っていた。

「はい」

たみは付いてきていた女中に湯づけの用意を命じ、そして夫の着替えを手伝いに寝室へ入った。

「お殿さま、木村兵庫頭《きむらひょうごのかみ》さまよりのご使者にて、至急御浜御殿《おはまごてん》までお越しいただきたいとのこと」

家僕が、用向きの内容を寝室の床に手を突いて取り次いだ。

「わかった、使者には暫時《ざんじ》お待ちいただきたいと申して、湯づけでも振る舞ってお
け」

夫は、たみのするがまま、着せ替え人形のように立ちながら、家僕に指示を与え

た。

「御浜御殿ときやがった。こりゃあ、上方で戦《いくさ》になって負けでもした板倉《いたくら》公辺りが、尻に帆かけて帰《けえ》ってきやがったに違《ちげ》えねえ」

夫はたみに聞かせるというよりは独り言のように呟いた。後でたみにも知れたことであったが、このときの夫の言葉は、見事に状況を言い当てていた。旗本はもとより江戸の町民でさえ、幕府の圧倒的兵力を信頼していたときに、夫は幕軍があてにならないことを見抜いていたのである。

ただ、夫の予想と一点だけが違っていた。逃げ帰ってきたのは、板倉公だけではなく、慶喜と上京していた幕府高官全員であった。

たとえ、京の新政権と戦火を交え、一度は不覚を取ったとしても、幕府には難攻不落を謳《うた》われる大坂城があり、さらに大坂湾には日本最強の海軍がある。よもや幕軍最高司令官の将軍が、兵を置き捨てて逃げ帰って来るとは、さすがの夫も予想していなかった。

神ならぬ身、夫は、そのことを知るよしもなく、すばやく湯づけを二杯片づけると朝靄《あさもや》のなかに馬上の姿を霞《かす》ませていった。

「軍艦奉行をやめてきた」

やがて昼もかなり過ぎたころ一度戻ってきた夫の機嫌はかなり悪かった。機嫌の悪いときの夫は、誰彼《だれかれ》なしに人の悪口を言う。このときに一言でも出てきた人物を庇《かば》おうものなら、たちまち舌鋒《ぜっぽう》鋭く言い返され、完膚《かんぷ》なきまでに論破される。

黙って頷いているに限る。長年の経験からそのことを知っているたみは、うるさいぐらいに饒舌《じょうぜつ》な夫に対して、黙って微笑みつづけていた。

やがて、言いたいだけ言って気が済んだのか、夫は夜具を被《かぶ》って寝てしまい、次から次と訪れる客はおろか、城中からの呼び出しにも「おいら、病気だよ。そう言って断ってくれ」と相手にならない。
四、五日もそんな様相を決め込んでいた夫のもとに、京から戻ってきていた若年寄《わかどしより》永井《ながい》主水正《もんどのしょう》からの使者がやってきた。
「主人、病中にございますれば」

取り次ぎの家僕に決まりきった科白《せりふ》を聞かされた使者は、一通の手紙を置くと静かに帰っていった。

「永井さんから手紙だぁ」

たみから手紙を渡された夫は、不精にも腹這《はらば》いになったまま読み始めた。今の幕閣において、夫が認めている数少ない人物からの手紙はやはり無視できなかったらしい。

「おい、出かけるよ」

夫は、寝室の火鉢《ひばち》に手紙を焼《く》べると不意に立ち上がって、寝巻きを脱ぎ始めた。

「永井さまのお屋敷でございますか」

たみは、すぐに夫の着替えを手伝いながら、聞いた。

「ああ、後の客にはいねえと言っといてくんな」

着替え終わった夫は、あわてて夜の江戸の街へ消えていった。

夫が戻ってきたのは、翌日の太陽が、初春の江戸に昇りはじめるころであった。

裏口の木戸を荒く押し開けて入ってきた夫は、出ていく前より数倍機嫌が悪くなっていた。本当に機嫌が悪くなった夫は、完全に無口になる。このようなときに何か気に障るようなことをしようものなら、その鳶色《とびいろ》の瞳でじっと睨《にら》み付けられる。剣で鍛えた視線に睨まれてすくまないものはいない。そのことを屋敷中の人間は知っているため、誰一人近づこうとはしない。ただ、たみだけが黙々と夫の身の廻《まわ》りの世話をしていた。

「おい。おいら、大役を引き受けるよ」

脱いだ上下《かみしも》をたたんでいたたみに、夫が小さな声で告げた。

「はい。あなたの思われるままになさってくださいませ」

たみは、少し驚きを隠しながら、そう答えた。あれほど傍観者でいたがっていた夫が、自ら倒壊寸前の幕府の役を引き受ける。たみは夫の心中を測りかねた。

翌日、城中からの使者が、夫を迎えにきた。相変わらず不機嫌な夫ではあったが、昼過ぎには戻ってきた。

「こんだあ、海軍奉行だとよ。まったく、いきなりはだめだと並《なみ》をつけやがった。今になっても前例を持ち出しやがる。唐変木《とうへんぼく》が」

夫は、吐《は》き捨てるように言った。いまや薩摩長州《さつまちょうしゅう》の握る新政府に立ち向かえるのは夫しかいないと、誰もが認めているにもかかわらず、まだ全権を渡そうとはしない。

たみにさえ、城中の噂は聞こえてきている。上様が、夫に手を突かぬばかりにして後事を頼んだとか、主戦を迫った幕臣きっての英才、小栗上野介《おぐりこうずけのすけ》が、上様直々《じきじき》に遠慮を申し付けられたとか、さすがのたみも幕閣の因循《いんじゅん》さに鼻白む思いであった。

「今年は、なかなか春がまいりません。子供たちが風邪をひきはしないかと気がかりにございます」

たみは夫の気持ちを和らげようと話しかけた。

「いつもと違って寒さが厳しいと町屋の者も噂しております」

「………」

たみは無言の夫には構わず、話し続けた。

「この間、大坂からお戻りになった榎本《えのもと》さまも今年の江戸の寒さ、上方にも優《まさ》りますと仰有《おつしや》っておいでででした」

幕府軍艦『開陽《かいよう》』艦長の榎本釜次郎《かまじろう》は、鳥羽伏見《とばふしみ》の戦いの情勢を確かめに上陸している間に将軍に置き去りにされたが、先日、ようやく混乱を極めた海軍をまとめて戻るなり、夫を訪ねてきたのだった。

宙を睨んでいた夫の視線が、膝をついて袴《はかま》の紐《ひも》を結んでいるたみの上に落ちてきた。

「龍馬は、寒がりだったたな」

突然の言葉にたじろいだたみであったが、夫の急変には慣れている。

「はい。皆が綿入れ一枚で過ごしているときでも、その上からどてらを羽織《はお》り、襟巻《えりまき》をされているぐらいでしたから」

「永井さんの屋敷に行ってくる」

夫はそう言うと、足音も高く裏木戸を出ていった。

「こんどは、陸軍総裁だとよ。まったく、海軍出身のおいらに陸軍をまとめろとよ」

海軍奉行並に任じられて六日目、夫は、遅く城中から戻るとせせら笑った。

「ですが、どのようなお役でも信じるものは変わりますまい」

たみは、夫の口調に芯《しん》を感じて、敢《あ》えて応えた。

「ほう」

夫はたみの顔をしげしげと眺めた。

「おいらやるよ。おいらにはやらなきゃならねえことがあるから、それが何役でもかまわねえ。きっと勤めあげてみせる」

夫は、たみに、いや自分に言い聞かせるように呟いた。

幕府海軍を手塩に掛けてきた夫が、陸軍総裁の地位を手に入れた今、幕府の軍事の実権は夫の手の中にあった。だが、夫はその権限を使おうとはせず、ひたすら新政府に恭《きよう》順《じゆん》を示して見せた。

「腰抜け」「薩長の犬」「徳川を売るもの」等、夫を誹謗《ひぼう》する声は、新政府軍が近付くにつれて大きくなり、元氷川の屋敷に殴り込んでくる連中の数も多くなってきた。

しかし、夫はそれらの声を気にすることもなく、あちらこちらに走り回っていた。陸軍総裁に就任した日以来ゆっくりと夫と会話を交わすこともなくなった。たみは、先日夫が言った「しなければならないこと」が、江戸を戦争から救うことや徳川の後始末をすることではないように感じ始めていた。それらも、もちろん夫がなさなければならないことであるが、あの言葉の意味はそれだけでは、いやそれではないように思えるのだ。

どうしてと言われても長年の夫婦の勘としか言いようがないが、たみは確信していた。永井さまの御屋敷に呼ばれた日から、夫のなかになにか大きな目標が、生まれたことを。

夫の活動は目に見えて活発になってきた。夜の明ける前に出て、夜がふけてから戻ってくるという日が続いた。

「こんなときに龍馬がいてくれたら、外国公使の相手くらいは頼めたものを」

この日も遅くなった夫は食事の給仕に付いたたみにしみじみと語りかけた。

「はい。坂本さまなら、あの笑顔で外国の人といえども魅了してしまわれますでしょうから」

「その通りよ。男の惚《ほ》れる笑顔だったからなあ」

思い出すように夫が笑った。

「なにより争いごとの大嫌いな奴だった。剣術遣《つか》いの癖《くせ》にな」

「子供のように無邪気でいながら、北辰一刀流の免許皆伝、その上六連発銃の名人でいらしたのですから」

たみは微笑みを浮かべた。その楽しげな思い出話に、湯づけを食べる夫の手が止まった。

「どうなされました」

たみは夫に声をかけた。

「そうよ。それはどうしたんだ」

夫は立ち上がると「出かけてくる」と言い残して、慌《あわ》ただしく駆け出していった。

三

勝家始まって以来の慌ただしい日は、あっという間に数を重ね、例年になく遅い春が江戸の街にやってきた三月、ついに夫は、新政府との直接交渉のために、幕臣山岡《やまおか》鉄太郎《てつたろう》に自分が身柄を預かっていた薩摩藩士の益満休之助《ますみつきゆうのすけ》をつけて、西郷隆盛《たかもり》のもとにやった。

それまでも勝以外の幕府高官による嘆願は、いくつも行われていた。十三代将軍家《いえ》定《さだ》公の正室となった先代薩摩藩主島津《しまづ》斉彬《なりあきら》の養女天璋院《てんしょういん》の使者、先の孝明《こうめい》天皇の妹で十四代将軍家茂《いえもち》に嫁いだ静寛院《せいかんいん》和宮《かずのみや》の使者も官軍にあしらわれ、果ては、明治天皇の血縁になる皇族、上野《うえの》寛永寺《かんえいじ》の輪王寺宮《りんのうじのみや》自らが赴《おもむ》いたが、相手にされなかった。

これら新政府に縁《ゆかり》の深い人の嘆願が、無駄に終わっていたのに、夫の手紙を携《たずさ》えた山岡は、無事西郷と面会、使命を果たして戻ってきた。

「勝さん、西郷さんはただ一言、おいどんが請合い申すと。これで上様の御命は救われました」

元氷川に報告に来た山岡は、感涙に噎《む》せんでいたが、夫の顔は冷ややかに醒《さ》めきっていた。

「西郷の条件はこれだけかえ」

夫は山岡から手渡された紙を睨み付けるように見た。

「ええ」

「ありがとうよ、山岡さん。後はこの勝が、引き受けます」

夫は、酒肴《しゅこう》を出して山岡をもてなした。いつもはうるさいぐらいに夫に付きまとう益満の姿は、その日見ることはできなかった。

斗酒なお辞せずと言われた山岡が、ほんの一口の酒で勝の家を辞したのは、今回の西郷との談合を、勝が気に入っていないのを感じ取ってのことだったのかも知れなかった。

「見てご覧な」

山岡を見送って戻ってきたたみに、夫は手にしていた紙を投げて寄越した。

「よろしいのですか」

たみは紙を拾いあげながら夫に確認した。

「読んでご覧」

夫に促されてたみは、其処《そこ》に書かれていることを読み上げた。

「一つ、静寛院宮、田安中納言《たやすちゅうなごん》へ御含ませ相成り候事件も、これあるにつき御趣旨貫徹候よう、一向尽力の事。

一つ、慶喜儀、謹慎恭順のかどを以《もっ》て備前藩《びぜんはん》へお預け仰せつけらるべき事。

一つ、城明け渡し申すべき事。

一つ、軍艦残らず相渡すべき事。

一つ、軍器一切相渡すべき事。

一つ、城内住居の家臣は、向島《むこうじま》へ移り、謹慎在《あ》るべき事。

一つ、慶喜の妄挙《もうきょ》を助け候面々、厳重に取調べ、謝罪の道、必ず相立つべき事。

一つ、玉石共に砕くのご趣意更《さら》にこれなきにつき、鎮定の道相立ち、もし暴挙致し候者これあり、手に余り候はば、官軍を以て相鎮《あいしず》むべき事」

「わかったか」

たみは、夫が何を言いたいのか、理解できなかった。

「最後の一条をよっく見な。暴挙に出る者があれば、官軍を以て鎮撫《ちんぶ》するというところだ」

「ですが、あなた。これは幕府の手に余るときのことでございましょう」

たみは素直に文章を捉《とら》えていた。

「だから、ようく見な。その前の条項をよ。軍艦と軍器一切を官軍に引き渡した幕府にどうやって暴挙の輩《やから》を抑えられるってんだ。結局、官軍が出てくるということだろうが」

「ええ」

「それに暴挙かどうかを決めるのは、誰だえ。えっ、官軍だろうが。たいしたことはないことでも、ちょっとこちらが戸惑えば、一気に介入してかたを付けにくるに違いねえ。そうなったら誰が責任を負う、上様しかいねえ。それを理由に官軍は……」

「徳川のお家を滅ぼすというのですか」

自分の言葉を継いだたみに夫は、ゆっくりと頷いて見せた。

「それに上様のお身柄を家来筋の備前にお預けとは、幕臣として納得がいくはずないことぐらい、官軍も知ってらあな。これについては、山岡も顔色を変えて詰め寄ったらしいが、それでもせいぜい、尾張《おわり》か紀伊《きい》に変わるだけだろう。それじゃあ、過激な連中はおさまらねえ。きっと暴挙を起こすことになるだろうよ」

夫は、目の前に官軍がいるかのように空中を睨み付けた。

「そうはさせやしねえ。おいらの目の黒いうちは、決してあいつの思い通りにはさせやしねえ」

そして夫は、不意にたみに視線をうつした。

「ひょっとしたら、おいらの命もないかも知れねぇ。一緒になって以来、楽な思いをさしてやれなかったが、許してくんな」

「あなた。そのような不吉なことを」

「いいや。おそらくおいらの命を狙ってくるだろうよ。だが、おいらは止《や》めねえよ。

ここでおいらが、ひっこんだんじゃ、龍馬に申しわけがねえ。あいつに開明の必要を説いたのはおいらだからな。おいらが、あいつを海軍操練所に入れなきゃあ、いや、あのとき鹿児島にやらなければ、龍馬は死ななくてすんだかも知れねえ」

龍馬を筆頭とする怪しげな連中が闊歩《かっぽ》していた神戸の海軍操練所が、幕府の癇《かん》に触れ、解散を命じられたとき、夫は江戸に送還される自分から龍馬を引き離して、身柄を西郷に預けたのであった。それから急に龍馬は維新の表舞台に浮かび上がっていった。夫はそのことを悔《く》いているのかも知れなかった。

「旦那さま」

「この日本に決して内乱は、起こさせない。それが龍馬の望んだことだから」

たみは、ようやく夫の心のなかにあるものを知った。それは滅びゆく徳川への忠誠でも憐憫《れんびん》でも、また、開けゆく日本への希望でもない。それは、夫の考えを受け継ぐべき愛弟子への鎮魂の思いだった。

「じゃ、行ってくるぜ」

夫はいつもと変わらぬ様子で馬上の人となった。夫と同じようにいつもと変わらずにこやかに見送りに立ったたみであったが、その心中は穏やかではなかった。今日、夫は芝《しば》の薩摩藩下屋敷に乗り込むのだ。勢いに乗る敵軍のまっ只中《ただなか》に単身向かう夫の無事を、たみは祈らずにはいられなかった。

少しでも早く夫の無事を知りたいと、たみは玄関脇の小部屋で待った。昼過ぎからは勝の親友である杉も加わった。といっても話をする気分にはなれず、二人は無言であった。

刻が異様に遅く感じられたたみの耳に、聞き慣れた雪駄《せった》の音がした。江戸っ子を自慢にしている夫は、雪駄の裏に金を打ち、それを鳴らすようにして歩く癖があった。

「あなた」

門番よりも先にたみは玄関を開けた。

「けえったよ。腹が減った、湯づけでいいから持ってきてくんな」

夫が、元氷川の屋敷に戻ってきたのは、夜に入ったころであった。

「馬は目立つから、置いてきた」

笑う夫に杉が迫った。

「勝さん。で、どうだった」

「来てたのか。まあ、今日はお互いに言いたいことを言っただけよ。本番は明日、明日」

杉を軽くあしらった夫について部屋に入ったたたみに向かって、夫は小さな声で囁《ささや》いた。

「今日、こちらの手の内をちらつかせた。おそらく明日は、こちらの思い通りの答えが、出るだろう。その代わり、明日はおいらの命が危ないね。交渉を終えてお城に戻る途中をズドンと来るだろう」

「では明日は、護衛の方を」

「ふん、五人や十人じゃ、どうしようもあるめえ。百人も連れていくわけにはいかねえし。まっ、おいらまだ死ねねえよ。今死んだんじゃあ、龍馬にけとばされちまう」

久しぶりに夫は、得意の憎まれ口を叩《たた》いた。


翌十四日は、昨日と違ってからりとしたよい天気になった。結局泊まった杉とたみに送られて夫は、一人で出ていった。

「大丈夫だろうか、勝さんは」

杉が、小さく口にした。夫の身を真剣に心配してくれる人が、ここにもいてくれると思った。たみは嬉《うれ》しかった。

「ええ、大丈夫でございます。きっと、いつもの顔で帰ってこられましょう」

「気に入らねえ、と文句を言いながら」

余りに下手過ぎる杉の口真似《くちまね》に、たみは久しぶりに声を出して笑った。

その日、夫は真夜中近くになって、ようやく戻った。

「勝さん」

たみよりも早く杉が、飛びつかんばかりに迎えた。

「有難うよ、杉」

我が身を思いやって残っていてくれた杉に、夫は深々と頭を下げた。

「けえったよ」

夫は、たみの顔を見るとにっこりと笑った。

その日は杉も夫について部屋へ来たため、詳《くわ》しい話はできなかった。ただ、明日に決まっていた江戸城総攻撃は中止になったということだけがわかった。

翌日、二日も家を開けた杉が、たみの心づくしの品を手に帰っていった。杉を見送って戻ったたみの目に、昨日とは別人のような厳しい顔をした夫が映った。

「旦那さま」

思わず立ち竦《すく》んだたみに夫は、ゆっくりと視線を合わせた。

「やられたよ。外れたからいいが、赤羽橋《あかばねばし》辺りで、三発打たれた」

たみは、ひくっと心臓を摑《つか》まれたかのように痙攣《けいれん》した。

「あぶねえと思ったから暗くなるまで待ったのが、良かったみてえだ。一発は頭の上、もう一発は右横、最後の一発は馬の尻をかすめていった」

しゃべっている夫の体をたみは撫《な》で回さんばかりに探った。

「ふん、今頃、あいつら地団駄《じだんだ》を踏んでいることだろうよ」

夫の言葉には、凍りつくほどの毒が含まれていた。


それからの夫の動きは見事でしかなかった。官軍の要求を悉《ことごと》く骨抜きにしていった。

慶喜公、備前へのお預けは、水戸へのお預けと変わった。元々水戸家から出て一《ひとつ》橋《ばし》、そして将軍となった人だけに、いわば実家へ戻ったことになる。居心地も悪くないであろうし、幕臣たちの感情も落ち着くであろう。

江戸城の引き渡しは避けられなかったが、引き渡し当日は、西郷等官軍の幹部以外の入城を拒むことに成功した。

軍艦すべての引き渡しも、一旦《いったん》引き渡したのち、数隻を下されるという形に変えた。しかも下される艦は、『開陽』を始めとする新鋭艦で、官軍の手には旧型艦しか残らない。ほとんど無傷で海軍を徳川に残すことに成功した。

軍器すべて引き渡しの条項も、江戸の治安維持のためにあるていどのものを徳川に残すことを認めさせ、骨抜きにした。

暴挙にかんする条項も、夫勝海舟が江戸市中取締役に任じられたことにより、官軍は直接介入する権利を失った。

「どうだ。えっ、見事なもんだろうが」

夫が自慢するのも当然であった。無条件降伏のはずが、いつのまにか単なる和睦に近い内容になっているのである。

「でもよろしいんですか」

たみは夫がやり過ぎているのではないかと心配していた。

「ふん、今さらおいらの命なんぞ狙うほど、向こうも馬鹿じゃないさ」

ことが公表される前ならば、夫を亡きものにしてしまえば、官軍にとってつごうのよい展開に戻せたが、イギリスやフランス等の外交官にまで知られた今では、どうしようもない。

「あとは、徳川の跡目と領地さえ決まれば、おいらの幕臣としての役目も終わる。跡目は田安《たやす》公、領地は駿河《するが》一国でいいさ」

夫の言葉通りに田安亀之助《かめのすけ》公が、徳川家達《いえさと》となり駿府《すんぷ》城に入ったのは、上野彰義隊《うえのしょうぎたい》が、官軍に滅ぼされた五月のことであった。

夫は、官軍の内圧を下げるため、単なる暴徒と化していた彰義隊を見捨てたのであった。

そして官軍が、彰義隊を討つ五月十五日。

「流れ弾が、飛んできたらかなわねえ」

夫の言葉に家族、使用人全員で向島へ避難していたところ、官軍の一隊による襲撃が、元氷川の屋敷にあり、屋敷は壊され、かなりの物品が略奪された。

「これは」

たみは目を覆うばかりの惨状に、思わず絶句した。

「ふん、どうせ、官軍の誰かが、騒動ついでにおいらを片付けちまおうと思ったんだろうが、こちとらお見通しよ。まあ、釘を刺しておくさ」

夫の言葉通り、その後、勝の家が直接狙われることはなかった。

四

駿河に移った徳川家に従って移住した勝家に寸刻の暇《いとま》が与えられた。はや、夏の暑さが、日差しに感じられるころであった。

「少しよろしいでしょうか」

たみは、縁側で涼む夫に団扇《うちわ》の風を送りながら声をかけた。

「おう、かまわねえよ。どうせ、あのことだろう」

夫は予期していたらしく、たみの方を向いた。

「なあ、龍馬の殺されたときのことを覚えているか」

「ええ」

忘れるはずもない。

「前《さき》の上様が、浜御殿に戻られた後、おいらが永井さまに呼び出されたことも」

たみはだまって頷いた。

「あの日、永井さまは訪ねていったおいらに、二枚の絵図と一枚の書類を見せたうえで、話を始められた。龍馬殺害のことについてだ」

「まあ」

「龍馬のことを気に入ってくれていた永井さんは、龍馬が殺されたと聞いて、いろいろと情報を集めてくださったのよ」

夫は、腕を組んで天井を見上げた。

「龍馬は、なぜあの日に襲われたのか。十日前までいた酢屋《すや》が、幕府の知るところとなり、身の危険を感じた龍馬は、近江屋《おうみや》に移る。当時、京はすでに幕府の支配下になく、探索能力も極端に落ちていた。それなのに龍馬は引っ越してすぐに襲われている。これはどう考えても密告したものがいるとしか考えられない。では、誰が密告したか。まず、十五日の段階で龍馬の引っ越しを知っていたのは、海援隊《かいえんたい》の面々、土佐藩、陸援隊《りくえんたい》の中岡慎太郎《なかおかしんたろう》と当時の龍馬の生計を支えていた薩摩藩。密告はこれらの誰かに違いない。このうちのどこかから情報を得た幕府方の誰かが、龍馬を襲った」

「…………」

「そこで出てくるのが、一枚目の地図さ。酢屋よりはるかに土佐藩邸に近い近江屋へ移ったというから、土佐藩は信用してもいいだろう。何せ近江屋から藩邸までは道一本しか隔てていない。それに土佐藩としては、自藩出身者で、維新最高の功労者を排除するということは、新政府における発言力の消失を意味するから、その点からも除外できる。龍馬の言う諸大名公家議会論は、穏健な公家たちや諸大名の受けがいい。これが実現すれば、推進者の土佐藩山内容堂《やまうちようどう》公は、議会での要職と発言権を手にできるからな。いずれ、国民議会に移行していくことを龍馬が企んでいたとしても、今の段階では龍馬の発言力を捨てさることはできやしねえ」

夫は、間借りしているお寺の庭に眩《まぶ》しそうな目を向けた。

「次に龍馬が集めた海援隊は、いわば龍馬の親衛隊であるからこれも除外できる。残る陸援隊の中岡とは盟友であるが、龍馬の提唱する国民議会制度、万民平等説は、中岡の勤皇路線とかなり食い違いを見せている。現実、龍馬が、船中八策《せんちゅうはっさく》を中岡に見せたところ、中岡が激怒したという。龍馬は主権を国民において天皇制を廃止しようとさえ思っていたらしいからな。勤皇一辺倒の中岡としては、たまらんだろう。そして、最後の薩摩だが、薩摩の考えている武力倒幕は、龍馬の無血革命とは一致しない。なにせ薩摩は、徳川家を消してしまいたいのだから」

夫は小さく息継ぎをした。

「とにかく、龍馬は死んだ。だが、本当に襲われて死んだんだろうか。おいらがこのことに疑問を持ったのは、おめえの言葉からだ。ほれ、おいらが海軍奉行並になったころに、龍馬は寒がりだったと言ったことがあったろう」

たみも思い出した。

「そこで永井さんのところへ行ってもう一度一枚の絵図、近江屋の見取図を見た。京の商家らしい家、入り口が狭く奥に長い。天井は低い、刀を振りかぶったんじゃ、つかえてしまうほどな。しかし風邪ひいて厚い綿入れを着て、襟巻《えりまき》をしていた龍馬を殺すには、露出している頭を狙うしかない。だが、龍馬とて千葉道場で塾頭を務めたほどの腕、そう簡単には打たすまい。わずか半間先の床の間に刀は置いてある。狭い部屋で龍馬と中岡を襲ったんだ、どう考えても刺客は、四人も五人も同時にかかれやしねえ。せいぜい一対二が、いいところだろうよ。床には火鉢が置かれてる、屏風《びょうぶ》もある。邪魔になって刺客も思うような動きは取れない。龍馬の手に刀が入る。そのうちときは経つ。襲っている方の身元がばれたら、一気に状況は不利になる。大政奉還の大立て者を襲うんだ、それが幕府側でも維新側でも大変な結果になる」

たみは、わずかに頷いた。

「それが幕府の者なら、徳川家が新政府で大きな発言力をもつことはなくなり、一気に武力倒幕となるだろう。薩摩、長州の二藩が下手人ならば、薩長同盟の主役を襲ったんだ、当然、新政府の主役を取ることはできなくなるだろう」

「わかります」

「そこで、最初の近江屋と土佐藩邸の位置関係が、生きてくるのさ。騒動に気付いた近江屋の人間が、土佐藩邸まで駆け込んで援軍を連れてくるまでの間、たとえ近江屋の出口が見張られていて出られなくても、裏の正覚寺《しょうがくじ》越しに回ればいい。それでもそうたいしたときはかからない。龍馬と中岡の抵抗にあった刺客は焦《あせ》り、止《とど》めを刺すことなく去っていかざるを得なかったろう」

「そういえば翌日まで生きた中岡さまの証言でも、刺客は止めを刺さずに逃げ去ったと」

たみは、夫を遮《さえぎ》った。

「ああ、中岡の話によると、最初に龍馬は頭を切り払われたことになっている。そして刺客が去った後、息を吹き返した龍馬が、刀を抜いてそれを行灯の灯に照らし、俺はもうだめだ、脳をやられたからと言って隣の部屋まで這《は》っていって事切れたことになっている。それがおいらの気に障った。えっ、脳をやられてそう動けるもんか。おいらは、松本良順《まつもとりょうじゅん》に聞いてみたのさ」

「医学所頭取の」

「おうよ。おいらは永井さんから預かった、龍馬の死体を見た川村《かわむら》とかいう土佐藩お抱え医師の書いた書類を見せたのさ。書類によると龍馬の額の傷は、二寸ばかり、頭蓋骨を貫いて脳の一部を抉《えぐ》りとっていたそうだ。それをじっくりと読んだ良順はこう言った。まずこうなったら即死だよ。脳の大きな血の管は切れるし、当然その周りの頭蓋骨はおちこむ。陥没《かんぼつ》した頭蓋骨は脳を圧迫、さらに、なんだったか、そう、脳を包んでいる膜も損傷し、出血が膜の内側に沿って広がることによって、脳全体が圧迫される。それに脳のこの部分をやられたら意識はとてもじゃないが、なくなる。第一、これほどの傷を受けたら人は一瞬にして血圧という血を全身に送る力が低下して死んでしまう。卒身というそうで、刀で切られた奴のほとんどがこれで即死する、ほんとうの刀傷で死ぬ者は少ないんだと良順は言っていた」

「では、龍馬さまが、襲撃された後、喋《しゃべ》ったというのは嘘でございますか」

「そう、中岡の嘘だ」

「でも、どうしてそんなことを」

「中岡が、龍馬に止めを刺したからさ」

「ええっ」

たみは、動かしていた手を口に当てて驚いた。

「そう、龍馬は天皇という絶対者の存在を認めなかった。それが、土佐南学に染まった勤皇家の中岡慎太郎には、とんでもねえ冒瀆《ぼうとく》に思えたんだろうよ。王道をなにより大切なものとし覇を卑《いや》しむ、朱子《しゅし》の説くところを精神のよりどころにした理想家の中岡に対して、これからの世界を読み、その中で小国日本を護《まも》り、発展させていくためには大きな変革が必要とした実務派の龍馬。その龍馬の作った船中八策を見た中岡は、龍馬の中に次代の覇者を見てしまったんだろう。おめえさん、朱子学は知っていたよな」

「たしか、世を治めるのは天意を受けた王の仕事であり、力で天下を奪うものは覇者と呼ばれ、もっとも忌《い》むべきものであるというぐらいでしたら」

「まあ、いいさ。そんなものだ。土佐南学では、とくに王を尊び、覇を嫌う。差し詰めあのころなら王は天皇、覇は将軍。そして天下の実権を持つのは、覇の将軍。当然、勤皇の志士としては実権を覇の将軍から取り上げて、王の天皇に渡さねばならない。そう凝《こ》り固まっていた中岡にしてみれば、龍馬の言う議会民主制は、とんでもない裏切りだったんだろう」

「そんな」

「恐らく、中岡はあの日、龍馬をもう一度勤皇の志士に立ち直らせるべく近江屋を訪ねたのであろうさ。そして激論になった。当日、龍馬と一緒にいた土佐の岡本《おかもと》が、食事の誘いもことわってそそくさと逃げ出すほどの。そして、刺客の襲撃。嵐のような襲撃の後、龍馬は、綿入れと重ね着のお陰でそうたいした傷もない、一方の中岡は全身にかなりの傷を負った。そのとき、中岡は思ったんだろう。どうせ死ぬなら、新たなる覇道を進まんとする龍馬を道連れにしてやろうと。それこそ真の勤皇の志士であると。そして、龍馬を倒れている自分のもとまで呼んだ中岡は、最期の言葉を残すように口を開く。言葉を聞き取ろうと頭を近づける龍馬、その一瞬、中岡は気合もろとも龍馬の頭を払った。そう、手にしていた懐刀で。襲撃を凌《しの》いで油断していた龍馬にはどうすることもできなかったろうよ」

「本当でしょうか」

「ああ、近江屋の主が、声を聞いている。『こなくそ』という気合を。このこなくそは、四国の方言だそうだ。このやろうという意味らしいが、実際剣を振るうときにもよく使われるそうだ」

「それでは、あまりに龍馬さまが」

たみはあふれる涙を袂《たもと》の裏で拭《ふ》いた。

「哀れだ。そして知らせを受けた土佐の谷干城《たにかんじょう》が、まだ辛うじて息のあった中岡から真実を明かされ、大慌てで後始末を始めたのさ。それが、瓢亭《ひょうてい》の焼き印のあるゲタや刀の鞘《さや》さ。いかにも新撰組《しんせんぐみ》の仕業に見せようと新撰組御用達《ごようたし》の料亭の下駄を置き、新撰組で唯一、四国出身の原田左之助《はらださのすけ》、そう、こなくそと言うことのある原田の鞘に似た鞘を現場に落としていった」

「まあ」

「お陰で皆、犯人は新撰組だと思っているよ。だがな近藤は龍馬を襲っちゃぁいねえ。おいらとの約束があるからな。龍馬はこれからの日本に必要な男だ、決して襲ってくれるなと。わかりましたと近藤は請け合ってくれたよ。あいつは、百姓の出身だったが、そこいらのお旗本より数等上の侍だ、口にしたかぎりは守る。しかし、近藤は降伏したにもかかわらず、板橋《いたばし》で首を切られた。なにせ東山道《とうざんどう》の司令は土佐の板垣退助《いたがきたいすけ》だったからな。真実がばれちゃあ土佐の立場はなくなる。急いで近藤の口を封じた」

夫は、左手を枕にしてゆっくりと寝転がった。そろそろ話にあきてきたらしい。

「でもよ、おいらにも真相がわかっていたわけじゃねえ。こうじゃねえかと思ってはいたが。それを確かめるために維新の際に徹底して無理を通してみたのさ。これが通るのならおいらの考えているとおりだと。あの三月、山岡に持たした手紙には、一言龍馬の名前を書いておいたのさ。あとは交渉ごとに龍馬のことを匂《にお》わしただけであれだけの収穫だ。まんざらおいらの考えも外れてはいめえ」

「でも、龍馬さまを殺したのが中岡さんなら、なにも引けめを感じなくてもよいのではありませんか、今の方々は」

「ふん、龍馬を実際に殺したのは中岡でも、そう持っていった奴は別にいるということよ。いかに南学に凝《こ》り固まっている中岡でも、盟友の龍馬を殺すのはなかなかできることじゃねえ。まして、王道を旨《むね》としている奴が、友を殺すなどとんでもねえ。それを思いきらせるのには、この手順が要《い》った。伏見寺田屋で失くした短銃の代わりを龍馬の手に入らないようにすること、中岡に龍馬の危険性を吹き込むこと、二人一緒のときに刺客に襲われること、万一刺客が龍馬を討ち洩《も》らしたときに中岡が、龍馬に止めを刺すようにしむけること」

「…………」

「ついにその日が来た。慶応三年（一八六七）十一月十五日、すでに龍馬から近江屋への移動を聞いていた男のもとへ、中岡が近江屋に行くという情報が届いた。それは、中岡が、あの日不用意な手紙を麩屋町《ふやまち》の薩摩屋に届けさせたことから始まる。薩摩屋は、薩摩藩の御用達だ。ここに手紙を届けておけば、薩摩には確実に渡る。しかもごていねいなことに中岡は返事は近江屋へ届けてくれと伝えている。目標の二人が同じところに集まる。予《かね》て用意の策通り、男は龍馬の居場所を密告させた。新撰組ではないだろう、多分見廻り組あたりに。龍馬に目を付けていた見廻り組は勇んで出ていったろう。そして、その男の計画通りにことは進んで、一気に倒幕に雪崩《なだ》れ込んでいった」

「その男というのは、一体」

たみは身を乗り出した。

「ふん、言いたかねえよ。龍馬も大切な男だったが、こいつも今の日本にとっては大事な男だからな。ただ、そいつの心もわからねえじゃねえ。なにせそいつは、己を小身から引き上げてくれた大恩人の藩主を殺害されたと思い込んでいるからなあ。その藩主にはおいらも会っているが、聡明で胆力のある人だった。お家騒動の後藩主の座に就いたんだが、数年で亡くなってしまった。騒動のとき、敵対した弟と黒幕の義母をそのままにしておいたために呪《のろ》い殺されたとか、毒殺されたとか、当時は相当揉《も》めたらしい。男の崇《あが》めた藩主は消え、跡は弟の子供が継いだ。そうなると藩主の父親ということで前藩主の弟の勢力は強まり、ついには前藩主のお気に入りだった男を島流しにしてしまう。島流しに遭《あ》っている間に男は考えたろう。敵対する勢力に属したものは滅ぼしておかねばならないと。でないといつこちらがやられるかわからない。豊臣家を滅ぼしたからこそ幕府は三百年も続いたのだ、だから今度は、徳川を武力で滅ぼさねばならない。そのためには無血政権交代を提唱している龍馬は邪魔だったのさ」

「ああ、なんということでしょう」

たみは、男の心のなかの暗部を覗《のぞ》いたような気がした。

「それに、そいつが龍馬に、新政府では何役に就きたいかと聞いたところ、龍馬は役人にはなりません、吾は世界を相手に商売でもしますと応えたことがあるそうだ。これもそいつにとってはつごうが悪かった。できたての地盤の弱い政府の外に実力者がいて、政府のやることを批判しでもしたら、大騒動だ。いやそれ以上にそいつは龍馬を中心とした勢力が、新政府を倒し、もう一度維新を起こしたらと肚《はら》の底から慄《おのの》いたに違いない。それやこれやが龍馬の命を奪う結果になったのさ」

「でも、その人は今でも新政府におられるのでしょう。龍馬さまの命を奪っておきながら、のうのうとしているなんて」

たみは、憤慨《ふんがい》した。

「ふん、おめえにゃわからねえだろうが、おいらにはわかっている。出番が終わったら、己の始末はつけるだろうよ。そういう男だ、あいつはな。だからこそ、おいらも惚れたし、龍馬も信じ……」

夫の言葉の終わりの方は、はっきりとは聞こえなかった。代わりに規則正しい寝息が、たみの耳に聞こえてきた。それが、狸寝入り《たぬきねい》であることを、長年連れ添ったたみには簡単に見抜くことができた。だが、たみは夫の心中を思い、そっと座敷から去っていった。

真相に気付いたときの夫の心は、それこそ引き裂かれたことであろう、自分の惚れた男に愛弟子の命を奪われたと知ったときに。そしてその男に直接復讐することは、日本のために避けねばならないと知っているだけに、思いを内に秘めてどれだけ煩悶《はんもん》したであろう。

心が落ち着いたとき、夫は見捨てていた徳川の家を残し、その男の狙いを崩すことで龍馬の復讐をなそうと、命をかけてあの一年を、慶応四年から明治元年《めいじ》（一八六八）を駆け抜けたのである。

どうぞ、もうお気を楽に。たみは心から夫を労《ねぎら》った。

明治十年（一八七七）、新政府の役職を辞して氷川に退隠《たいいん》していた勝海舟のもとに新政府から特使が、やってきた。わずかばかり応答した後、勝は新政府の要求を断った。そう、鹿児島にいる西郷隆盛を説得してくれという依頼を。あれほど信頼していた西郷の反乱を、勝は止めようとはしなかった。

連合を叫んだ神風連《じんぷうれん》や秋月《あきづき》士族を見捨てて、二月十四日に始まった西南戦争は、熊本城に固執しすぎて政府側援軍の九州上陸を許すなど、勝てる戦術を次々に無視する西郷の指示によって、鹿児島軍は敗退を続け、ついに九月二十四日、本拠地城山《しろやま》が陥落、西郷隆盛は自刃によってその波乱に富んだ人生に終わりを告げた。

享年、五十一。維新最高の功臣には似つかわしくない、賊徒としての最期であった。

忠臣の慟哭《どうこく》

一

慶応《けいおう》四年（一八六八）夏。

静かに霧が流れていた。上州《じょうしゅう》群馬郡烏川《からすがわ》の河原はいまようやく、目覚め始めていた。その河原に十数人の人影があった。

「言い残すことはないか」

高手小手《たかてこて》に縛《しば》られた小栗上野介忠順《おぐりこうずけのすけただまさ》に原保太郎《はらやすたろう》が、声をかけた。

「草賊《そうぞく》の輩《やから》に我が思いなど、東風《こち》でしかない。貴様らも武士の姿をなすならば、せめて吾《われ》を切腹させせよ」

忠順は、辛辣《しんらつ》な言葉を吐《は》いた。

「そうはいかぬ。朝敵に対するに武士の礼をもってなすことはできぬ。三条の橋そばに晒《さら》されずにすむだけでも感謝せよ」

後に貴族院議員になる保太郎が、憎々しげに言った。

「ふぬ。吾、いや徳川《とくがわ》家になんの罪があるというのだ。後世に汚名を残すことになるのは、貴様らのほうよ。そのときが来ることを楽しみに地獄とやらで待っておる。さあ、斬らぬか。貴様らと過ごしておるだけで時間がもったいない。すでに死せし先学たちと語らわねばならぬでな」

忠順の鋭い舌鋒《ぜっぽう》にたじろいでいた保太郎が、大きく刀を振りかぶった。

「りゃあ」

刀は、小栗の後頭部に当たり、肉の一部をはぎ取って滑った。

「落ち着いて願いたいものだな」

後頭部を削られながらも忠順は倒れることなく、保太郎を冷笑した。

「おのれ」

保太郎は怒りに狂って、数度にわたって斬りつけた。しかし、焦《あせ》れば焦るほど刀は、首ではなく肩や頭、ひどいときは腕にくい込んだ。

「いい加減にしてほしいものだ」

忠順の言葉についに保太郎は小栗の背中を突き刺した。

「ぐうっ」

忠順は体を突き抜ける冷たい刃《やいば》に呻《うめ》いた。

突き刺さった刀を抜き取るために保太郎が忠順の背中に足をかけた。ついに忠順は倒れ伏した。

「思い知ったか、逆賊め」

保太郎の高笑いを聞きながら、遠のく意識のなかで忠順は、つぶやいた。

「あれさえ、あれさえなければ、あの安政《あんせい》七年（一八六〇）の桜田門外《さくらだもんがい》の変さえなければ、このようなことにはならなんだであろうに」

忠順の頭のなかに、走馬灯のように光景が浮かんだ。

「冷えると思っていたらまっ白じゃ」

雪が積もっていた。春と呼ぶにはまだ寒さの残るころとはいえ、時季はずれの雪であった。夜半から降り出した雪は、朝方になってもやむことなく、静かに降り続いていた。

「かなわんのう、滑りおるでな」

誰の言葉であろうか、すべてのものを覆《おお》い尽くしてしまう美しい雪とて、毎日の生活に追われる庶民にとっては、邪魔なものでしかない。

ぼやいていたのは庶民ばかりではなかった。大っぴらに口に出すことは、身分上はばかられたが、江戸城へ登城する大名の供侍《ともざむらい》たちも同じ気分であった。

今日は春の節句、上巳《じようし》の祝日である。江戸に参府している大名たちは皆、江戸城へ登って、将軍家にお祝いを申しあげる大切な行事のある日である。

大名のうち半数は国元に帰っているとしても、その世子あるいは代理のものが、登城しなければならない。ざっと大名だけ勘定してもおよそ百六十家あった。

それが、ほとんど同時刻に、江戸城目指して行列を組むのである。江戸城城門前は、それこそ身動きがとれないほどの大混雑となる。

降り積もった雪を踏む足は滑り、いつもの速さで歩けない行列。その混雑の中、桜田門目指してざくざくと音を立てて、小走りに進んでくる行列があった。

黄なめし革の穂鞘《ほざや》に太刀打《たちうち》黒の槍を先に立てて、橘《たちばな》の紋所を書いた挟み箱《はさばこ》、供侍は揃《そろ》いの赤の雨合羽《あまがっぱ》を着ている。大老井伊掃部頭直弼《たいろういいかもんのかみなおすけ》の行列である。

江戸城へわずか五町（約五百メートル）ほどしか離れていない井伊家上屋敷から城の壕《ほり》沿いの道を北東へ、松平大隅守《まつだいらおおすみのかみ》の屋敷の角を左に曲がればもう、桜田門は目の前であった。

当主直弼が大老職に就いてからというもの、足かけ三年にわたって毎日繰り返してきたことだけに、供をしている者たちの気がゆるんでいたのはやむを得ないことだったかもしれない。

「あれはなんであろうか」

供頭《ともがしら》の日下部《くさかべ》三郎右衛門《さぶろうえもん》が、横に並んでいる供目付《ともめつけ》沢村軍六《さわむらぐんろく》に声をかけたのは、行列が松平大隅守の屋敷にかかったあたりであった。

「武鑑《ぶかん》を持っているように見えまする。行列見学ではございませぬか」

沢村が応えた。当時江戸城周辺には武鑑（大名、役職者名簿）を手に登城する大名たちを見物する人々が、多く見られていた。沢村は、見え隠れする人影をそう見たのである。

「このような天気の日にか」

三郎右衛門は、いぶかしげに呟《つぶや》いた。だが、降る雪に目を細めながら、残りわずかとなった行程を、歩みを変えることなく行列は進んでいった。

「お願いでござる」

不意に叫び声がした。三郎右衛門が気にしていた男とは別の、壕端《ほりばた》に出ている屋台の陰から出てきた男が、訴状らしき白いものを掲げながら、行列に向かって駆け寄ってきた。

「日下部さま」

「うむ、軍六。駕籠訴《かごそ》じゃ、天下の御法度。お駕籠に近づけてはいかんぞ」

三郎右衛門は、供の者たちに駕籠の速度を落とさないように命じると男の方に向かった。

「駕籠訴は、御法度じゃ。願いの儀あらば、係りを通して申し出よ」

「殿は駕籠訴はお受けにならぬ。直ちに去れ。今なら罪にはならぬ」

三郎右衛門と軍六は口々に叫んだ。行列を乱されたとあっては、供頭、供目付の責任である。二人は駕籠訴の男を行列の前から排除すべく、その前に立ちはだかった。

「ぎゃっ」

男が不意に大声を上げると腰の刀を抜きはなって、軍六に斬りかかった。

急な攻撃に軍六は避けるまもなく、袈裟《けさ》掛《が》けに斬り下げられて即死した。

「なにをする」

一瞬啞然《あぜん》とした三郎右衛門だったが、すぐに対応した。三郎右衛門は、一歩下がって刀の柄《つか》に手をかけたが、雪の水がしみこむのを嫌って柄袋《つかぶくろ》をかけていたために抜けなかった。やむをえず、鞘《さや》ごと抜いて立ち向かったが、白刃に敵せず血塗《ちまみ》れになって倒れた。

「供頭」

行列の先頭近くにいた侍が叫んだ。

その声を追うように重い銃声が、雪のなかに轟《とどろ》いた。

銃声を合図に決めていたのか、壕端《ほりばた》の左右に潜んでいた浪人たちが、一斉《いっせい》に行列目指して刀を振りかざして走り寄ってきた。

供侍たちは、うろたえた。大慌《おおあわ》てで刀に手をやるが、雨合羽と柄袋が邪魔をして、刀を抜けたものは少ない。たちまちに斬りたてられて、一人、二人と井伊家の侍たちは、雪を隠すように倒れていった。

駕籠かき、荷物持ちの小者たちは、持っていたものを落とすように離すと、蜘蛛《くも》の子を散らすようにして逃げ散っていった。

駕籠脇を守るべき侍たちも瞬《また》く間に減っていく。

「むっ」

押されっぱなしの井伊家のなかで、軍六と同じ供目付の加西忠左衛門《かさいちゅうざえもん》一人が、冷静な対処をした。一度行列から離れると雨合羽を脱ぎ、下げ緒をほどいて襷《たすき》にし、刀を抜き放ち、駕籠脇に戻って一人、二人と襲撃者を倒した。

しかし、衆寡《しゅうか》敵せず、忠左衛門は数人に囲まれるように斬りかかられ、壮絶な戦死をした。

「賊徒」

「国賊」

ついに襲撃者の一人が、置き捨てられた駕籠に刀を突き刺した。

「ぐっ」

うなり声を聞いた襲撃者が、戸を蹴り破るとなかから駕籠の主を引きずり出した。すでに傷を受けていた直弼は、さしたる抵抗もできず、首を打ち落とされた。

「首をとった」

騒々しかった戦いの場が、その声に静まり返った。最初の駕籠訴を装った男の登場から、あっと言う間のできごとであった。

幕府の最高施政者、大老が江戸城の目前でその命を奪われたのである。安政七年三月三日、のことであった。

後に桜田門外の変と呼ばれるこの事件の後、幕府の権威は目に見えて失墜していく。討幕運動の始まりであった。

忠順の意識はそこで途絶えた。保太郎の刃が、忠順の首を斬り落としたからである。

後年、明治新政府兵部大輔《ひょうぶたいふ》の大村益次郎《おおむらますじろう》をして、『もし、幕府が、戊辰《ぼしん》の時、小栗の策を採っていたなら、我らの首はなかったかもしれぬ』と言わしめたほどの人物の最期であった。

幕臣最高の頭脳を讃《たた》えられながら十分な活躍をすることなく、小栗上野介忠順は散った。閏《うるう》四月六日、まだ四十二歳であった。

二

九月、日本人最初の遣米使節団の一員として咸臨丸《かんりんまる》に乗り組んでいた小栗豊後守《ぶんごのかみ》忠順は、ようやく見えた日本に懐かしい中にも誇らしい思いを抱いていた。

甲板に立って日本の山を見ていた小栗の隣に正使節の新見《しんみ》豊前守《ぶぜんのかみ》が並んだ。

「豊後守どの、なんとか日本に帰ってきましたな」

「長い航海でございました」

忠順もしみじみと応えた。

「我らの仕事は終わったが、これからの幕府は大変であろうな」

「はあ、今の幕府ではメリケンとかエゲレスとかに太刀打ちできませぬ」

「確かに。この度《たび》のメリケン行きは驚愕《きょうがく》の連続であったからな」

「我らは長らくオランダに騙《だま》されておったようでございます」

忠順の声に非難の響きがこめられていた。

毎年オランダが幕府に提出していた世界情勢の情報と現実とはかなり違ったものであり、忠順はそのことに怒りにも近い驚きを覚えていたのであった。

二人が会話をしている間に小さな船が、使節の乗りこんでいるアメリカの軍艦ポーハタン号に接舷《せつげん》した。

「どうやら、下田《しもだ》奉行所からの出迎えのようじゃな」

新見はそう言うと、ゆっくりと船室の中に入っていった。

忠順は、新見の後にすぐには続かなかった。今少し、日本の山と緑を見ていたかったからであった。

「お目付、豊前守さまがお呼びでございますが」

従者の一人に声を掛けられた忠順は、船室のなかに入った。日中とはいえ、薄暗い船室ではあったが、中にいる正使新見、副使村垣淡路守《むらがきあわじのかみ》の顔色が青ざめていることは見て取れた。

「どうかなされましたか」

忠順は、まだ新見より落ち着いて見える村垣の方に体を向けて問うた。

「豊後どの、お気を鎮《しず》めてお聞きくだされよ。この上巳の節句の日に大老井伊直弼さま、水戸浪士たちに襲われ、御首《みしるし》を奪われた由《よし》」

村垣の声を忠順は最後まで聞き取ることはできなかった。

「豊後どの、小栗どの、どうなされた」

村垣の声を遠いものに聞きながら、忠順は自分を引き立ててくれた恩人の声を思い出していた。それは遣米使節への参加を命じられたときのことであった。

「小栗豊後守さま、御大老がお呼びでございます」

表坊主に呼び出された忠順は、江戸城御用部屋へと伺候《しこう》した。

「小栗豊後でございます」

「おう、参ったか。こちらへ」

御用部屋とは幕府最高首脳の大老、老中の執務部屋である。普段は、右筆《ゆうひつ》と御殿《ごてん》部屋《べや》坊主《ぼうず》以外の出入りは禁止されているぐらい権威のあるところである。その御用部屋の奥、屏風《びょうぶ》で仕切られた所に大老井伊直弼の執務机があった。忠順はそこに呼ばれたのである。

「豊後よ。この度の遣米使節については聞き及んでいることと思う」

直弼は、無駄話をすることなく用件に入った。

「その人選であるが、正使副使には、外国奉行から出す。それに随伴《ずいはん》する者たちであるが、その者たちは幕府を代表することとなる。ついては、監督の意味もこめて目付から一人出て貰《もら》うことにした。そこで、そちを推薦しておいたゆえ、身の回りのことの準備にかかるように」

直弼は言いたいことを言うと、さっさと机の上の書類に目を落とした。

「ありがたき仰せ」

忠順は深々と頭を下げると、御用部屋を後にした。

目付とは、幕府旗本中の逸材の選《え》りすぐりである。役高は千石、布衣《ほい》格を与えられ、後にお使番等を経て出世していく、旗本の中の旗本と言われる役職である。その逸材のなかから、目付に就任して日の浅い、浅いどころではない、昨年目付に就任したところである忠順に、この大役が回ってきたのである。

「お役に就いて一年、家督を相続して五年の私にこのような大役を与えてくださるとは」

忠順は、感激の極みにあった。

もともと、徳川家と祖を同じくする松平の出で、三河以来の旗本として仕えてきた小栗家である。徳川家に対する忠義心では、人後に落ちない。しかし、如何《いか》に忠義に厚くとも活躍の場を与えられなければ、発揮しようがない。その活躍の場を、しかももっとも難しい外国との交渉という場を与えてくれた直弼に、忠順は大きな恩を感じていた。

もちろん、実績のない忠順の使節団入りは、江戸城に大きな波紋を投げかけた。だが、今の幕府にもっとも必要なものは、有用な人材であった。秀逸さで聞こえていた忠順である、波紋は大きくなることなく消えていった。

そして忠順は意気揚々とアメリカへ渡り、その大任を無事に果たして帰国してきたのである。

そこに、推薦者井伊直弼の死である。呆然《ぼうぜん》としたのは当たり前のことであった。

「詳《くわ》しい事情は分からぬが、我らは定められた役目を果たすのみじゃ。みな、動揺するでないぞ」

新見の言葉どおり、遣米使節一行は、下田港から横浜港へと入り、江戸へと戻っていった。

三

元治《げんじ》二年（一八六五）正月。

「新しい軍艦奉行はいるかぇ」

軍艦操練所へ入ってきた人物がいた。黒の紋付きに小倉縞《こくらじま》の袴《はかま》をつけ髪を結ってはいるが、油で固めず懐手《ふところで》、およそ武士らしくない風体。言葉遣《づか》いであった。

「誰だ、おまえは」

門番をしている徒士《かち》が、とがめ立てをしたのは無理もないことであった。

「うん、おいらかぇ。おいらぁ勝だよ。小栗さんに取り次いでくんな」

懐手のまま応えた男は、二月前に軍艦奉行を罷免された勝安房守義邦《かつあわのかみよしくに》であった。

「これは、どうぞ」

徒士は、慌てて道をあけた。罷免されたとはいえ、幕府海軍の実質的な指導者であることには変わりない。勝は、雪駄《せった》をちゃらちゃら鳴らしながら建物のなかに消えていった。

「小栗さん、勝でやんす。よろしいか」

勝は軍艦奉行部屋の前で声を掛けた。

「どうぞ」

忠順は、海舟《かいしゅう》の来訪に戸惑いながらも入室を許した。海舟の罷免された後釜に軍艦奉行を拝命した忠順である。海舟の不意な来訪にいぶかしさを感じたのは当たり前である。

「失礼しやすよ」

海舟は、部屋のなかに入ると、勝手知ったるといわんばかりに、置かれてあった椅子に腰をおろした。

忠順と海舟。この二人ほど対照的な人物はいない。かたや三河《みかわ》以来の二千五百石のお家柄、かたや七十俵の御家人株を父親の代に買って幕臣になった新参。かたや徳川きっての忠義者、かたや徳川という観点を越えて日本を見据《みす》える不忠者。

その二人にも共通点があった。ともに俊英であり、今の幕府になくてはならない人物でありながら、幕閣に嫌われているということであった。

「なにか、ご用ですかな」

ここ最近、歩兵奉行、陸軍奉行と陸軍関係を歩んできた忠順にとっては、軍艦奉行という海軍関係の職務は初めてである。その海軍の大御所が、罷免された自分の代わりに着任した人間に面会を求める。忠順は、海舟の心中をはかりかねていた。

「まずは、軍艦奉行ご就任おめでとうやんす。まっ、陸軍奉行から比べれば、格落ちでやんすが、国を守るに海軍こそ要《かなめ》。しっかりやってください」

海舟は、深々と頭を下げた。

「これは、痛み入る」

「と、まあ、挨拶《あいさつ》はこれくらいにして、小栗さんよ、今日は胸襟《きょうきん》を開いて尋ねたいことがある」

海舟は、忠順の目を見つめた。

「何でしょうか」

忠順は、海舟の視線をしっかりと受け止めた。初めて正面切って見る好敵手の顔である。忠順は海舟の瞳の異常さに気づいた。海舟の左目には瞳が二つあった。もともと日本人には珍しい鳶色《とびいろ》の瞳の海舟、その上左目に二つの瞳が重なっている。忠順は吸い込まれていきそうな錯覚を覚えた。

「小栗さん、あんたは御大老井伊掃部頭さまのお引き立てだな」

海舟の一言は、忠順の心臓に直接斬り込んできた。

「失礼は承知だよ。回りくどい話は苦手でね」

海舟が言いわけした。

「勝さん、率直な言葉ですな。ではこちらも素直にお答えしよう。その通り」

「まあ、おめえさんは幕臣きっての切れ者だ。掃部頭さまの引きがなくてもいずれは世に出ただろうが」

「いえいえ、掃部頭さまの引きがなければ、わたくしごときなど」

忠順は、まだ海舟の言いたいことをはかりかねていた。

「水戸っぽが、憎いかえ」

海舟の言葉はますますぞんざいになり、より深く忠順の胸にくい込んできた。

「憎い。好き嫌いの激しい人でしたが、あれほどの人物は今の幕府にはおられぬ。あの事件のおかげでこの国の進歩は確実に十年遅れた」

忠順の言葉は真実であった。直弼は、幕府要人としては珍しい果断実行の人であった。

直弼の手腕を表す話の一つに、将軍家の継承問題がある。十三代将軍家定《いえさだ》に実子がなかったことから発生した十四代将軍の地位争いで幕府は、紀州徳川《きしゆうとくがわ》家の当主慶福《よしとみ》派と水戸家から一橋《ひとつばし》家に入った慶喜《よしのぶ》派の二つに割れて争っていた。それは親藩越前松平《えちぜんまつだいら》家の当主慶永《よしなが》や島津斉彬《しまづなりあきら》ら諸大名の幕府権限への介入と、それを防がんとする幕府閣僚たちとの争いでもあった。

十四男に生まれながら井伊家を継いで幕府最高権力者の地位についた井伊掃部頭直弼は、強権をもって、一橋慶喜を推す大名たちを押し切り、それぞれを隠居、謹慎、永蟄居《ながちっきょ》にし、一挙にこの問題を片づけて見せたのである。これが揺らぎ始めた幕府権威を復活させ、揺れに揺れていたアメリカとの条約問題を一気に解決することにつながったのである。

やり方に強引さは否めないにしても、この果敢な決断力は、多難な時期にもかかわらず人材払底《ふってい》したに等しい幕府において得難きものであった。しかしこれが仇《あだ》となり、安政七年三月三日、井伊掃部頭直弼は、雪の中桜田門外にて水戸薩摩《さつま》の浪士によってその人生に無理矢理終止符を打たれたのであった。

「おめえさん、あの事件を調べたかえ」

「ええ、三年前に町奉行を拝命いたしましたおりに、水戸浪士蓮田《はすた》市五郎《いちごろう》、佐藤《さとう》鉄三郎《てつさぶろう》らの奉行所お調べ書きは読みました」

忠順は、遣米使節の任を果たした後、外国奉行、御小姓組番頭《おこしょうぐみばんがしら》、軍政御用取調《とりしらべ》、勘定《かんじょう》奉行、町奉行と要職を歴任してきていた。

「彦根《ひこね》藩の話は聞いたかえ」

「はい、表向き掃部頭さまは、病死ということになっておりますので、正式な書類等はありませぬが、あのときの行列の生き残りの足軽の話は聞かせていただきました」

忠順は、顔を少しゆがめた。藩主を失った責任を負わされて、士分以上のもので死んだものの家は断絶、生き残ったものは切腹と厳しい処分が行われたことを思い出したからであった。

「それが、なにか」

「それだけかい」

「ええ」

「ふうん、で、納得はいったかい」

「いいえ、どれも真実には届きませぬ。どれも違うのです」

忠順は、あの時に感じた不満を口にした。

「だろうな。おいらも経験があるが、どうもこの国の連中は、ものごとを隠そう、隠そうとする癖があるようだ」

「なかには、御大老が、近江《おうみ》の牛の売買を禁じられたことから、牛を食べられなくなった水戸公が恨みに思われて、藩士に御大老暗殺を命じたという話までありました」

忠順は、その話を聞いたときには余りの馬鹿らしさに開いた口がふさがらなかったほどである。

「ふふふ、案外真相はそうかもしんねえ。食い物の恨みは何とやらと言うからな」

「冗談を言わんでください。で、ご用件は」

忠順は海舟の態度に腹を立てた。海舟は、忠順の怒りを一向に気にせず、懐《ふところ》から数枚の書類を取り出した。

「こいつは、おいらが軍艦奉行を馘《くび》になっちまって、暇つぶしに困っていたのを見かねた中村鶴蔵《なかむらつるぞう》という芝居者から貰《もら》ったものだが、あの事件を見ていた白木屋《しろきや》の手代の聞き取り書きよ。まっ、大したことを書いているわけじゃないが、見てご覧な」

「どうしてこれを」

忠順は、書類を手渡されて、海舟の顔を見上げた。海舟が忠順にこのようなものを渡す意図が知れなかったのである。

「なあに、ちょっとお節介の虫がわいただけ。井伊さまには知り合いがいねえし、水戸にもっていくのはちょっとはばからぁな。かといっておいらが持っていたんじゃ、意味がねえ。ちょうどおいらの後を受けたのが掃部頭さまの覚えめでたい小栗上野介、前の豊後守だ。こいつは、何かの縁かもしれねぇと思ってな」

海舟はそう言うとさっさと立ち上がって、部屋を出ていった。かと思うと頭だけを

ひょいと出し、

「船に乗っちまうと軍艦奉行なんて退屈なもんだ。そのときの退屈しのぎに読まれるといい」

と言うなり、とっとと消えていった。

「なんだったのだ」

忠順は手渡された紙切れを握りしめたまま海舟の消えた後を見送った。町人の書いたようないい加減なものをわざわざ届けに来る勝海舟、旗本小栗忠順の常識では考えられない男であった。

「いらぬ時間を過ごしてしまった」

忠順は紙切れを懐に入れると机に戻って、やりかけていた仕事に戻った。軍艦奉行になったばかりで、新しい職務の勉強に忙しい忠順に、海舟の届けてきた紙切れに興味を持っている暇はなかった。

四

慶応四年初春。

その後も忠順の忙しさは変わらなかった。二ヵ月で軍艦奉行をやめ、寄合《よりあい》に戻ったかと思うと勘定奉行へ、勘定奉行のまま海軍奉行を兼務、さらに四ヵ月後には陸軍奉行まで兼務するという忙しさ。

もっとも幕府も大きな変動を迎えていた。過激な討幕主義になった長州《ちょうしゅう》をふたたび征討することになるが、前回と違い、諸藩の足並みそろわず、幕府軍は長州を囲む三方、小倉《こくら》口、浜田《はまだ》口、芸州《げいしゅう》口と敗退、戦線は膠着《こうちゃく》状態となる。その上、天皇に受けの良かった十四代将軍家茂《いえもち》が、大坂城にて急死。すったもんだの末ようやく十五代将軍になった慶喜であったが、途端に幕府に好意的であった孝明《こうめい》天皇が死亡してしまった。

英明の聞こえも高い慶喜将軍は、起死回生の手段として大政を奉還。諸侯賢人会議の開催をもくろむが、幼君明治天皇を擁《よう》する薩摩長州ら倒幕勤皇派のおこなった小御所会議を防ぐことができず、失敗する。

幕府は、武力をもってこれら敵対勢力の京からの一掃をはかるが、数分の一の兵力しか持たない薩摩長州派に鳥羽《とば》伏見《ふしみ》で敗退した。

譜代《ふだい》諸侯の裏切りにもあって、幕府は上方以西を放棄、将軍慶喜は幕府軍艦『開《かい》陽《よう》』に乗って這々《ほうほう》の体《てい》で江戸に戻ることとなった。

「なんですと、大樹公《たいじゅ》が、将軍が、軍艦にて品川《しながわ》まで戻ってこられたですと」

いつも通りに江戸城に上がって勘定奉行としての仕事にかかろうとしていた矢先に忠順のもとにこの知らせが飛び込んできた。

「で、他の者たちは」

「なんでも、お供は老中板倉伊賀守《いたくらいがのかみ》さま、同じく小笠原壱岐守《おがさわらいきのかみ》さま、京都守護職会津《あいづ》松平肥後守《ひごのかみ》さま、京都所司代桑名《くわな》松平越中守《えっちゅうのかみ》さまの由《よし》にございます」

知らせに来た海軍所の下役の話はそこまででしかなかった。

「で、誰がお迎えに参られた」

「はい。軍艦奉行木村兵庫頭《きむらひょうごのかみ》さま、大目付《おおめつけ》設楽備中守《したらびっちゅうのかみ》さまと伺《うかが》っております」

「わかった」

忠順の頭にすべてが浮かんだ。まだ的確な報告は来ていないが、大将自らが、側近のみ引き連れて密かに戻ってきたのである。京での政争、さらには戦争に負けたに違いない。忠順は直ちに自分も浜御殿《はまごてん》まで迎えに行きたかったが、その時間を惜しんで対処に走り回ることにした。

「とにかく、金だ。金がなければ戦《いくさ》も出来ぬ」

忠順は金《かね》奉行を呼び出すと、今現在の江戸城内に残された金銀の高を調べさせ、さらに勘定方《かんじょうがた》を呼び出して、幕府が市中に貸し出している金子の回収を命じた。

「後は、武器と弾薬だな」

陸軍海軍の要職を兼ねている小栗の頭の中にはすでに、今後の京側の戦略が読めていた。

それほどの海軍力を持たない彼らは、海路を使って江戸まで攻め入ることはない。また、諸藩の軍艦を集めたところで『開陽』を初めとする幕府艦隊に対することは不可能である。海軍力において幕府は他の藩を圧倒している。

となると彼らのとる戦略は東海道《とうかいどう》、東山道《とうざんどう》の二手にわかれて、道中の諸藩を降すか、攻め落とすかして江戸までやってくるしかない。

「道中にある諸藩はたとえ譜代、親藩といえども当てにはならぬ」

忠順はとうからそのことは計算済みであった。皆、徳川に勢いのあるときは従順であるが、ひとたび衰運にはいると手のひらをかえしたようになる。

「京周辺の幕府勢力の掃討に二十日。薩摩長州土佐の意思統一に十日。武器弾薬兵糧の準備にやはり二十日。進軍に必要な金額の調達に一月《ひとつき》。京から江戸まで十日から十五日。その他の要因を加味しても、逆賊どもが箱根《はこね》にかかるのは三月初め、甲府にかかるのは三月半ば。何とか二ヵ月はある。その間に我々は、箱根と甲府に兵力を送り、逆賊を待ち受ける準備にかからねば。それと東北の諸藩に使いを出して徳川家に付くように説かねばならぬ」

忠順は直ちに配下へ手配を命じた。

「そうだ。海軍にも出撃の準備をして貰わねば」

忠順は、勝海舟に直接話をするつもりになっていた。

やがて、浜御殿に上陸して休養を取った将軍慶喜が、江戸城に戻ってきた。

「城内にいる者は、みな大広間へ伺候《しこう》するように」

老中板倉伊賀守の名前でふれが回った。忠順はとるものもとりあえず、大広間へと向かった。

普段ならとても全部の人は入りきらないのであるが、将軍慶喜に従って大坂へ向かった者や諸大名のうちで幕府に見切りをつけた者たちが欠席したため、大広間はいっぱいどころか、かなりの空間が目立っていた。

静謐《せいひつ》を求める目付の声もなく、不意に将軍慶喜が、入ってきた。正式には大政奉還した段階で将軍職は、失っているのであるが、幕臣たちにとって徳川家の当主はやはり征夷大将軍なのである。

「上様」

大広間のあちこちから声が上がった。

「ううっ」

忠順は声さえ出すことはできなかった。慶喜のあまりの憔悴《しょうすい》ぶりに驚いたのである。

慶喜の顔色は蒼白であり、その眼窩《がんか》は真っ黒に落ち込み、目は黄色く変色している。生気のかけらも見られない。とても旗本八万騎を統率する日本最大の大名とは思えなかった。

もともと秀才肌の慶喜には精神面でもろいところがあった。第二次征長戦争で幕府軍の劣勢が伝えられるとすぐに中止を言い出してみたり、勝海舟を和議の使者に立てながら、朝廷に仲介役を頼んだりと、絶えず逃げ道を探るという、悪癖持ちである。

どうやら今回も幕府軍の敗戦を聞くなり逃げ出してきたなと忠順は思った。

「皆の者、心して聞け。余はただ今より上野寛永寺《かんえいじ》に籠《こ》もって謹慎蟄居する。皆は軽挙妄動することなく、余にならい、それぞれの屋敷に謹慎しおるように。後事は大久保越中《おおくぼえっちゅう》と勝安房に託す」

慶喜の言葉に静まり返っていた大広間が、蜂の巣をつついたような騒ぎになった。

「上様、なぜでございますか」

「我らは、まだ負けてはおりません」

「上様、どうぞ戦のご命令を」

「徳川にはまだ旗本八万騎がございます。無傷の我らがおりまする」

「上様、上様」

叱咤《しった》するような声、すがるような声、泣くような声が、上段の間に座る慶喜に向けられた。

「ならぬ。ならぬのだ。錦旗《きんき》が、錦旗が揚がったのだ。逆らってはならぬ。逆賊の、謀反者の汚名を着てはならぬ。余は朝敵にはなりたくない」

慶喜が、悲鳴のように叫んだ。

「異論は許さぬ。徳川宗家の言うことが聞けぬのか」

「上様」

大広間に嗚咽《おえつ》の声が満ちた。

「余は今から寛永寺に入る。皆よく尽くしてくれた。礼を言うぞ」

慶喜は、立ち上がると奥に入ろうとした。

「お待ちください。上様」

忠順は、上段の間に駆け寄った。

「上野介か。なんじゃ」

「上様、どうか、御謹慎の儀はお考え直しくださいませ。幕府は、いえ徳川は勤皇の家柄にございます。朝敵などになることはございませぬ。どうか、お思い直しくださいませ」

「上野介、しかし、錦旗は、揚がったのだ」

「いえ、上様、錦旗などあるはずもございませぬ。あれは薩摩長州の鼠賊《そぞく》が、勝手に揚げたもの。それこそ勤皇の名前を騙《かた》る者たちを一掃し、天皇のご身辺を安んじたてまつることこそ、徳川の役目ではございませぬか」

「上野、そう申すが、鳥羽伏見では数に勝《まさ》る戦いに負けたのだぞ」

慶喜は、額に青筋を浮かべて叫んだ。

「いえ、今度は負けませぬ。戦術を立てれば我らの方が、有利でございまする」

「黙れ、上野。決して負けぬという保証があるのか」

「はい、負けませぬ。我に必勝の秘策がございまする」

「言うな上野。滝川もそう申したが、負けたわ。余は徳川の最後の当主にはなりとうない」

（ああ、この方は、自分の身の上のことだけしか考えておられぬ）と忠順は思った。

しかし、ここで引き下がっては徳川の家が潰《つぶ》れる。忠順は必死の思いで取りすがった。

「上様。お待ちください」

忠順は、立ち去ろうとする慶喜の裾《すそ》を摑《つか》んだ。

「なにをする、上野。離せ、離さぬか」

「いえ、離しませぬ。上様のお考えが変わりますまでは、離しませぬ」

忠順は、摑んでいる手により一層《いっそう》の力を込めた。

「離せ。離せ。ええい、離さぬのじゃな。上野そちの役を取り上げる。たった今からそちは無役じゃ。下がれ、下がれ」

慶喜は、そう言い放った。

忠順は「無役」という言葉に力を失った。徳川一筋に生きてきた三河武士の裔《すえ》としては、もっともつらい言葉であった。

小走りに奥に消え去っていく慶喜の背中を、うなだれた忠順は見ることができなかった。

徳川二百六十有余年の歴史の中で、直接当主から罷免を言い渡された最後の旗本に忠順はなってしまったのであった。

忠順は一人で大広間から勘定方《かんじょうかた》詰め所へと戻った。

その夜、忠順は単身元氷川の勝海舟邸を訪ねた。

「おや、こりゃ珍しい。どういう風の吹きまわしだあね」

「勝さん、今日はあなたにお願いがあって来ました」

「海軍のことですかぇ」

「はい」

「軍艦を駿河《するが》沖《おき》に回せというんでやんしょう」

海舟は、忠順の用件をあっさりと言ってのけた。

「うっ、どうして、いや、さすがは勝さんだ」

忠順は驚きの声を挙げた。

「駿府城の勤番に武器弾薬を持たせて籠城《ろうじょう》させる。さらに小田原藩士と旗本を中心に箱根《はこね》の関所を強化。東海道を下ってくる薩摩長州軍を駿府城に引き留め、『開陽』『回《かい》天《てん》』らを回航、海から砲弾を撃ち込む。相手の混乱に乗じて『長鯨《ちょうげい》』らの輸送艦に乗せた大鳥圭介《おおとりけいすけ》率いる洋式歩兵を浜松《はままつ》に上陸させ、潰走《かいそう》してくる薩摩長州軍を攻撃。同時に箱根、駿府城に待機していた兵で追撃。だいたいの兵を壊滅させたあと、『開陽』らを大坂湾に向かわせ、大坂を奪還、京に兵を進駐させる」

海舟はこうだろうとでも言いたげに言葉を切った。

「さようでござる」

忠順は海舟の読みの深さに感心した。

「と同時に、甲府城にも兵を入れ、東山道を進軍してくる連中の動きを止め、東海道方面を片づけた後の歩兵たちを廻《まわ》し、それにあわせて江戸から騎兵隊と砲兵を送って挟み撃ちにする」

「そうです。徳川が勝利するには、これしかありません」

勝の言葉に力強く小栗は頷《うなず》いた。

「小栗さんよ。あんたはやっぱり一流だ。おいらも戦うとしたらこの方法しかないと思う」

「では、お願いできますか」

「いいや、だめだ」

「どうして。この危急のおりに頼れるのは、勝さん、あなたしかいない。他の連中など口だけ達者で、何もできやしない」

「残念だが、断る。上様が恭順《きようじゆん》と仰せられたんだ。幕臣としては、したがうしかあるめえ」

海舟の顔からいつもの皮肉な笑いは消えている。

「しかし、このままでは徳川家が滅びてしまう」

忠順は悲鳴をあげた。その忠順の顔を海舟がじっと見つめた。

「おめえさん、戦争に必要なものはなんだか知っているかぇ」

不意に海舟が言い出した。そして忠順が、海舟の意図をはかりかねているうちに、海舟自らが答えを口にした。

「優秀な兵、最新の兵器、情報、地理、小荷駄《こにだ》。そして何よりも信頼の置ける大将」

海舟の言葉に、忠順は声を失った。

「おめえさんだって、思い当たることはあるだろうが」

忠順は、もう何も言えなかった。海舟に指摘されるまでもなく、十二分に分かっていたことだからである。

「それにもう、幕府が笛を吹いたって、誰も踊りゃしねえよ。よっぽどの田舎《いなか》もんなら別だがな」

海舟の顔にいつもの皮肉な笑いが戻ってきた。

「お邪魔した」

忠順は、短く言い残すと海舟の前から立ち上がった。

「待ちなよ、小栗さん。おめえさん聞いたかぇ、今回の鳥羽伏見の戦いのことをよ」

海舟の声に忠順はゆっくりと振り返った。

「詳《くわ》しくは、聞いていませんが」

手を打つことに専念していた忠順は、まだ戦況について聞いていなかったのである。

「いってぇ、何処《どこ》の藩と戦ったと思うね」

「薩摩、長州、土佐、西大路《にしおおじ》、広島辺りでしょうか」

「良いところをみてるねえ。だが、現実、土佐と広島は兵を出していない。薩摩と長州対徳川の私戦と考えたらしい」

前の土佐藩主山内容堂《やまうちようどう》は親徳川で聞こえていた。容堂はどうしても徳川とは戦いたくはなかったのである。

「ほう、それは意外な」

忠順は、海舟の言葉に興味を持って座り直した。

「代わりに思ってもみなかったところが敵に回ったがな」

「思ってもみなかったところとは」

忠順は、海舟の言葉に何か胸騒ぎを覚えた。

「彦根だよ」

すっかり暮れた町の中を忠順は、肩を落として歩いていた。元氷川の勝の屋敷から駿河台《するがだい》の自分の屋敷まで供も連れず、一人きりである。

鳥羽伏見の敗戦は、厳重な箝口令《かんこうれい》が敷かれているにもかかわらず、町のあちこちで不安げに集まる町民あるいは武士たちの姿が見受けられた。

「まさか、そんな」

忠順はそのような人たちに目をくれることもなく、黙々と歩いていた。海舟から最後に聞いた言葉が重くのしかかっていた。彦根が、井伊家が、徳川最大の譜代、大老を輩出するいわば幕府の大番頭とも言うべき名家が、幕府に弓を引いた。それも、まだ、幕府が優勢であろうと言われていた鳥羽伏見の戦いの場でだ。

「お帰りなさいませ」

門番の老爺《ろうや》に迎えられて、屋敷に入った忠順は、夕餉《ゆうげ》を取ることも忘れて書斎に籠もった。誰も呼ぶまで来てはならぬと命じて。

忠順は、先年、軍艦奉行になったおりに海舟から渡された紙切れを、手文庫《てぶんこ》の中から取りだした。あれから、数年になるが、海舟から手渡されたときのままでしまい込まれていた。

「確か、白木屋の手代の話ということであったが」

忠順は、行灯《あんどん》の明かりに手燭《てしょく》を動員して読み始めた。

最初はなんということのない話であった。

安政七年三月三日、白木屋の手代が、荷運びに出て、井伊さまの登城行列と出会ったことから、その行列の後ろについて歩いて行ったことが記されてあった。

やがて、核心の部分に達した。井伊家の行列に水戸藩浪士と薩摩藩浪士が襲いかかった。白木屋の手代は、この事件の一部始終をわずか数間（五、六メートル）後方から見ていた。

そこにはこう書かれていた。

〈桜田門辺りにさしかかると急に供先が騒がしくなった。前方を見ると六、七人の侍が口々に「お願いの者にございます」と言いながら駕籠に近づこうとしていた。駕籠脇の侍が「控えろ」と押しとどめたが止まらず、両者が揉《も》み合っている間に駕籠がおろされ、なかからお殿さまが顔を出された。「なにごとじゃ」という言葉を出されたと同時に願いごとの奉書を持っていた男が、それを投げ捨てると懐から短銃を取りだして発砲した。弾は殿さまに当たったらしく、苦悶《くもん》の表情を浮かべられて、駕籠うちに消えられた。供先の侍が刀を抜くと短銃を撃った男の首を落とした。すると後ろにいた赤合羽を着た男が合羽を脱ぎ捨てるなり、供先の男の首を斬った。途端に十二、三人の赤合羽を着た男たちが、走り出てきて、合羽を脱ぎ捨てて、白い剣道の稽古着《けいこぎ》になると、駕籠を取り囲んでめったやたらに刀を刺し込んだ。呻き声とともに駕籠から出ようとした殿さまは、一人の男に髷《まげ》を摑まれて引きずり出され、もう一人がその首を刎《は》ねた。首はこの二人が、箱に入れて持ち去ったが、どちらに行ったかは分からなかった〉

忠順は、読み終わるとかつて町奉行をしていたときに写し取っておいた水戸浪士のお調べ書きを取りだした。それには獄中で襲撃者の一人蓮田市五郎の書いた襲撃図もつけられている。

「おかしい、この日の浪士の出で立ちはぱっちに尻からげの者、股引《ももひ》きをはいた者、馬乗り袴《ばかま》の者、小倉袴の者とまちまちであって、そろいの白の稽古着を着ていた者はいない」

さらに忠順は襲撃図を広げてみた。これは、襲撃者がその直後に書いたものであり、正確であることは疑いない。だが、その絵のなかにも赤合羽を着ている襲撃者と白の稽古着を着ている襲撃者の姿はない。

「赤合羽は井伊家の印もの。それを襲撃者が着ているなどとは、おかしすぎる。まさか」

忠順は、いやな予感がした。忠順はもう一度、桜田門外の事件を調べなおした。するとおかしなことに気が付いた。直弼の首にかんしてである。襲撃の後掃部頭の首を持って逃げたのは、薩摩浪士の有村次左衛門《ありむらじざえもん》である。有村は、首を持ったまま日比谷《ひびや》御門の方角へ逃げていったが、彦根藩士小河原秀之丞《おがわらひでのじょう》に後ろから斬りかかられて受傷。小河原を斬り殺すが、重傷の自らも若年寄遠藤《えんどう》邸前にて切腹した。有村の持っていた首は遠藤家から井伊家へ藩士のものとして返されている。

「なぜ、有村は日比谷御門の方へ逃げたのだろう。首を持ったまま御門番のいる日比谷御門は通れない。そういえば、日比谷御門手前を左に行った幸橋《さいわいばし》内に薩摩藩の中屋敷があったはず。そこへ逃げ込むつもりだったのか。それにしても、この白木屋手代の話によると首を持って逃げたのは二人。あとの一人の行方《ゆくえ》が知れぬ」

忠順は、恐ろしい結末に至ろうとしていた。それは桜田門外の変の犯人を大きく変えるものであった。

「もし……もし、襲撃者が、水戸薩摩と彦根であったら、つじつまは合う。井伊家の象徴、赤合羽を着ていたのもわかるし、下に白の稽古着を着ていたのも同士討ちを避けるための印であったとすれば納得がいく。同じ彦根藩同士、乱戦になったときの目印は必要だ。最初、行列に紛《まぎ》れるために赤合羽を着、戦いになったら対照的な白の稽古着。まず同士討ちはない。そして、首尾良く首を取った。その二人こそが、薩摩の有村と彦根の小河原だった。取った首を持って有村が、逃げ出す。小河原もついていく。そのうちに有村の行く先が、薩摩藩中屋敷とわかった。これは最初の計画とは違ったんだろう。最初の計画では、浅野《あさの》家の屋敷を迂回《うかい》して紀尾井坂《きおいざか》にある井伊家の中屋敷にでも持って行くはずだったんだろう。しかし、有村は首を薩摩藩中屋敷に持ち込もうとした。さすがに首を薩摩に取られたのでは、藩が潰れる。そこで小河原は後ろから有村に斬り付けた。不意をつかれた有村は、小河原を斬り殺したが、自分も中屋敷までは持たないということで、遠藤邸前で切腹した」

忠順は、自分の考えに戦慄《せんりつ》した。

「しかし、何故《なぜ》掃部頭さまが、同じ彦根藩士に襲われなければならなかったのだろうか」

忠順は諸家系譜を取りだした。そこにある井伊家の項を開く。そこに書かれている井伊家当主の系図を見た。

それによると井伊直弼は十一代藩主直中《なおなか》の十四男として生まれている。如何《いか》に譜代最高の三十五万石を誇る彦根藩とはいえ、十四男ともなると哀れなものである。わずか三百俵の捨《す》て扶持《ぶち》と自ら埋木《うもれぎ》の舎《や》と名付けた小さな屋敷をあてがわれて飼い殺し同然の扱いを受けていた。

この境遇から抜け出すためには、どこかの藩へ養子に行くか、藩の重臣の家へ婿あるいは養子に行くしかない。現実直弼の兄弟のうち無事に成人した十一人はそれぞれ養子に行っている。直弼の下の弟でさえ、日向延岡藩《ひゅうがのべおかはん》へ養子に出ているのだ。

直弼とて養子の口が掛からなかった訳ではない。しかし、彼は、埋木の舎に固執していたらしく、養子の口をすべて断っていた。

やがて十二代藩主を長男の直亮《なおあき》が継いだ。その直亮に子供がいなかったため、同じ兄弟の直元《なおもと》が、養子となって嗣子《しし》の位置にいた。

この直元が急死するのである。そのために一人養子に行かなかった直弼に井伊彦根藩の嗣子の座が、転がり込んできたのであった。

そしてわずか三年後直亮も急死、直弼は晴れて譜代筆頭の藩主となったのであった。

「あまりに見事すぎるな。これでは藩内にあった直元、直亮らの側近や派閥に属していたものはたまらぬであろう。すんなりと直弼さまを受け入れたとは思えぬ」

生活するにかつかつの三百俵から、幕府の最高権力者である大老へと、あまりの出世に忠順も驚いた。

忠順は、しばらく目を閉じて、静かに考えた。

「証拠はないが、掃部頭さまの家督相続に何か問題があったのだろう。彦根藩には、掃部頭さまのご兄弟で藩の重臣の家に養子に入られた方も多い。この方たちは決していい気分で掃部頭さまを藩主として迎えたのではあるまい。最後まで埋木の舎にしがみついていたものが、甘い汁を吸う、納得はいくまい」

忠順は、手燭の明かりが消えたのにも気づかず、考え続けた。

「そこへ安政の大獄だ。掃部頭さまは水戸薩摩越前と有力な大名たちを敵に回した。彦根のなかにくすぶっていた不満が吹き出した。その一部がここに来てこれら外部の者と手を結んだ」

ここで忠順はもっと大きな問題に気づいた。

「おかしい。なぜ今まで気づかなかったのだ。井伊家は断絶も改易《かいえき》もお国替えもされていない。藩主登城の行列が襲われたのだ。しかも藩主の首まで落とされている。普通なら断絶の御沙汰《ごさた》がおりてしかるべきであるのに、何ごともなく継承されている。

これはどういうことだ。幕府が、幕府もこの事件にかかわっていたのか」

ときの将軍は掃部頭の推した紀州出身の家茂《いえもち》である。しかし、まだ十代でしかない将軍に発言力はなく、掃部頭の傀儡《かいらい》であったことはまちがいない。それも独裁状態である。当時老中や若年寄として幕閣に加わっていた者たちとしてもおもしろいはずはない。しかも、掃部頭のやり方は辛辣《しんらつ》であった。メリケンとの修好条約締結でも調印を認めたのは自分であるにもかかわらず、朝廷から異議があると、担当老中の堀田正《ほったまさ》篤《あつ》に責任を負わせて罷免したりしている。

「桜田門外の変は、皆で掃部頭さまを除くための陰謀だったのか」

忠順はがっくりと肩を落とした。

桜田門外の変の直後、井伊家は直弼の病気を発表、事件を糊塗《こと》しにかかる。三月三十日、幕府は直弼を大老職から罷免、翌閏《うるう》三月三十日井伊家は直弼の死亡を発表する。

幕府と井伊家で直弼排除のための茶番をやってのけたのである。しかし、井伊家は幕府に裏切られる。新藩主になった井伊家を幕府は二度と中枢に戻さなかった。譜代筆頭の井伊家は大老職に就かずとも幕政に参加できる格を持つ。それすら幕府は剝奪《はくだつ》したのであった。

そしてついに井伊家は、幕府側から寝返る。桜田門外の変で縁の出来た薩摩藩と接近、鳥羽伏見の戦いで、幕府に弓を引いたのであった。譜代最高の格と領地を持つ彦根藩が最初から、薩摩長州と行動をともにしたことは大きい。これに触発されるように稲葉《いなば》、藤堂《とうどう》など、徳川に従順な大名の幕府離れが、起きた。

「勝さんの言うとおりだ。これでは勝てるはずがない」

幕府自体がその最高権力者を暗殺させるようでは、もうどうしようもない。屋台骨が腐りきっていたのだ。直弼はその腐りきった木を一人で支えようとして潰されたのである。

「終わっていたのだな。すでに」

二度と政《まつりごと》にはかかわるまい。忠順は自分の知行所《ちぎようしよ》のある上州権田村《ごんだむら》に引っ込み、畑を耕し、若者たちに学問を教えて余生を過ごすことに決めた。

忠順は、養子の又一《またいち》を呼ぶために手を叩《たた》いた。その音は、静かな屋敷に大きく響いた。

裏切りの真《まこと》

一

明治《めいじ》元年（一八六八）十一月十五日。

穏やかな薄曇りの空にとけ込むように、海は静かに凪《な》いでいた。小さな漁村を背にした入り江は、まるで止まっているかのようであった。ただ、無数の海鳥だけがなにかに怯《おび》えるように大きく騒いでいた。

江差《えさし》。明治初年の北海道において最北に位置する街、その入り江に巨大な軍艦が停泊していた。

旧幕府海軍軍艦『開陽《かいよう》』である。一八六五年、オランダのドルドレヒト造船所で建造された木造軍艦、当時としては画期的なスクリュー推進を採用した最新鋭艦である。

『回天《かいてん》』ら他の数艦とともに、幕府崩壊のどさくさに紛《まぎ》れて榎本武揚《えのもとたけあき》が持ち出し、今、蝦夷《えぞ》共和国海軍の旗艦として松前藩《まつまえはん》の拠点、江差を攻略するために箱館《はこだて》からやってきたのである。

箱館、福山《ふくやま》と連勝の蝦夷共和国軍に追いたてられた新政府軍が、今現在拠点としている館《やかた》を共和国陸戦隊が攻めている。さらに大滝山《おおたきやま》で抵抗を続ける新政府別動隊も土方歳三《ひじかたとしぞう》率いる部隊によって追いたてられている。榎本はここで一気に北海道における新政府の勢力を叩《たた》き潰《つぶ》すべく、ここ江差に蝦夷共和国軍の虎の子『開陽』を回したのである。

当時の水準を遥かにこえる攻撃力をもった『開陽』をもってすれば、ほとんど戦力らしい戦力を持たない松前藩を中心とする新政府軍を蹴《け》散《ち》らすのは、まさに赤子の手をひねるようなものであった。

しかし、戦意満々で江差に入った蝦夷共和国軍は肩すかしをくらった。すでに藩主松前徳広《のりひろ》以下侍たち全員撤退したあとで、『開陽』は自慢の大砲を無人の砲台に撃ち込んだだけで終わった。

陸路江差を目指している土方と合流すべく、今、榎本たちはむなしくときを過ごしていた。

『開陽』の力を信じている榎本は、ここで大きな失敗をおかした。土方の勧める江差の地形、気象の偵察を行うことなく、江差湾深く入港してしまったのである。

江差に着いて半日、夜になって急に雲が増え、星も月も見えなくなった。そして潮がゆっくりと引き始めていた。

不意に風が止まった。ゆっくりと南に向かって吹いていた風が止《や》んだ。そして風が変わった、今までとは逆に北西へと。風は勢いを増し、ついに吹雪《ふぶき》となった。

陸戦隊との合流を考えた榎本の命《めい》により江差湾深く、岸近くに投錨《とうびょう》していたことが『開陽』にとって仇《あだ》となった。

吹きつける風と打ち寄せる波に二千五百九十トンの『開陽』は翻弄《ほんろう》され、岸に激突しそうになった。

「碇《いかり》を切れ」

艦長の沢太郎左衛門《さわたろうざえもん》は、湾外への脱出をはかった。両舷《りょうげん》の碇を繋《つな》いでいる縄を切り、蒸気エンジンを使って波への抵抗を試みた。

が、すでに遅く、荒れ狂う波風にわずか四百馬力ではかなうはずもなく、スクリューは空しく海水を掻《か》きまぜるだけであった。

両舷の碇を失った『開陽』は、起き上がり小法師《こぼし》のように、右に左に前に後ろにと翻弄された。

幸いなことに停泊していたので帆《ほ》はたたまれていた。吹きすさぶ風に転覆《てんぷく》しなかったのは、そのお陰であった。

一方、不運なことに、『開陽』は江差攻略のため、武器砲弾を満載していたのであった。

もともと砲数二十六門として設計されていた『開陽』に大坂城から持ち出した十六ポンド砲を五門甲板《こうはん》上に追加したため、設計時よりも重心は上がっている。さらに大量の砲弾である。喫水線《きつすいせん》はほとんど甲板直下まできていた。

風にあおられ、波に押しつけられ、ついに『開陽』の船底が岩礁《がんしょう》を嚙《か》んだ。艦内をものすごい衝撃が襲った。艦内で立っていた者すべてが、壁、床、天井を問わず、叩きつけられた。

たとえ座礁とはいえ、縋《すが》るものを得てようやく停止した『開陽』であったが、風と波はそれすら許さなかった。より一層《いっそう》強く襲いかかり『開陽』を岩礁の上に押し上げたのである。

「帆を張れ」

完全に岩礁に食い込んだ船を離すために、風の力を逆に利用しようと誰かが叫んだ。

「いかん、帆を張るな」

榎本が、直ちに反対した。重心の上がっている『開陽』が帆に風を受ければ、離礁《りしょう》するどころか、一瞬にして転覆する。

「総裁、右舷《うげん》の大砲を発射、その反動を利用して離礁しましょう」

沢が提案した。十六ポンドクルップ砲の発射時の反動は、艦を大きく揺るがせるほど大きい。左舷《さげん》方向に向かう反動力をもって食い込んだ岩から脱出しようというのである。

「よし、右舷全砲門に弾こめ」

榎本は、沢の提案を受け入れ、大砲の発射命令を出した。戦いがないとわかって実弾は抜いてしまっている。風に邪魔されながらも乗組員は、必死で発射準備を整えた。

「発射」

一斉《いっせい》に右舷十三門の大砲が、火を吹いた。

「もう、一斉射」

「もう一度だ」

数度にわたる発射は大きな振動をもたらしはしたが、『開陽』を海に戻すには足りなかった。

「仕方がない。甲板上の大砲、砲弾を投棄、艦の重量を軽くせよ」

「総裁、それは余りに」

榎本の命令に、側《そば》にいた兵士が驚いた声を出した。艦上の砲と弾丸は、蝦夷共和国の武器弾薬のほとんどである。これらを投棄するということは、丸腰になるに等しい。

「艦を助けなければならん。大砲などは後にでも引き上げればよい」

「しかし」

「やむを得んのだ。『開陽』を失っては新政府に抵抗出来なくなる」

榎本は、反対する部下たちの声を封じるように力強い声で命じた。

貴重な、最新兵器と大量の弾薬、砲弾が、荒れ狂う江差の海に消えていった。だが、すべては徒労に終わった。

夜半から江差を襲った猛吹雪はその後四日間にわたり、座礁した『開陽』の船体を責め続けた。

十二月三日、座礁から十九日。辛うじて脱出した乗組員から急を聞いて駆けつけた『蟠竜《ばんりゅう》』ら他艦の乗組員や陸戦隊員の見守るなか、『開陽』は泣き崩れるような音とともにねじれながら極寒の海に沈んでいった。

五稜郭《ごりょうかく》の全砲力より多い、十六ポンドクルップ砲十八門を中心とする三十一門もの大砲を擁《よう》する最大の軍事力を失った蝦夷共和国は勢いを失い、最盛期には三千をこした勢力も度《たび》重なる敗戦で減り続け、翌明治二年（一八六九）五月十七日、榎本が新政府軍総司令官黒田清隆《くろだきよたか》へ降伏を告げたときにはわずか一千人を数えるばかりとなっていた。

ここに慶応《けいおう》四年（一八六八）一月三日の鳥羽伏見《とばふしみ》の戦いに端を発した内乱は終わりを告げた。

二

明治五年（一八七二）一月。

まだ春というのにはほど遠い江戸、いやすでに四年前に東京と名前が変わっている町に大赦《たいしゃ》が行われた。維新において明治新政府と戦った蝦夷共和国の人間たちが、罪に及ばずと解放されたのである。明治五年も明けたばかりの一月六日のことであった。

その翌日、福沢諭吉《ふくざわゆきち》の自宅を一人の男が訪ねてきた。諭吉は去年芝新銭座《しばしんせんざ》の中津《なかつ》藩中屋敷から三田《みた》の旧島原《しまばら》藩中屋敷に移ったばかりである。

「福沢先生、今回はなんともお礼の申し上げようもない。この榎本、ふたたび江戸の町を歩ける日が来ようとは思いもしませんでした」

黒の洋装に身を包んだ紳士が、ていねいに頭を下げた。

「いやいや、頭を下げてもらうためにしたのではないのですよ。榎本さん、あなたの才能が惜しかったからです」

にこやかに迎える諭吉の前に頭を下げている人こそ、榎本武揚であった。

明治維新の結果、徳川家は最悪取り潰されるか、良くても極端な減封《げんぽう》になるのは必至であった。そこで収入の道を奪われる旧旗本たちの生活を維持するため、未開発であった蝦夷地を開拓しようと八隻の軍艦に千人以上の人員を乗せた船団を率いて、新政府相手に能《よ》く戦った男。

一時は、箱館、福山、江差と蝦夷の主要地すべてを占領し、三千人以上に膨《ふく》れ上がった人員をまとめあげ、おそらく日本で最初の記名式投票による選挙をおこない、蝦夷共和国最初で最後の総裁になった男。

勝海舟《かつかいしゅう》による江戸無血開城の後も、奥羽越列藩《おううえつれっぱん》同盟の降伏後も、最北の地において新政府に最後の最後まで抵抗した男。

新政府の総力を挙げた攻撃に全滅寸前となった共和国を救うため、全責任を負って獄に繋がれた男。

その榎本が、二年と九ヵ月ぶりに監獄から出てきたのだ。

「榎本さん、これからどうなさる。もしよろしければ、私の塾で教鞭《きょうべん》を取って戴《いただ》ければありがたいが」

諭吉は榎本を誘った。新政府に反逆した士族の禄《ろく》は召し上げとなっている。いわば榎本は失業者である。

三田の広大な土地に慶応義塾《けいおうぎじゅく》を移し、多くの学生を迎えることとなった今、教授陣の人手不足は深刻な問題として諭吉を悩ませている。ヨーロッパに留学の経験のある榎本の知識は、当時としては得がたいものである。だが、それ以上に諭吉は榎本のことが好きであった。

後に「天は人の上に人を造らず人の下に人を造らず」の名言を残したように、世に民主主義者、平等主義者として知られる福沢諭吉であったが、その内面はそう単純ではない。もと中津《なかつ》藩奥平《おくだいら》家の下級武士の子供として生まれた諭吉の身体《からだ》のなかには侍の血が脈々と流れている。

諭吉は大恩ある徳川家を見捨てて次々と薩摩長州《さつまちょうしゅう》に尾を振る輩《やから》の多い中で、最後まで将軍家に忠誠を尽くし、降伏するにおいて自らの命を形に兵士たちの助命を願った榎本の潔さに心服していたのだった。

非常時にこそ英雄は現れる。諭吉は榎本こそ、維新の英雄、そう南北朝時代の楠木《くすのき》正成《まさしげ》の再来と見ていたのだ。

「福沢さん、お心遣《こころづか》いは感謝に堪《た》えない。が、何分昨日まで獄舎に繋がれていた身。少し落ち着いて新しい日本を見詰め直したいのです。それにわたくしのようなものの赦免《しやめん》にお力添えしてくださった方へのお礼もまだですので」

榎本は、諭吉の誘いをていねいに断った。

「新政府の黒田さんですね」

諭吉の言う黒田とは薩摩出身の黒田清隆のことである。鳥羽伏見の戦いから越後奥羽を転戦し、最後に箱館を鎮圧した武力一辺倒の維新の功臣である。内乱終了後は外《がい》務権大丞《むごんのだいじよう》、兵部大丞《ひようぶ》、北海道開拓次官を歴任したのち、清《しん》国から欧州の視察に出発、去年六月に帰朝した新政府の高官である。

榎本とは明治二年五月十七日に箱館五稜郭開城交渉のおりに対面、その見事な態度に感服した黒田が、斬首《ざんしゆ》と決まっていた榎本の助命に奔走《ほんそう》したことは諭吉も知っていた。

「ええ、何事も、黒田さんと先生にお礼を申し上げてからです。捨てるはずだったこの命を救ってくれた人に」

榎本は、目を空中に漂わせながら、呟《つぶや》くように言った。

日頃から先生と呼ばれ慣れていた諭吉が、榎本の最後の「先生」という言葉を自分のことだと思ったのも無理のないことであった。

その後、諭吉の食事への招待も辞退した榎本は、まだ正月気分の抜けていない東京の街の中へと消えていった。

力強い足取りで去っていく榎本の後姿に、諭吉は微《かす》かな違和感を感じた。

三

明治二十年（一八八七）五月。

すでに夏の気配を見せ始めた五月八日夕刻、宮内省へ呼び付けられていた若い記者が、汗でずくずくになりながら時事新報《じじしんぽう》社の社屋へ駆け込んできた。

「先生、これを」

明治十五年（一八八二）に創立された時事新報社では、慶応義塾の出身の記者が多いせいかもしれないが、創立者の諭吉のことを先生と呼ぶ。ちなみに今飛び込んできた若手もそうであった。

「君、なんというかっこうだ」

諭吉は、顔をしかめた。

いやしくも報道にかかわるもの立居振舞《たちいふるまい》はもちろん、服装もきちっとしていなければならぬ。常々こう指導している諭吉にしたがって、時事新報社の人間は真夏といえども、三つ揃《ぞろ》いを着用している。しかし、飛び込んできた記者のワイシャツの襟《えり》はずれ、蝶《ちょう》ネクタイが、ひん曲がっている。その上、流れる汗が、諭吉の机の上に続けざまに垂れてくる。

「落ち着きたまえ。時事新報きっての若手記者として、将来を嘱望されている君らしくもない」

諭吉は原稿を引出に入れた。せっかくの原稿をだめにされてはたまらない。

「まあ、深呼吸でもしなさい」

この社屋から乗り合い馬車の停留所まではかなりある。その距離を駆け続けたのだから息が上がっても仕方はないのだが、江戸城攻撃の時に逃げ出す江戸っ子を尻目に新しく造作をしていたというのが自慢の諭吉である。一言注意を与えずにはいられなかった。

「先生、とにかくこれを」

記者が差し出したものは数枚にわたる紙の束であった。その表に墨痕《ぼっこん》あざやかに書かれている文字は、『勅旨』。

「これは、授爵《じゅしゃく》の名簿ではないか」

諭吉はなかをあらためることなく知った。すでに明治十七年七月に維新の功臣に対する第一回の爵位授与はすんでいる。そのときに洩《も》れた高官に対する第二回の授爵が近々おこなわれるという風評は巷《ちまた》に流れていた。

さらに三日前、五月五日の官報に授爵の『勅令』が公布されたところである。それは左記のようなものだった。

勅令第十号、「朕《ちん》叙位条例ヲ裁可シココニ之ヲ公布セシム」

第一条　凡《およ》ソ位ハ華族勅奏任官及ビ国家ニ勲功アル者又ハ表彰スベキ勲績アル者ヲ叙ス。

第二条　凡ソ位ハ正一位ヨリ従八位ニ至ル十六階トス。

第三条　略
第四条　略

第五条　凡ソ位ハ従四位以上ハ爵ニ准ジ礼遇享《う》ク、其《そ》ノ准例ハ左ノ如シ
従一位　正二位　従二位　正従三位　正従四位
公爵　　侯爵　　伯爵　　子爵　　男爵
第六条　爵位ヲ併有スル者ハ高キニ従ッテ礼遇ヲ享ク。

前回の十七年七月の授爵の時にはこのような条文はついていなかったが、わざわざ官報に載せたということから考えても新しい授爵は近いとわかっていた。

誰がどの爵位を授かるかは、その人の直接の値打ちを国がきめつけることになるだけに、まるきり縁のない庶民にとっても興味のあることであった。

当然、政府に批判的である時事新報としてもその結果を大々的に取り上げた特集を組むつもりであった。

「どれ」

諭吉は、目で催促《さいそく》する記者を尻目にゆっくりと紙をめくった。

「ふむ」

華族の最高位である公爵の地位、ここには該当者の名前はなかった。当然といえば当然である。貰《もら》うべき人物は貰い終わった後だ。ちなみに公爵の地位を与えられているのは島津《しまづ》、毛利《もうり》の二大功労大名と三条《さんじょう》、近衛《このえ》などの極《ごく》少数の公家、それと徳川本家

を継いだ家達《いえさと》、岩倉具視《いわくらともみ》の息子具定《ともさだ》などの十一名。そう簡単に増やせるものではない。

「ほう」

侯爵の該当者もない。侯爵は鍋島《なべしま》、山内《やまうち》などの維新側大名と木戸《きど》孝允《たかよし》の養子正二《しょうじ》郎《ろう》、大久保《おおくぼ》利通《としみち》の息子利和《としかず》といった功臣の子孫ら二十四名。

「なにっ」

伯爵の項に目を移した諭吉は絶句した。

「これは」

諭吉の目は張り裂けんばかりに見開かれ、その両手は自分の爪が肉に食い込まんばかりに握り締められた。

「伯爵だと、勝が、勝が、は、伯爵だと」

諭吉の声は大きく震えた。無理もなかった。諭吉の最も嫌いな男が伯爵になったのだ。しかも伯爵となればかなり上級の華族である。現実今回の授爵でも伯爵に並んでいるのは、大隈重信《おおくましげのぶ》、後藤象二郎《ごとうしょうじろう》、板垣退助《いたがきたいすけ》と維新の功臣のうちでもごく少数である。

前回の叙爵で伯爵の地位についたのは伊藤博文《いとうひろぶみ》、井上馨《いのうえかおる》、黒田清隆とかなりの人物ぞろいである。土佐《とさ》の谷干城《たにかんじよう》などは伯爵の一つ下の子爵でしかない。

「あの、裏切り者が、伯爵だと」

諭吉は、机を強く叩いた。

「先生、落ち着いてください」

記者のなだめる声に諭吉はやっと我に返った。全員が手を止めて諭吉を見ている。

「悪かった。もう大丈夫だ、みんな仕事にもどってくれ」

ようやく顔色の戻った諭吉に安心したように、皆が机に向かって顔を伏せる。

「ほう、子爵は多いな」

無理に落ち着いた声を出して諭吉は、先に進んだ。子爵には渡辺昇《わたなべのぼる》、森有礼《もりありのり》、田中《たなか》光顕《みつあき》など維新の新政府側の人間ばかり十三名が、並んでいる。

「今回の授爵はどうやら維新のときの関係者ばかりのようだね」

「お気付きになられましたか、先生。どの人物をみても薩摩や長州、土佐、肥前《ひぜん》がほとんどで公家や大名の名前はありません」

「公家や大名に対する授爵は、前回で終わっているからな」

「はい。今回は、新華族の制定のようです」

新華族とは、華族の家柄ではないが、功績によって爵位を与えられる者のことであり、言い換えれば成り上がりのことである。

「なかには、大恩ある主家を裏切ったおかげで今回の授爵に与《あずか》るような恥知らずもいる」

諭吉は、吐《は》き捨てるように言った。

「はあ」

「人間もうちょっと節操というものをもたないと、爵位など恥ずかしくて受けられるものではないだろうに」

諭吉はきたならしい物でも見るようにふたたび名簿に目を落とした。

「まあ、榎本君が載っていないのがせめてもの救いだ。さすがにあの人は辞退したのだろう。従二位に上っているのに華族に列しないとは、さすが」

「先生」

「いや、なんでもない。君、この勅旨についての記事を書いてくれたまえ。但《ただ》し、時事新報としての社説はなしでな」

「えっ」

記者は驚いた顔をした。無理もない、とにかく政府のやることにけちを付けることをジャーナリズムの使命と考えているのではないかと思われるほど辛辣《しんらつ》な社説で有名な時事新報が、なんのコメントもなく政府発表を載せるなどかつてなかったことである。

「さあ、急ぎたまえ。君一人のために印刷機を止めるわけにはいかないのだ」

いつもの口調に戻った諭吉はそう言うと書きかけの原稿にペンを走らせ始めた。

「気に入らぬことだが、わしの勝嫌いは知れ渡っている。ここで、筆撃をくわえれば、私憤ととられてしまう。残念だが、批判的な意見は出せぬな」

諭吉の独り言は、染み込むように原稿用紙に消えていった。初夏の街を闇がゆっくりと支配し始めていた。

だが、半月後、諭吉の期待は見事に裏切られた。みたび華族に列せられたものが発表になったなかに榎本武揚の名前が載っていたのである。

そして、諭吉の期待もむなしく、榎本は辞退することなく、子爵位を受けたのだった。

もっとも勝海舟などは、武士とは名ばかりのわずか四十俵の御家人の出であることなど忘れ、伯爵でも不足だといわんばかりの態度で世間の顰蹙《ひんしゅく》を買う始末。それに比べればはるかに奥床《おくゆか》しくはあったが、榎本も子爵の称号を受けたのだった。

「武揚、やはり変わってしまったのか」

諭吉は、しぼりだすような声で榎本の名を口にした。

明治維新のさなか、徳川家を護《まも》るために配置されていた親藩、譜代の大名たちが次々と寝返っていった。

京を見張り、抑えるために譜代最高の三十万石と大老職を与えられていた癖に真っ先に裏切った井伊《いい》家、老中を輩出する名門ながら鳥羽伏見の戦いで敗走する幕軍の入城を拒んだ稲葉《いなば》家、外様ながら譜代並みの待遇を与えられていたにもかかわらず幕軍不利となるといきなり裏切って大砲を撃ち込んできた藤堂《とうどう》家、果ては御三家までが徳川家を見捨てていくなかで、孤軍を率いて最後まで戦い抜いた男、忠義の鑑《かがみ》であったはずの男が、今はかつての敵に仕えて高位に昇っている。

榎本の動きを追うと、明治五年に釈放されるとすぐ黒田清隆の配下である北海道開拓使四等出仕《しゅつし》として官界にデビュー、七年一月には海軍中将、八年五月に樺太千島《からふとちしま》交換条約調印の全権公使としてロシアに赴任、帰国後十二年九月外務大輔《たいふ》、十三年二月海軍卿《きょう》、十五年八月清国公使、十八年十二月伊藤内閣にて逓信《ていしん》大臣と順調に出世している。そして今日、明治二十年五月二十五日ついに華族に列したのである。

諭吉は、榎本が出獄して以来ずっとその業績を見てきた。最初の北海道開拓使への出仕は黒田への義理から仕方ないと考えた。次の海軍中将も止《や》むを得ないと思った。何せ日本で本当に海軍のことをわかっているのは、榎本と勝ぐらいしかいないと知っていたからだ。そしてその後に続く外務関係も、長らくオランダに留学して欧米の空気に触れた榎本でなければなるまいと目をつぶることができた。だが、伊藤内閣の逓信大臣は理解できない。たしかに得がたい人材であり、非常に優秀な榎本であるからその責は十分に果たすであろう。しかし、諭吉がここで不信感を抱いたのは確かであった。そこに今回の爵位である。

諭吉は榎本に疑いをもった。榎本は諭吉の思っていたような忠臣ではなかったのではないかと。

そして諭吉は榎本の行動を幕末から緻密《ちみつ》に調べ上げた。

オランダへの留学、それからの帰国までは問題なかった。鳥羽伏見の戦いには直接参加していないが、上陸中に夜逃げしてきた将軍慶喜《よしのぶ》に乗艦『開陽』を乗っ取られて大坂に置き去りにされている。その将軍を江戸に迎えたのが勝海舟であり、また遅れてきた榎本たちを迎えたのも勝海舟であった。そののち幕府降伏にともない新政府に収容されるべき幕府軍艦を騙《だま》すように取り戻したのも勝海舟、また江戸城開城に不服な榎本たち幕府海軍の脱走を新政府の要求で連れ戻したのも勝海舟、と驚くほど榎本の重要な局面に勝海舟が絡んでくる。

「どういうことだ」

諭吉は独り言を呟いた。

「なぜ、勝がこれほどまでにかかわる」

諭吉は心底から勝のことが大嫌いである。もっとも向こうも諭吉を嫌っている。そもそも最初の出会いがよくなかった。安政七年（一八六〇）一月に遣米使節乗船のポーハタン号の随伴艦《ずいはんかん》『咸臨丸《かんりんまる》』の乗組員としてともにアメリカへ渡る大事業に参加したのだが、こちらは軍艦奉行木村摂津守《きむらせっつのかみ》の従僕、向こうは艦長たる船将。

今でもあのときのことは鮮明に諭吉の脳裏に刻まれている。

まず、けんかを売ってきたのは向こう、勝からであった。

「誰だい、おまえさんは」

浦賀《うらが》出港前に『咸臨丸』の船内を見学していた諭吉に不意に勝が、声をかけてきた。

「木村摂津守さまの従者の福沢諭吉です」

「ほう、おめえさんが、中津の。おいらぁ、勝だよ」

勝は、じろりと諭吉を睨《にら》むようにして名乗った。

「これは、失礼いたしました。よろしくおねがいします」

諭吉はこの侍らしくない言葉遣いをする男が、船の実質的な責任者であると知って少なからず驚いた。

「ふううん」

勝は諭吉を鋭い鷹《たか》のような目で見据《みす》えると口元に皮肉な笑いを浮かべた。

「幕府御殿医の桂川《かつらがわ》に口を利いてもらったらしいな」

「はあ」

「福沢さん、こいつぁ、この『咸臨丸』は幕府の船なんだよ。こんどのメリケン行きにゃあ、人数に限りがある。旗本連中はもちろん、軍艦操練所のやつらでも行けねえ野郎の方が多いんでぇ。それをどういうわけか、木村さんがおめえさんを連れてきちまった。えっ、そのお陰でまた一人乗れなくなっちまった」

勝の言いたいことは諭吉にはよくわかった。いや、重々承知していたが、諭吉もどうしても海外の国を実地に見ておきたかったのである。

「すいません、どうしてもこの目でメリケンを見たかったものですから」

「ふん、船のことを何一つ知らねえ野郎なんざぁ、一人で十分だ」

諭吉は勝の口調からその相手が木村であることを感じた。

「お荷物がお荷物を抱えこんでくれたんじゃあ、こちとらたまったもんじゃやねえ」

「勝さん、口が過ぎませんか」

あまりの言葉にさすがの諭吉も声を荒らげた。

「ふん」

勝はプイと後ろを向くと立ち去っていった。

諭吉がそのことを報告すると木村は苦笑しながら、言った。

「勝さんの言うのももっともだよ。軍艦奉行ということで今回の遣米使節に随行《ずいこう》することになったが、わたしは船にかんしては完全な素人だよ。長崎でも事務ばかりやっていたからね」

「それでも上司に向かってあまりではありませんか」

諭吉はかなり憤慨《ふんがい》していた。

「勝さんはああいうひとだ。好き嫌いがはっきりしている。まあ、へんに裏表があるよりはいいさ。それに今回の遣米に勝さんの弟子を一人も連れていくことが許されなかったので、よけいあなたのことが気に入らないんですよ」

「そうですか」

諭吉は勝の心情を少し理解したが、やはり肌は合いそうになかった。

そして航海中、四六時中といっていいくらい他人に文句を付け、

「おいらぁ知らねえよ。勝手にしな」

とすぐにすねて艦長室に閉じこもるわがままな勝に、諭吉は嫌悪をつのらせるだけであった。

やがて時は過ぎ日本に帰ってきた二人は当然のごとく疎遠になった。そして慶応四年、鳥羽伏見の戦いに負けた将軍慶喜が、逃げるように江戸に戻ってきた。薩摩や土佐の過激派と親しくしすぎたために役職を外されていた勝が、ふたたび歴史の舞台に上がったのである。

勢いに乗って進軍してくる官軍との和平交渉を一手にまかされた勝はひたすら恭《きょう》順《じゅん》した。当然、その態度を負け犬、徳川を売るものと批判するものが続出した。諭吉もその一人であった。

薩摩や長州などのごく一部の連中によるクーデターのたかが局地戦に一度負けたぐらいで、日本最大の軍事組織が降伏するなどどう考えてもおかしい。まだ幕府には当時最強と言われた大鳥圭介《おおとりけいすけ》率いるフランス伝習陸軍歩兵一個大隊と日本初の騎兵大隊、砲兵大隊が健在であり、なにより装備練度からみても圧倒的優位にある『開陽』

を旗艦とする海軍が無傷で品川《しながわ》沖にあったのだ。

さらに東海道には箱根《はこね》、東山道には甲府城と重要な要害も残っている。いくらでも戦いようはあるのに幕府の軍事のすべてを握った勝はひたすら頭を下げ続けた。

城を明け渡します、軍艦も渡します、武器も渡します、旗本たちは謹慎します、慶喜は寛永寺《かんえいじ》に閉じ込めます、だから許してください。

「三百年も徳川の禄《ろく》をはみながら」

だらしない勝の態度に眉《まゆ》をひそめていた諭吉であったが、ついにその神経を断ちきるような真似《まね》を勝はしてのけた。

維新なって駿府《すんぷ》に封じられた徳川家に対して、明治二年十二月、勝は退身書を提出。気候が良くなるなり東京へ出て、後は海軍大輔、参議兼海軍卿、議官と新政府の高官を歴任していく。いわば落ち目の徳川を見捨てて急成長する新政府に乗り換えた形である。

こうしてみると微禄上がりでさしたる出世も目指せなかった勝は、幕府を倒して新しい体制のもと出世しようと画策してきたとしか思えない。

恩を捨てて己《おのれ》の栄進出世だけを願う利己的な者が、諭吉は最も嫌いである。

その勝が榎本とみょうに重なるのである。

「よし、一度、勝の元を訪ねてやろう」

諭吉は、早速《さっそく》、勝の家に明日訪問する旨《むね》を伝えさせた。

四

明治二十年（一八八七）七月。

諭吉は、時事新報社に雇っている馬車で赤坂氷川《あかさかひかわ》神社裏手にある勝海舟の屋敷にやってきた。諭吉としては直《す》ぐにでも会いたかったのだが、叙爵直後で来客が多いから少し先にしてくれるようにと勝のほうから断りがあったのである。

ゆっくりと馬車から降りた諭吉の前に森閑《しんかん》とした鎮守の森を背にした屋敷が威風をもってたたずんでいた。千五百石取りの旗本の屋敷であったものを勝が明治五年に買ったものである。

普通ならば、門の馬車どまりまで乗り付けるのであるが、あえてしなかったのは、貴様とは、門前まで馬車で乗りつけるほど親しい仲ではないという、諭吉の意思表示であった。もっとも、見てもいない勝にそれが通じたかどうかは不明であったが。

勝の屋敷の門は大きく開かれており、塵《ちり》一つないほど綺麗《きれい》に掃き清められ、打ち水も涼しげな風情を見せていた。

「敵さん、用意は万全という訳か」

諭吉は身震いをした。一歩門内に足を踏み入れた途端、諭吉は過去一度だけ勝の屋敷を訪ねたときのことを思いだした。あれは、明治三年（一八七〇）のことであった。勝の屋敷もここではなく、直ぐ近くの元氷川であった。

頑強《がんきょう》に新政府に抵抗した榎本武揚が、獄に繋がれてから一年、新政府筋から漏《も》れてくる榎本の処遇は厳しいものばかりであった。極刑にすべきであるとか、樺太に終生の流刑を命じるべきであるとか。榎本の素質を惜しむ諭吉にとってはたまらない噂ばかりであった。

しかも榎本釈放の頼みの綱、黒田清隆に海外視察の命《めい》が下るという話があり、このままでは榎本の命はおぼつかない。

切羽詰《せっぱつ》まった諭吉は、決して近寄りたくはなかった勝のところに榎本の助命を頼みにやってきたのだ。

当時、まだ新政府の役職についていなかった勝であったが、その人脈は、海軍総裁の大原《おおはら》卿、薩摩の海江田《かえだ》、伊地知《いじち》、長州の井上《いのうえ》、広沢《ひろさわ》、木梨《きなし》とものすごいものであった。なかでも維新最大の実力者西郷隆盛とは特に親しく、勝の要望であれば、何ごともまず通るであろうと諭吉は考えたのである。

現実、幕府崩壊の前後、新政府側との交渉一切を任された勝の手腕と人脈の利用はすさまじく、交渉のほとんどが、勝の希望通りの結果となった。その策略を怖れた新政府側の刺客に何度となく勝は命を狙われている。

また、勝と榎本は幕府海軍で上司と部下、さらには長崎の海軍伝習所では先輩後輩になる。諭吉が、榎本助命の願いを勝が快く引き受けてくれるものと考えていたのも無理のない話であった。

「ふざけちゃいけねえよ。あいつ、榎本は天皇さまに逆らったんだぜ。なに、旧主徳川のために戦った忠義の人だぁ、ちゃんちゃらおかしい。えっ、あんときゃぁ、上様は上野に於《お》いて謹慎恭順されていたんだぜ。そのお心を無視して天朝様に手向かった野郎の何処《どこ》が忠義なんでえ。彰義隊《しょうぎたい》、甲陽鎮撫隊《こうようちんぶたい》も不忠者じゃねえか。そのなかでも最後まで戦った榎本なんざぁ、愚の骨頂。何でそんな馬鹿を助けてやらなきゃならねえんでぇ」

勝は、いつもながらの口調でせせら笑うように諭吉の頼みを一蹴した。

「しかし、欧州をその目で見、留学を果たしてきた榎本さんの学識は、これからの日本に必要でしょう」

諭吉は、勝に食い下がった。

「榎本が何を学びにオランダまで行ってきたと思っているんでぇ。あいつぁ海軍だよ。艦船運用、機関、砲術。役に立たねえとは言わねえが、同じオランダ留学組でも国際法、財政学の西周《にしあまね》や津田真一郎《つだしんいちろう》のほうがはるかに役に立つ」

「そうかもしれない。だが、彼はあなたの後輩でしょう。同じ徳川海軍の禄をはんだ者同士でしょう」

諭吉は、さらに迫った。

「福沢さんよ。たしかにおいらと榎本は、同じ穴の狢《むじな》のようなものだ。だがな、この国にいるすべての狢は全部天皇さまの配下なのよ。その天皇さまに牙を剝《む》いてしまった狢は狩りたてられるのが当たり前だぁな。えっ、牙を剝く前に説得に行ったおいらの話を聞かずして、勝手に動きまわっちまったやつのことは、おいら知らねえよ」

勝は、ぷいっと横を向いた。

「勝さん、あなたという人は」

諭吉は応接間の椅子から立ち上がって絶句した。

「福沢先生、おめえさんもこんなことにかかわっていねえで、塾生のことを考えてやらなきゃあいけねえんじゃねえのか。なにも新政府に睨まれるまねをしなくていいだろうが。維新のどさくさに紛《まぎ》れて只《ただ》みてえな値段で土地と屋敷を手に入れたらしいが、維持費やなんやかやで金が随分《ずいぶん》掛かるそうじゃねえか。榎本のことより、別のことを頼まなきゃあいけねえんじゃねえのか」

勝は椅子の上で胡座《あぐら》をかきながら、皮肉を口にした。

「もういい、あんたはやはり最低だ。失礼する」

諭吉は怒りも露《あらわ》に足音高く勝の家を出ていったのであった。


「おいでなさいませ。福沢先生でいらっしゃいましょうか」

回想に耽《ふけ》っていた諭吉の耳に快い声が聞こえた。いつの間にか玄関式台の上に美しい少女が手を突いている。前回の訪問も年若な女性《にょしょう》が出迎えてくれた。どうやらこれは勝のやり方らしい。

「はい、福沢です」

諭吉はていねいな挨拶《あいさつ》を返した。

「主《あるじ》がお待ちもうしております。どうぞ」

十五か十六か、姿の好《よ》い女性に案内されて応接間に通された諭吉は、勧められた椅子に座らず、室内を見渡した。大きな壁に立派な掛け軸が三幅掛かっている。諭吉は、吸い寄せられるように掛け軸に向かった。

「ほう、これは山岡鉄舟《やまおかてつしゅう》の書ではないか。さすがは大師流《だいしりゅう》の大家。僕が見てもわかるほどの気品と迫力」

「おっ、次は木村さんの『咸臨越える万里の波濤《はとう》』じゃないか」

万延元年、初のアメリカ渡航から無事帰還した後、お礼に木村邸を訪ねた諭吉の前で木村が筆を揮《ふる》っていたものである。

「このようなところにあったのか」

誰に差し上げるのですかと聞いた諭吉に木村は「さあ、一番世話になった人にでもあげるとしますか」ととぼけたため、誰にわたったのか、今まで知らなかったのだ。

「一番世話になった人だ」

諭吉は、口の中で木村の言葉を反芻《はんすう》した。どうしても納得がいかない。木村は、六十歳に近くなったが、健在である。諭吉は、一度木村を訪ねて聞きたださねばと思った。

「最後のこれは、『我、事に臨みて手に物無く、ただ赤心あるのみ』、よい言葉だ。おや、海舟だと。自分の書を応接間に飾るとは、厚顔な奴め」

「その書かい」

不意に後ろから甲高《かんだか》い声を掛けられて諭吉は驚いて振り返った。

「気に入ったんならやるよ。維新のときに書いたものよ。何となく惜しくて手元に置いていたが、もう出してもいいいやな」

いつの間にか入ってきた勝が諭吉の背後にいた。その眼光は鋭く諭吉を射ている。

「まあ、座んな」

「失礼」

諭吉は、気まずく呟くと、勧められた椅子に浅く腰をかけた。

「さて、どうしたんでえ、福沢先生。おいらのところに来るなんて、どういう風の吹き回しだ」

当年とって六十五歳、年齢を感じさせない迫力、伯爵に列せられたとは思えない洒《しゃ》脱《だつ》さ。明治三年、いや、『咸臨丸』渡米の時とほとんど変わっていない。

「勝さん」

諭吉は、勝の日本人には珍しい鳶色《とびいろ》の瞳に見据えられて気後れしそうになっていた。

「失礼いたします」

玄関で迎えてくれた少女とは違うが、よく似た感じの少女が、お盆にコーヒーを載せて入ってきた。

「こいつは、沢太郎左衛門《さわたろうざえもん》が、呉《く》れたものよ。あいつもいままでは海軍兵学校の副総理だ。よいご身分だあね。まあ、お飲みよ。おいらも普段は飲まねえんだが、お客人のときには出すことにしている。香りがよいからな」

勝は、諭吉の視線がコーヒーにないことに気づいたようであった。

「こっちが気になるかえ」

勝がにやりと笑った。

当たり前である。きちっとした家ならば、来客の出迎え接待に年端も行かない少女を使うことはしない。家扶《かふ》、流行の言い方をするなら執事と呼ばれる男がするものである。

「いやあな。維新のころのことだが、恭順と決まったあたりからおいらの家にいろんな連中が押し掛けてきて、おいらに面談を求めやがる。面談ならまだしも、勝の首をよこせなんぞと無茶言いやがる野郎もいる始末でな。護衛の侍を雇えばどうだ、という話になってな」

勝が、ふうふう吹きながらコーヒーをすすった。

「ああ、苦《にげ》え。だが、血気盛んな奴に厳《いか》つい野郎じゃ何が起こるかわかりきってらぁな。そこで、可愛い女を玄関番にしたら効果覿面《てきめん》よ。どんなにいきり立った奴でも拍子抜けしてしまう。こりゃいいやとずっとこうしているのさ。もっとも女房は嫌がってるがね。なにせ、直ぐにおいらが手をつけちまうからさ」

勝が大声を出して笑った。勝の女癖の悪さは有名である。本妻以外の子供も六人を数える。つい、諭吉もつられて笑い掛けたが、ぐっと気持ちを引き締めた。

「勝さん、今日はあなたに確かめたいことがあって参上した。腹蔵のない真実を聞かせていただきたい」

諭吉の真剣な眼差しに、勝も尋常ならざるものを感じたらしい。

「妙《たえ》、おいらが呼ぶまで、誰もここに通しちゃあいけねえよ」

うなずいた少女が下がっていくのを見送って振り返った勝の目は、まるで鷹のように鋭かった。

「今回の叙爵のことかい、いや、榎本のことかい」

勝が、いきなり諭吉の懐《ふところ》をついてきた。

「どうしてそれを」

「榎本の叙爵が発表になるなり、二十年近づこうともしなかったおいらのところに会いてぇと言ってきたんだ。誰でもわからあな」

「勝さん、今の榎本さんの栄達《えいたつ》。あれは」

「実力、実力だぁな。榎本の実力についてはおめえさんが一番よく知っているはず」

勝が、諭吉の言葉を遮《さえぎ》るようにして言った。

「だが、勝さん、おかしすぎないか」

「なにがよ」

「維新のおり、新撰組《しんせんぐみ》として力を振るった近藤勇《こんどういさみ》は首を斬られた。藩を挙げて抵抗した会津藩《あいづ》では家老萱野権兵衛《かやのごんべえ》が腹を切らされた。その後も佐賀の乱の江藤新平《えとうしんぺい》、島団衛門《しまだんえもん》と政府に逆らって極刑にされたものは枚挙にいとまがない。それなのに蝦夷共和国に参加して新政府と戦った者たちの多くが、命を長らえたのみならず、官職にあって栄達を続けている」

「そうかね」

諭吉の指摘に、勝は、腕を組み目を閉じ、その矛先《ほこさき》をかわそうとした。

「特に榎本さんに於いてそれは激しい。釈放されるやいなや、北海道開拓使四等出仕。二年で海軍中将。何階級特進になりますか。その後もロシア公使、樺太千島交換全権公使と大事を任されている」

「古い話だから忘れちまったな」

「はっ、そう言えば、勝さんあなたは明治八年（一八七五）十一月に参議兼海軍卿を辞任していますね。そしてその後一切の官職についていない」

「そうだったかな。あれは八年だったか」

勝がとぼけた声を出した。

「まさか、あなたは……。いや、まだ結論を出すには早い。榎本さんの話に戻りましょう。榎本さんは樺太千島交換から帰ってくるなり、外務大輔、十三年には海軍卿。十四年四月に辞任しますが、十五年に清国公使、十八年には逓信大臣と栄達を極めている」

「それだけ榎本が優秀だということじゃねえか」

「いいや、ごまかされません。あなたが海軍卿を辞任した後を追うように榎本さんが海軍卿になっている。これではまるであなたから榎本さんに譲り渡したような形だ。わずか一年で辞任したとはいえ、旧幕臣で、卿の位置にまで昇ったのは、わずかにあなたと榎本さんのみ」

諭吉の言葉に勝は、沈黙をもって応えた。

「それで今回の叙爵だ。旧幕臣で華族に列せられたのは四名。勝さん、大久保《おおくぼ》一翁《いちおう》さん、山岡鉄舟さん、榎本さんだ。えっ、それぞれが幕府崩壊の時に大きな役割を、いや、幕府に引導をわたした人ばかりではないか。維新のとき、勝さん、あなたは、陸軍総裁というより、幕府総裁として全責任を負う立場にあり、大久保さんは会計総裁として政権経済の引き渡しを行い、山岡さんは、江戸総攻撃を止めるための密使として活躍、榎本さんは無傷の幕府艦隊を率いて新政府に圧力をかけ続けていた」

「待ちな。確かにおめえさんの言うとおりだが、幕末のことで叙爵されたのはおいらと大久保さんだけ。二人とも官職にはついていないからな。だが、山岡さんは天皇陛下のお側《そば》近くにお仕えしており、榎本は、あんたの言葉にもあったように新政府に出仕して功績大だ。一緒にしたんじゃ可哀想だぜ」

目をつぶったまま勝が反論した。

「それだけじゃない何かの密約があったことの何よりの証拠は、榎本さんが、我が国最初の内閣の大臣として名前を連ねたということだ。維新の功臣にもあぶれた者が多いというのに。黒田、大隈、板垣でさえ、大臣にはなっていない。しかも榎本さんは、大臣に昇ると同時に従二位にまで上がっている。これはどう考えてもおかしい。賊軍の首魁《しゅかい》というよりは維新最高の功臣のようではないか」

「…………」

「勝さん、僕は榎本さんを信じていた。だが、こうしてみると自分の人を見る目のなさを痛感せざるを得ない」

「…………」

勝は、無言を続けている。

「維新の時に何があったんだ。勝さん」

「…………」

「いいでしょう。あなたが喋《しゃべ》らないなら、僕が話しましょう。あなたと榎本さんの裏切りを」

諭吉は、からからの喉《のど》を潤《うるお》すためにコーヒーを一気に飲んだ。冷え切ったコーヒーが苦みを残して消えていった。

「まず、話は慶応四年に遡《さかのぼ》ります。大政奉還という起死回生の一手を打ったにもかかわらず、京での政変に敗れた徳川慶喜公は軍を率いて朝廷に押し掛けようとして、鳥羽伏見で負けた。圧倒的な人数でありながら、勢いに乗る薩摩長州などの軍勢に一蹴されてしまったのです。これを見て幕府の崩壊を支えきれないと考えたあなたは西郷隆盛と連携し、新政府に寝返ることにした。手みやげは、当時日本最強、いや、東洋最強を誇った海軍です。もちろん一人で出来ることではない。そこであなたは海軍の現場の最高責任者である榎本さんを仲間に引き入れた。しかし、如何《いか》に海軍を牛耳《ぎゅうじ》っている二人とはいえ、艦隊を率いて新政府に寝返られるわけがない。当然、無傷の海軍は主戦論だから。そこであなた方は、芝居を打った。勝さん、あなたは新政府に恭順の意をしめして幕府内部に主戦派と恭順派を作って、内部抗争をさせることで幕府の力を弱め、榎本さんは主戦派のように行動して、頭に血が昇った輩《やから》の多い海軍の目を江戸開城から引き離すために幕臣救済を目的とした独立国蝦夷共和国の建設をうたいあげる。これならば、官軍と直接戦闘するわけではないから賊軍の汚名は着なくてすむ。皆の気持ちは蝦夷に向きました。こうして江戸は、大した混乱もなく新政府の手に落ちた。もし、海軍が本気で抵抗していたら、江戸は焼け野原になり、死者は数万ではきかない事態になっていたでしょう。当然、新政府軍は完膚《かんぷ》なきまでに叩きのめされたはず」

「…………」

「そして、あなたたちの思惑通り無事に江戸の引き渡しは終わりました。しかし、強大な海軍は新政府に恭順しようとしません。当たり前でしょう。最大の力を持ちながら戦わずして、軍艦を引き渡せるはずがない。かといって、いつまでも江戸におられてはいつ、暴発するかわからない。そうなればせっかくのあなたと榎本さんの新政府での栄達がなくなってしまう。そこであなたと榎本さんは決別したように見せかけ、榎本さんは海軍と、勝さん、あなたに不満を持つ陸軍兵たちを乗せて出港。箱館へ動いた。あとは、放っておいても新政府がかたを付ける。新政府はもっとも巨大な戦力が、遠くに行ってくれたお陰で、ゆっくりと東北を制圧できた。そして力を溜めて蝦夷地を攻めればいい」

「………………」

「この見返りにあなたは新政府で海軍卿の席を得た。一方の榎本さんは、新政府に盾ついた形になる。一旦《いったん》は獄に繋がれざるを得ない。その差が、維新後の栄達の差だ。違うか、勝さん。いや、勝、どうだ」

諭吉は、いまだに目を瞑《つむ》って無言でいる勝に指を突きつけて叫んだ。

「僕は、この裏切り行為を許さない。時事新報社の全力を挙げて糾弾《きゅうだん》してやる。お邪魔した」

諭吉は椅子を蹴って出ていこうとした。

「待ちな」

剣の気合いのような声が勝の口から放たれた。

「座りな」

勝の気迫に押されて諭吉はストンと椅子の上に腰を落とした。

「しかたあるめえ。おめえさんには榎本の助命で借りがあるからな。真実を話してやろうじゃねえか。ただし、喋ったら命はねえが、それでもいいな」

「ああ、真実を知るためなら」

諭吉は必死で勝の気迫に対抗した。

「よい心がけだ。じゃ、話してやろう」

勝は、諭吉に鋭い視線を向けながら話し始めた。

「今、おめえさんは、幕府が新政府に勝てないことを知って、俺が新政府に寝返ったと言ったな。そいつは違う。勝ち目は十分にあった。どうするか、聞いてな。まず、東海道がもっとも海に近づく駿河湾《するが》に海軍を進出させ、進軍してきた新政府軍のどてっぱらに艦載砲をどかどかと撃ち込んだうえで、大鳥圭介率いるフランス伝習歩兵大隊を輸送船から上陸させて、新政府軍を叩く。そこへ、箱根に待機させておいた兵を突っ込ませれば、新政府軍は、がたがただ。続いて、海軍を大坂湾に進出させ、新政府軍の軍艦を蹴散らし、陸戦隊をもって大坂、京を制圧。こうなれば、新政府側に寝返っていた大名たちもふたたび幕府につくのは確実だ。これは、陸軍の小栗上野介《おぐりこうずけのすけ》も榎本も同じ意見だった」

「では、なぜ、そうしなかったのですか」

「相手が天皇だったから。戦場となる駿河や大坂、京の民のことを思ったから。いや違う。そう、大将があの人だったからさ」

「あの人、まさか十五代将軍慶喜《よしのぶ》公のこと……」

「ああ、あの人が大将では戦いようがない。少しでも不利になれば、気弱になられる。大将肚《はら》がない。勝っているときはいいが、慶喜公はたしかに切れるお方だ。だが、大将ってのは、負け戦ほど堂々としていなければならねえ。状況不利でも、大将が悠々としていれば、兵たちは動揺しない。ああ、このお方にならば命を預けられる。そう思ってくれるからな」

勝が述べた。

「鳥羽伏見の敗戦で、兵たちを置き去りに逃げ出した慶喜公は、大将の器ではないと」

「ねえな。おいらはあの人のもとで戦うのだけは御免《ごめん》だよ」

かつての主君をあっさりと勝は切って捨てた。

「一度痛い目に遭《あ》っているよ、おいらは」

「二度目の長州《ちょうしゅう》征伐ですね。勝さんを長州の井上馨《いのうえかおる》らのもとへ交渉に出しておきながら、慶喜公は、別に上使を出して、長州藩に停戦を命じた」

「ああ、えらい目に遭った。あのときは。幕府が負けてるんだよ。どうやって長州をなだめようかと苦労して、ようやく交渉を始めたところへ、上使だ。井上からは、勝はやはり二枚舌だと睨《にら》まれるし。生きて長州から出られるかどうかと震えたねえ」

笑いながら勝が思い出を話した。

「鳥羽伏見の後、小栗上野介が、海軍を出してくれと言いに来たことがあった。さすがは小栗だ。あいつの言うとおりにしていれば、徳川は勝ったはずだ。少なくとも負けはしなかった。だが、おいらは断った。決戦のために海軍を出した後で、官軍と和平を結びかねないお方だからな、慶喜公は」

「…………」

諭吉は黙った。

「戦《いくさ》っていうのは、勝たなければ意味がない。負けてしまえば、なにもかも奪われるのだ。なら、敗戦するより降伏する方がましだろう。命が取られねえだけな」

「それで江戸城を明け渡した」

「ああ。そのかわりに官軍は江戸を攻撃しないと約束させたよ」

「それが、よりいっそう旗本たちをいきり立たせたと思いませんか。戦いもせず膝《ひざ》を屈するなど、武士のすることじゃないでしょう」

軽輩とはいえ、諭吉も武士であった。

「知ってるだろう。裏切り者の勝を殺せとか、官軍を江戸に入れて、四方から火を放てとか、馬鹿どもが騒いださ。おいらの命ですむなら、黙って差し出してやったよ。だが、すむはずはない。それこそ、より興奮させるだけだ。そうなったら、本当に火をつけかねない。そんなことをされれば、江戸の庶民たちがどれだけ死ぬ。あの明暦《めいれき》の振《ふ》り袖《そで》火事では、十万の人が犠牲になったというのだぞ」

「十万……」

とてつもない被害に諭吉が息を呑《の》んだ。

「これを放置しておけるか。できやしめえ。なんとか押さえなきゃならねえが、あいにく、おいらはとんと人望がねえ。山岡は一時尊皇攘夷《そんのうじょうい》にかぶれていたから、信用がねえ。しかたなく、おいらは榎本へ白羽の矢を立てた」

残っていたコーヒーを勝がすすった。

「最強の海軍を率い、欧米留学の経験もある榎本は、御輿《おみこし》にちょうどいい。その榎本が、幕臣救済を言い立てれば、のっかる連中は多い。誰だって死にたくはないし、明日の禄《ろく》の保証がほしい。これで江戸の暴発はなんとかなるかというときに、奥州の田舎《いなか》大名どもが暴発しそうになった。奥州から江戸へ飛び火したんじゃ、本末転倒だ。やむを得ず、榎本は、品川を離れた。江戸の馬鹿を集めてな。江戸から箱館まで、奥州で人を集めながら行くと、かなり暇がかかる。それだけあれば、新政府は奥州の制圧もできる。中立を言い立てた諸外国との交渉もできる」

「……勝さん、あなたは江戸に残った」

諭吉が口を挟《はさ》んだ。

「ああ。それがどうかしたのか」

「新政府を試しましたね」

「かなわねえなあ」

勝の顔から皮肉の色が消えた。

「頭のいい奴は、だから嫌いだよ。ああ。おいらが江戸に残ったのは新政府を見張るためだ。もし、新政府が諸外国との交渉に手間取ったり、佐幕派の大名たちを押さえきれなかったりしたら、榎本を呼び返す予定だった。国を背負うだけの器量がない奴に、政《まつりごと》を任せるほどの悲劇はない。新政府がだめなら、おいらは薩摩と長州の間に不和を起こす予定だった」

「両方に知人のいるあなたでなければできない仕事ですな」

「嫌みを言うねえ。所詮《しょせん》、寄り合い所帯だ。その中心の二つが反目したら、あっという間に崩壊する。そこへ、海軍と大鳥圭介の洋式陸軍をぶつければ……」

「新政府軍は瓦解《がかい》する」

勝の話を受けて、はっきりと諭吉は言い切った。

「だが、新政府はやってのけた。となると、邪魔者は、蝦夷へ行った連中だ。しかし、あちらには、『開陽』がある。東洋であれに優る船はない。さらに乗組員の練度も高い。新政府の海軍なんぞが何隻集まったところで、勝負にはならねえ。『開陽』が在《あ》るかぎり、新政府は津軽《つがる》海峡を渡れねえ」

「まさか……あなたたちは、わざと」

諭吉が目を剝《む》いた。

「そう。沈めた。といったところで、そう簡単には沈まない。あまりあからさまなまねをしてみろ。蝦夷には新撰組副長の土方歳三《ひじかたとしぞう》ら切れ者がいる。裏を見抜かれては、榎本の命がない。幸いなことに、海外で艦船運用を学んできた榎本以上の知識持ちはいねえ。そこで、榎本はまず『開陽』の武装強化との名目で、五稜郭にあった大砲を甲板に移した。そうして船の重心をあげ、復原性を落とした。続いて、ありったけの砲弾、弾薬を積みこんだ。さらに重心をあげるためと、五稜郭の在庫をなくすためにな。近代の戦《いくさ》だ。新撰組を見ればわかるように、剣術の名人より鉄砲の弾が入り用だ。弾なしじゃ戦えねえ」

　勝が語り続けた。

「あとは、江差を攻めればいい。満月の夜は、大潮と重なる。暗礁の多い岸あたりに停泊し、嵐を待つ。江差の松前家には、幕軍が来ればさっさと逃げろと、新政府から連絡が行っている。戦いは起こらない。あてのはずれた海軍と陸軍は、一度合流しようとする。冬の北海道だ。雪で行軍は困難を極める。陸軍としては、箱館へ戻るのに船をつかいたくなるわな。となれば、『開陽』は、江差で待機となる。冬の北海道の海は荒れやすい。あとは嵐を理由に艦を座礁させればすむ。もちろん、嵐が来なければ陸軍との合流前に、榎本が操艦を誤ったふりで座礁させる予定も組んでいた」

「そこまで……」

　用意周到な策に諭吉は驚きを隠せなかった。

「そして嵐は来て『開陽』は座礁した。だが、甲板の上の大砲は無事だ。引きあげられては面倒だ。そこで船を救うためとして、砲も弾薬も海へ捨てた。こうして戦力を失った幕軍、いや蝦夷共和国軍は、新政府軍に抵抗できず降伏した」

　ようやく説明が終わった。

「箱館で死んだ人たちは無駄死にではないですか。二千人もの人が死んだのですよ。

あなたの立てた計画で」

　諭吉は勝を非難した。

「他にやりようがあったかい」

　鋭い眼光で勝が諭吉をにらみつけた。

「話し合いで……」

「寝ぼけるんじゃないよ。あのころを思い出して見ろ。イギリス、フランスは、なにを狙ってこの日本へ来た。とくにアヘン戦争で清《しん》から領土を得たイギリスに対抗するには、どうしても日本を手に入れたいとフランスは考えていたはずだ。フランスは幕府にすり寄ってきた。また、フランスを頼ろうという馬鹿もいた。国内のもめごとに外国を招き入れる。こんな愚の骨頂があるかい。勝ったとしても、どれだけのものを要求されるか。蝦夷を担保にフランスから武器と兵を借りようという計画まであったんだ」

「愚かな」

　渡米経験のある諭吉は、外国が親切で手を貸すことはないとよく知っていた。

「国を売るようなまねだけは、なにがあってもしちゃいけない。それは、政を担当する者の金科玉条だ。だが、内戦になってみろ。勝つためにはどんな手を使ってくるか。幕府方は、おいらと大久保さんで押さえられても、新政府側はわからねえ。新政府がイギリスを頼めば、フランスが黙っちゃいねえ。それこそ、我が国のなかで、フランスとイギリスが戦うことになりかねない。そうなれば、アメリカやロシアも動くぞ。あっという間にこの国は、四大強国に分割されて、日本人はそいつらの奴隷《どれい》にされる」

「…………」

諭吉はなにも言えなくなっていた。

「だから内戦はどうしても避けなきゃいけなかった。しかし、旗本や奥州の藩兵の不満は暴発しそうだった。諸外国の介入を招く前に終わらせるには、江戸から遠い蝦夷で、限定した戦いをやるしかあるめえ。日本という国を生かすために、幕府残党を犠牲にした。たしかにその通りだ。えっ。福沢先生よ。おいらや榎本が、どんな気持ちで決断したかわかるけえ。わかるめえ」

勝が悲壮な声をあげ、泣いた。

「おいらの役目はそこまで。おいらの知識はもう古い。だから新政府には長くいなかったのさ。榎本の出獄を待って身を退いた。榎本は優秀だ。これからの日本に必要なんだ。頼む。福沢先生、榎本のことはそっとしておいてやってくれまいか」

深く勝が頭を下げた。

先生と呼ばれた諭吉の頭に、ひらめくものがあった。

「そうか。そうだったのか」

諭吉は気づいた。明治五年、釈放直後の榎本が口にした先生とは、諭吉のことではなく勝のことであった。

「黒田さんの釈放嘆願は、芝居だったんですね。新政府も榎本さんの果たした役割を知っていた」

「ああ。こうでもしないと、榎本の身が危ない」

「わかりました。よくぞ話してくださった。ですが、わたしはあなた方のやり方を納得できない。無駄死にした人を出したことが許せない。でも、この話はわたしが墓まで持っていきましょう」

諭吉が席を立った。

「では、勝さんお元気で。二度とお目にかかることはないでしょう」

振り返らず、諭吉は勝の屋敷を後にした。

しかし、諭吉と榎本の縁は切れなかった。

明治二十三年（一八九〇）、慶応義塾は大学を設置、明治天皇より千円を賜《たまわ》った。このときの文部大臣は榎本であった。

その七年後、明治政界を揺るがした一大疑獄足尾《あしお》銅山事件と金本位制度の失敗の責任を取る形で、榎本は農商務大臣を辞任、政界から去った。

明治三十三年（一九〇〇）五月、諭吉は長らくの教育への功績をもって、明治天皇から五万円を下賜《かし》された。このお金は、即日諭吉から慶応義塾へ全額寄付された。

明治三十四年（一九〇一）、福沢諭吉が死んだ。勝より遅れること二年、榎本が政界から姿を消すのを待っていたかのような最期であった。

死後遺品を整理した遺族は、諭吉の残した記述を発見した。

『瘦《や》せ我慢の説』と題された本のなかにはこのような記述があった。

「体を丸出しにして新政府に出身、海陸の脱走人も、静岡行きの伯夷叔斉《はくいしゆくせい》も政府のあたりに群がって……（中略）……かねてご存じの日本臣民でござると君子過去を語らず云々《うんぬん》」

文中の海陸脱走人が榎本を、伯夷叔斉が伯爵となった勝を表しているのは明白であり、諭吉はその行動を痛烈に皮肉っていた。

しかし、諭吉は明治二十七年に完成させたこの『瘦せ我慢の説』を発表していなかった。

諭吉は、勝との約束を守ったのであった。

あとがき

初期短編集でございます。

なんと申しましょうか、小学校のころに書いたラブレターを、大人になってから同窓会で音読されているようないたたまれなさを感じております。

今回お目に掛けますなかで、もっとも古い作品は一九九五年のものです。もちろんデビューなどいたしておりません。小説講座にかよっていたころです。

当時、歴史ミステリーに深く興味を持っていたので、その手の作品ばかりを書いておりました。今の作品たちに伝奇の色合いがあるのは、ここから来ています。

これらは私が言うまでもなく、お読みいただければおわかりいただけることですが、拙《つたな》いものばかりです。本来、私のパソコンのハードディスクの底で、眠り続けているはずでした。それがなぜ、本になってしまったのか。講談社の文庫担当であるN氏と飲んだとき、つい、こんなのを昔書いていたんですよねとしゃべってしまったからです。

「おもしろそうですね。一度見せてください」

そう言われて、笑い話の種にでもなればと見せたのが、始まりでした。

「分量もありますし、一冊の本にしましょう」

こうして出版が決まりました。

本来は、私の文庫書下ろしデビュー十周年の去年に上梓《じょうし》する予定でしたが、私のサボりで一年延びてしまいました。

なにせ、十年以上も前、作家になる前のものです。手入れをしなければ、とても読めたものではございません。かといって、新装版のように文章をいじり倒すことはできません。

「作品の初々しさが消えてしまうので、あまり触らないでください」

手入れをしだした私に別の編集者が釘を刺しました。

ということで、あからさまな単語の誤用や、事実誤認などを除いて、ほとんど作成したときのままとさせていただきました。

どうぞ、ご寛容ください。

作品は、一九九五年から一九九八年の間に作成しております。もっとも古いのが

「たみの手燭《てしょく》」です。当時は「龍馬謀殺」としておりました。

じつは、この作品が私にとって鍵となったものです。一九九四年、故山村正夫氏が主宰されていた小説講座に入門した私は、当初、歯科医師という職業を利用して歯形を使ったトリックを用いた推理小説を書いておりました。しかし、まったく評価が与えられない。何作か書きましたが、どうにもならない。

ということで、これでだめだったら筆を折ろうと書いたのが「龍馬謀殺」でした。私の母校に坂本龍馬の死体検案をした土佐藩の医師川村盈進《えいしん》の記録のコピーが保存されており、学生時代に図書館でこれを見たときから、ひょっとしたら坂本龍馬の暗殺の真相はこうではなかったかと考え続けていたものを短編小説に仕上げ、不評なら作家となる夢をあきらめる覚悟で師に見せました。

「おもしろいな。しばらくこの手の作品を書き続けなさい」

師がそう奨めてくださいました。

そして、この作品は落ちましたが、某賞の最終候補になりました。

これでまあ、図に乗ったわけです。

この次に書いたのが「逃げた浪士」（初出「身代わり吉右衛門」）でした。これが、一九九七年の小説ＣＬＵＢ新人賞の佳作となりました。

この二作がなければ、私は作家になっていませんでした。そういう意味でいわせてもらえば、思い出深いものです。

他の六作は、それ以降に書きました。どれもこれも文庫書下ろしデビューになる徳間文庫『竜門の衛』よりも古いものばかりです。とてもまともな小説ではありませんが、上田秀人の原点には違いありません。

本にするにあたって読み直しをしました。下手さに顔を覆いましたが、あのころのひたむきさを思い出すことができたのも確かです。

この二〇一二年で、デビュー十五年、文庫デビュー十一年を迎えました。また、文庫書下ろしも五十冊をこえました。

私の作家人生の一つの区切りにあたるときに、初期の作品集を出させていただけました。これもひとえに読者の皆さまのおかげです。一作でもお気に召すものがあれば、望外の喜びです。

最後に、この本を出すのに尽力をしてくださった講談社のN氏、手入れのアドバイスをくれたS氏に感謝します。

なによりも、お読みくださった皆さまへお礼申しあげます。

ありがとうございました。

これからも初心を忘れず精一杯の力で書き続けて参ります。
どうぞ、よろしくお願いいたします。

平成二十四年三月

上田秀人拝

解説

縄田一男

本書『軍師の挑戦　上田秀人初期作品集』が書店に並んでいるのを見て、いよっ、待ってました、と思わず声をかけたくなるような読者も多かろうと思う。

何故《なぜ》ならいままで文庫の袖《そで》等に記されている作者の経歴などを見ると、一九九七年に「身代わり吉右衛門《きちえもん》」で第二〇回小説CLUB新人賞佳作と記されており、本格的なデビュー長篇となる『将軍家見聞役元八郎㈠　竜門の衛』(徳間文庫)に至るまでの、いわば、助走期間に発表された短篇群に関しては謎に包まれていたからである。

私なぞは、当時、献本されていない雑誌に関しては自分で買い求め、とにかく時代小説だけは切り取っておいた。その際、「身代わり吉右衛門」を読み、驚愕《きょうがく》のラストにびっくり仰天――吉右衛門逃亡説を軸に、これほどの結論を導き出した時代ミステリーはあるまいと、一人ニヤニヤしていた次第であった。

ところが十数年前に引っ越したときに切り抜きが散逸。上田さんに初期作品をまとめられたらどうですか、と何度か勧めたことがあったが、やはり、上田さん側にテレがあったのか、なかなか実現しなかった。ところが、編集部の懇篤《こんとく》な勧めが功を奏したのか、ようやく、初期の作品――そのほとんどが歴史ミステリーの体裁をとっている――が一巻にまとめられることになった。上田さんのファンにとってはまたとない贈り物となったに違いない。

では、まずデビュー作となった「身代わり吉右衛門」――本書収録に際して「逃げた浪士」と改題――に関しての選評をふりかえってみたい。ちなみにこのときの受賞作は高島哲裕の現代ミステリー「災厄の記念碑」でこちらもなかなかの力作だった。

では、選評を見てみよう。

――「身代わり吉右衛門」は、題材は面白いし、推理のすすめ方も巧みである。だが、この話を七十枚のなかで語ろうとするのは無理。資料や周辺のことがらを、くまなく描こうとしたことから全体が薄味になっている。時代ものでは、よく知られている事実の部分は、手短かにまとめるか、刈り込んで語るべきだ。資

料にもとづいてよく書かれているので、このままにしておくには惜しい。長篇に仕立ててはどうだろうか。（梓林太郎）

――「身代わり吉右衛門」。日本意外史の流れだが、力作である。着想が奇抜。竹田《たけだ》出雲《いずも》を語り手に据えたのも、安定感があるし、これだけの大嘘をこなした力業も評価できる。ただし、難点は××（ネタバレの恐れがあるので、敢えて伏字とする）のこの設定を万人が納得するかといえば、短編では無理。長編化すれば、もっと良くなるだろう。（南里征典）

――一方、「身代わり吉右衛門」は、「忠臣蔵」を題材にした異色の時代小説である。作者は泉岳寺《せんがくじ》にある義士の墓が四十八基あり、その位置や墓標の高さ、戒名の違いなどに疑問を抱き、「仮名手本忠臣蔵」の作者竹田出雲がその芝居の上演をなぜ中途で中止したのか？　という謎に迫っていく。その結果、義士の討ち入り当夜、××な××が脱落し、逃亡したのではないかという、大胆不敵な仮定を引き出した、シミュレーション的な手法に感心させられた。（山村正夫）

いずれの選考委員も作品に一長一短があることを承知しつつも、その魅力に抗《あらが》いかねている、といったところが目に見えるようだ。

確かに上田さんの説をとると、あの男の切腹の折の辞世が、果たしてあのような軽薄なものであったろうか——つまりは、代作ではなかったか、という気がしてくる。とまれ、上田さんは、この処女作ではやくも歴史の裏をさぐるという小説作法を確立させていたことが了解されよう。

何しろ全作歴史ミステリーのため、未読の方のため詳述は避けるが、「乾坤一擲《けんこんいってき》の裏」「茶人の軍略」は、戦国ものである。前者は、何故、織田信長《おだのぶなが》の桶狭間《おけはざま》の急襲が成功したのか、後者は、何故、千利休《せんりきゅう》が秀吉《ひでよし》の怒りを買って切腹させられたのかが描かれている。特に後者に関しては、海音寺潮五郎が、日本軍が大陸侵攻の真っ只中の一九四〇年に書いた、『茶道太閤記』の中で、利休が切腹を命じられたのは、秀吉の朝鮮侵略を批判したためと、その反骨ぶりを示している。上田作品は、切腹の理由がより現代的になり、木像による踏み付けの件は、権力者の凄みを示していて、思わずゾッとさせられる。

そしてこれは余談だが、私は上田さんに海音寺潮五郎はお好きですか？　と、この一巻のゲラを読みつつ、聞いてみたくなった。「功臣の末路」は、御存《ごぞん》じ、稲葉正休《いなばまさやす》の堀田正俊《ほったまさとし》への刃傷事件を扱ったものだからだ。海音寺潮五郎については「一〇年八月永田《ながた》軍務局長が白昼陸軍省で刺殺され、人々がテロの脅威に戦慄《せんりつ》し、直接行動の批判を躊躇《ちゅうちょ》した時期に、『大老堀田正俊』（昭一一）を発表し、直接行動への憎悪から、加害者がその場でなますのように斬《き》られたと書いた。もってその気骨がうかがわれる」（大井広介『新潮日本文学辞典』）という評価があるからだ。

もう一篇、本書には「座頭の一念」という世直し大明神＝佐野善左衛門《さのぜんざえもん》による田沼《たぬま》意知《おきとも》への刃傷《にんじょう》を扱った作品があるが、この三篇、いずれも史実と政治の裏の裏を読み、上田さんの徳川《とくがわ》の秘事を扱ったさまざまな長篇シリーズへの布石は既にこの時点ではじまった、といっていいのではあるまいか。

そしてラストの三篇「たみの手燭《てしょく》」「忠臣の慟哭《どうこく》」「裏切りの真《まこと》」は幕末ものである。三作とも何らかのかたちで勝海舟《かつかいしゅう》が絡み、「たみの手燭」では龍馬《りょうま》が最期にいった〝脳をやられた〟の一言が真犯人をあぶり出し、「忠臣の慟哭」では、桜田門外《さくらだもんがい》の変《へん》の意外や意外のどんでん返しが死の座についた小栗上野介忠順《おぐりこうずけのすけただまさ》をうちのめす。そして「裏切りの真」では、勝と榎本武揚《えのもとたけあき》の裏切りを憤《いきどお》る福沢諭吉《ふくざわゆきち》に、二人の意外な苦悩が告げられる。

以上八篇、読者諸氏は、さまざまな語り手の〝歴史探偵〟ぶりをお楽しみになったと思うが、本書の神髄はそれだけではない。本書のタイトルとなっている『軍師の挑戦』の軍師とは、軍使と読みかえることもできる。そして、歴史や政治の背後で密謀を凝《こ》らして、それを見事に封印した者たちの謂《いい》ではないだろうか。

さらにまた、そうした隠蔽《いんぺい》体質が、いまも政治や歴史の場で行われていることを上田さんは剔抉《てっけつ》してやまない。

勝海舟もいっているではないか。

「だろうな。おいらも経験があるが、どうもこの国の連中は、ものごとを隠そう、隠そうとする癖があるようだ」

と。

歴史ミステリーのかたちを取りつつ、平成の現状批判までをも取り込む。上田秀人作品の、これは初期のものから卓越していたことの良き証左ではあるまいか。

本書は文庫オリジナル作品です

|著者|上田秀人　1959年大阪府生まれ。大阪歯科大学卒。'97年小説CLUB新人賞佳作。歴史知識に裏打ちされた骨太の作風で注目を集める。講談社文庫の「奥右筆秘帳」シリーズは、「この時代小説がすごい!」(宝島社刊)で、2009年版、2014年版と二度にわたり文庫シリーズ第一位に輝き、第3回歴史時代作家クラブ賞シリーズ賞も受賞。「百万石の留守居役」は初めて外様の藩を舞台にした新シリーズ。このほか「禁裏付雅帳」(徳間文庫)、「聡四郎巡検譚」(光文社文庫)、「闕所物奉行 裏帳合」(中公文庫)、「表御番医師診療禄」(角川文庫)、「町奉行内与力奮闘記」(幻冬舎時代小説文庫)、「日雇い浪人生活録」(ハルキ文庫)などのシリーズがある。歴史小説にも取り組み、『孤闘　立花宗茂』(中公文庫)で第16回中山義秀文学賞を受賞、『竜は動かず　奥羽越列藩同盟顛末』(講談社文庫)も話題に。総部数は1000万部を突破。
上田秀人公式HP「如流水の庵」 http://www.ueda-hideto.jp/

軍師《ぐんし》の挑戦《ちょうせん》　上田秀人初期作品集《うえだひでとしょきさくひんしゅう》

上田秀人《うえだひでと》

2012年4月13日第1刷発行
2020年9月25日第8刷発行

講談社文庫
定価はカバーに
表示してあります

発行者――渡瀬昌彦
発行所――株式会社　講談社
東京都文京区音羽2-12-21　〒112-8001
電話　出版(03)5395-3510
　　　販売(03)5395-5817
　　　業務(03)5395-3615

Printed in Japan

デザイン―菊地信義
本文データ制作―講談社デジタル製作
印刷―――凸版印刷株式会社
製本―――株式会社国宝社

ISBN978-4-06-277254-9

講談社文庫刊行の辞

二十一世紀の到来を目睫に望みながら、われわれはいま、人類史上かつて例を見ない巨大な転換期をむかえようとしている。

世界も、日本も、激動の予兆に対する期待とおののきを内に蔵して、未知の時代に歩み入ろうとしている。このときにあたり、創業の人野間清治の「ナショナル・エデュケイター」への志を現代に甦らせようと意図して、われわれはここに古今の文芸作品はいうまでもなく、ひろく人文・社会・自然の諸科学から東西の名著を網羅する、新しい綜合文庫の発刊を決意した。

激動の転換期はまた断絶の時代である。われわれは戦後二十五年間の出版文化のありかたへの深い反省をこめて、この断絶の時代にあえて人間的な持続を求めようとする。いたずらに浮薄な商業主義のあだ花を追い求めることなく、長期にわたって良書に生命をあたえようとつとめるところにしか、今後の出版文化の真の繁栄はあり得ないと信じるからである。

同時にわれわれはこの綜合文庫の刊行を通じて、人文・社会・自然の諸科学が、結局人間の学にほかならないことを立証しようと願っている。かつて知識とは、「汝自身を知る」ことにつきていた。現代社会の瑣末な情報の氾濫のなかから、力強い知識の源泉を掘り起し、技術文明のただなかに、生きた人間の姿を復活させること。それこそわれわれの切なる希求である。

われわれは権威に盲従せず、俗流に媚びることなく、渾然一体となって日本の「草の根」をかたちづくる若く新しい世代の人々に、心をこめてこの新しい綜合文庫をおくり届けたい。それは知識の泉であるとともに感受性のふるさとであり、もっとも有機的に組織され、社会に開かれた万人のための大学をめざしている。大方の支援と協力を衷心より切望してやまない。

一九七一年七月

野間省一

上田秀人「奥右筆秘帳」シリーズ

人気沸騰

講談社文庫
書下ろし

□ 第一巻
ISBN978-4-06-275844-4
密《みっ》封《ぷう》
江戸城の書類決裁に関わる奥右筆は幕政の闇にふれる。十二年前の田沼意知事件に疑念を挟んだ立花併右衛門は帰路、襲撃を受ける。

□ 第二巻
ISBN978-4-06-276041-6
国《こっ》禁《きん》
飢饉に苦しんだはずの津軽藩から異例の石高上げ願いが。密貿易か。だが併右衛門の一人娘瑞紀がさらわれ、隣家の次男柊衛悟が向かう。

□ 第三巻
ISBN978-4-06-276237-3
侵《しん》蝕《しょく》
外様薩摩藩からの大奥女中お抱えの届出に、不審を抱いた併右衛門を示現流の猛者たちが襲う。大奥に巣くった闇を振りはらえるか？

□ 第四巻
ISBN978-4-06-276394-3
継《けい》承《しょう》
神君家康の書付発見。駿府からの急報は、江戸城を震撼させた。真贋鑑定を命じられた併右衛門は、衛悟の護衛も許されぬ箱根路をゆく。

□ 第五巻
ISBN978-4-06-276522-0
簒《さん》奪《だつ》
将軍の父でありながら将軍位を望む一橋治済、復権を狙う松平定信。忍を巻き込んだ暗闘は激化するが、護衛の衛悟に破格の婿入り話が⁉

□ 第六巻
ISBN978-4-06-276682-1
秘《ひ》闘《とう》
奥右筆組頭を手駒にしたい定信に反発しつつも、将軍継嗣最大の謎、家基急死事件を追う併右衛門は、定信も知らぬ真相に迫っていた。

上田秀人「奥右筆秘帳」シリーズ

痛快無比！

講談社文庫
書下ろし

□第七巻 隠《おん》密《みつ》
ISBN978-4-06-276831-3
一族との縁組を断り、ついに定信と敵対した併右衛門は、将軍家斉が毒殺されかかった事件を知る。手負いの衛悟には、刺客が殺到する。

□第八巻 刃《にん》傷《じょう》
ISBN978-4-06-276989-1
江戸城中で伊賀者の刺客に斬りつけられた併右衛門は、受けた脇差の鞘が割れ、老中部屋の圧力で、切腹、お家断絶の危機に立たされる。

□第九巻 召《めしかか》抱《え》
ISBN978-4-06-277127-6
瑞紀との念願の婚約が決まったのもつかの間、衛悟に新規旗本召し抱えの話がもたらされる。定信の策略で二人は引き離されるのか!?

□第十巻 墨《ぼっ》痕《こん》
ISBN978-4-06-277296-9
衛悟が将軍を護ったことで立花、柊両家の加増が決まる。だが定信は将軍謀殺を狙う勢力と手を結ぶ。大奥での法要で何かが起きる!?

□第十一巻 天《てん》下《か》
ISBN978-4-06-277437-6
将軍襲撃の衝撃冷めやらぬ大奥で、新たな策謀が。親藩入りを狙う薩摩からの刺客を察知した併右衛門の打つ手とは？ 女忍らの激闘！

□第十二巻 決《けっ》戦《せん》
ISBN978-4-06-277581-6
ついに治済・家斉の将軍位をめぐる父子激突。そしてお庭番を蹴散らした最強の敵冥府防人に、衛悟は生死を懸けた最後の闘いを挑む！

〈完結〉

内田樹／釈徹宗　現代霊性論
上橋菜穂子　獣の奏者〈I闘蛇編〉
上橋菜穂子　獣の奏者〈II王獣編〉
上橋菜穂子　獣の奏者〈III探求編〉
上橋菜穂子　獣の奏者〈IV完結編〉
上橋菜穂子　獣の奏者〈外伝　刹那〉
上橋菜穂子　物語ること、生きること
上橋菜穂子　明日は、いずこの空の下
上田紀行　ダライ・ラマとの対話
上田紀行　スリランカの悪魔祓い
嬉野君　黒猫邸の晩餐会
植西聰《あきら》　がんばらない生き方
海猫沢めろん　愛についての感じ
海猫沢めろん　キッズファイヤー・ドットコム
遠藤周作　ぐうたら人間学
遠藤周作　聖書のなかの女性たち
遠藤周作　さらば、夏の光よ
遠藤周作　最後の殉教者
遠藤周作　反逆(上)(下)
遠藤周作　ひとりを愛し続ける本
遠藤周作　深い河《ディープ・リバー》
遠藤周作　周作塾〈読んでもタメにならないエッセイ〉
遠藤周作　新装版　海と毒薬
遠藤周作　新装版　わたしが・棄てた・女
江波戸哲夫　新装版　銀行支店長
江波戸哲夫　集団左遷
江波戸哲夫　新装版　ジャパン・プライド
江波戸哲夫　起業の星
江波戸哲夫　ビジネスウォーズ〈カリスマと戦犯〉
江上剛　頭取無惨
江上剛　不当買収
江上剛　小説　金融庁
江上剛　絆
江上剛　再起
江上剛　企業戦士
江上剛　リベンジ・ホテル
江上剛　起死回生
江上剛　瓦礫の中のレストラン
江上剛　非情銀行
江上剛　東京タワーが見えますか。
江上剛　慟哭の家
江上剛　家電の神様
江上剛　ラストチャンス　再生請負人
江上剛　ラストチャンス　参謀のホテル
江國香織　真昼なのに昏《くら》い部屋
江國香織・文／松尾たいこ・絵　ふりむく
M・モーリス／江國香織訳／宇野亜喜良絵　青い鳥
江國香織他　100万分の1回のねこ
遠藤武文　プリズン・トリック
円城塔　道化師の蝶
江原啓之　スピリチュアルな人生に目覚めるために〈心に「人生の地図」を持つ〉
大江健三郎　新しい人よ眼ざめよ
大江健三郎　取り替え子《チェンジリング》
大江健三郎　憂い顔の童子
大江健三郎　さようなら、私の本よ！
大江健三郎　水死
大江健三郎　晩年様式集《イン・レイト・スタイル》

講談社文庫　目録

2020年6月15日現在